无障碍阅读红色经典系列丛书

敌后武工队

冯志/著
冯元/编

吉林美术出版社 | 全国百佳图书出版单位

图书在版编目（CIP）数据

敌后武工队 / 冯志著；冯元编. -- 长春：吉林美术出版社，2021.1（2021.12重印）

（无障碍阅读红色经典系列丛书）

ISBN 978-7-5575-6222-9

Ⅰ. ①敌… Ⅱ. ①冯… ②冯… Ⅲ. ①长篇小说－中国－当代 Ⅳ. ①I247.5

中国版本图书馆CIP数据核字(2020)第247012号

无障碍阅读红色经典系列丛书

敌后武工队
DIHOU WUGONGDUI

著　　者	冯　志
编　　者	冯　元
出 版 人	赵国强
责任编辑	陈　鸣
责任校对	刘明辉
装帧设计	刘　淼
开　　本	710mm×1000mm　1/16
字　　数	220千字
印　　张	17
版　　次	2021年1月第1版
印　　次	2021年12月第6次印刷
出　　版	吉林美术出版社
发　　行	吉林美术出版社图书经理部
地　　址	长春市人民大街4646号
	邮编：130021
网　　址	www.jlmspress.com
印　　刷	长春第二新华印刷有限责任公司

ISBN 978-7-5575-6222-9　　　　定价：29.80元

目录 Contents/

第一章 1

第二章 9

第三章 21

第四章 41

第五章 54

第六章 62

第七章 77

第八章 89

第九章 99

第十章 108

第十一章 116

第十二章 125

第十三章 132

目录 Contents/

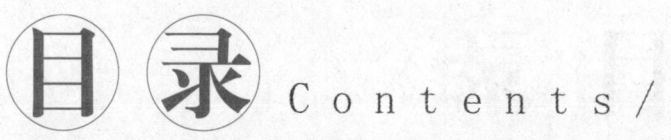

第十四章..................................142

第十五章..................................149

第十六章..................................158

第十七章..................................179

第十八章..................................197

第十九章..................................207

第二十章..................................217

第二十一章................................232

第二十二章................................256

第一章

名师导读

一向和平安定的冀中地区在日寇的侵扰下瞬间炮火连天，残酷的"五一"扫荡使得这一带的抗日工作转入地下。根据党中央的指示，冀中抗日根据地决定成立武工队，他们会书写怎样的传奇呢？让我们拭目以待。

1942年5月1日，冀中——这块盛产棉、麦的大平原，这块拥有八百万人口的抗日民主根据地，突然遭到了一阵地动山摇的大风暴：敌酋冈村宁次亲率七八万精锐部队，从四面八方来了个铁壁合围，轮番大扫荡。这就是冀中有名的"五一"扫荡……【阅读能力点：形容了事态之严重，战事之惨烈。】

久经考验（经过长久的考查、验证），在战斗中锻炼出来的冀中军民，在党的领导下，从5月1日开始，就日日夜夜地和敌人苦斗、鏖战起来。但是，在敌我力量绝对悬殊的情况下，为保存有生力量，主力部队不得不奉命暂时离开冀中，朝山区转移了。【阅读能力点：交代了当时敌我力量悬殊的情况，为下文武工队的成立做铺垫。】冀中的工作，也不得不暂时转入了地下。

有人说："五一"扫荡最残酷，其实，残酷莫过于"五一"扫荡后青纱帐摆倒、西风吹来（形容"五一"扫荡过后的萧条情景）的秋末季节。

那时，真是炮楼成林，公路成网。有人说："出门登公路，抬头见炮楼！"真是一点儿不假。维持会、"防共"团、和敌人有联络的情报员，各村都有；县界沟、区界墙、四通八达的电话网，遍地皆是。地主、老财、二流子还了阳；鬼子、伪军、伪警察们胡乱窜。人人脸上失去了欢笑，个个心里布满了忧愁。剪发的妇女，都梳起假纂，紧闭大门家中坐；年轻的小伙子，都留起髭须装老人。

在一个凄风苦雨（凄风：寒冷的风；苦雨：久下成灾的雨。形容天气恶劣。后用来比喻境遇悲惨凄凉）的秋夜里，冀中九分区留下的一支部队，也被环境逼迫得跟随参谋长朝铁路以西的山区根据地撤退了！

这支撤退的部队，经过一夜的急行军，爬沟、绕点、穿过平汉铁路、通过层层封锁线，来到了山区，在分区驻地——贾各庄住下了。

进山区后走了二十几里路，指导员魏强的鞋底就磨破了。第二天，吃过午饭，他坐在院里，在日头底下，穿针引线地缀补起来。这时，排长贾正挑着两大桶水，噔噔噔地闯进房东的屋门，哗哗地倒进瓮里。

贾正放下水桶，从屋里走出来。他一眼瞧见魏强手里的活计，笑哈哈地问道："怎么，指导员，你这鞋也磨破啦？"

"可不是吗，你那鞋呢？"魏强用牙齿拔出针来，瞟了瞟贾正脚上的鞋。

"我这双鞋，是这次行军才穿上脚的，都磨成了一张纸了！"【写作借鉴点：通过语言描写突出了部队行进之远，路程之艰难。】贾正说着，抬起一只脚来给魏强看。接着又说：

"来到山里我有两怵。"

"一怵什么？"魏强剪断缝鞋的麻绳，抬起头来问。"我怵山道长牙。不管你穿多么结实的鞋，只要爬上三天山，保准磨出窟窿。"

"二怵呢？"

"我怵小米有沙。这边的小米，不管熬稀粥、焖干饭，吃起来常闹个'咯吧'！不过，这边就比冀中环境好，你看人们又说又笑、又唱又闹的劲头，哪像

是打仗？"【阅读能力点：通过对比两个地方的人民生活状态，突出冀中抗战环境的艰苦。】

"你说的打仗，非得像咱冀中那样？天明了，急忙盼天黑；天黑了，又怕天明。打仗，成了家常便饭；行军，当成正式课目。要知道，那是敌人逼的。我们不愿意过那提心吊胆的生活，我们喜欢太阳，我们要欢乐、歌唱，我们希望没有战争，永远和平。也就是为了这些，才拿起武器来战斗。……"

在魏强说话的当儿，远处传来跳荡轻快的歌声："……我们在太行山上，我们在太行山上，山高林又密，兵强马又壮。敌人从哪里进攻，我们就要他在哪里灭亡；敌人从哪里……"近处，货郎子正有节奏地摇着二夹铃。咣啷，咣啷，咣啷啷！喜鹊，叫着从空中掠过。孩子们嬉笑地互相追逐乱跑。姑娘们哄赶驴驮子送粪。小伙子们挑着刚割来的山柴朝家走。这是欢乐、劳动的景象；这是幸福、和平的缩影。【阅读能力点：通过对村民的描写，衬托出了一幅平和、美好的画面，侧面突出了战争的残酷。】这一切的景象触动了魏强的心。他站起来，趿上鞋子，意味深长地问："贾正，你来说说，'五一'扫荡以前，咱冀中不也是这个样？"贾正不吱声地点点头。

确实，"五一"扫荡前的冀中和这里一样，每到秋后，也是一片和谐、欢乐的景象：小伙子们甩着响鞭，赶着大车拉土、送粪；村边上，这里有人在打坯，那里有人在收拾大白菜；铿锵的锣鼓声，是村剧团在排练新戏；"打、倒、日、本、帝……"单字的集体朗读，是妇女们在上识字班；孩子们一蹦一跳地在场院里打着霸王鞭；老人们蹲在庙台上晒着太阳闲聊天；咯哒咯哒的轧车声、嘣嘣当当的弹花声、咔啦咔啦的织布声和嗡嗡嗡的纺线声交织在一起，响成一首和谐动听的和平劳动交响曲。【阅读能力点：用排比的修辞方式写出了以前冀中的和平景象，令人神往。】……可是冀中现在变了。变成了一片凄凉、悲惨、血与泪的景象。想到这儿，魏强脸上热烘烘的有点儿发烧，贾正心里也翻上滚下的不大得劲。这两个在冀中土生土长的共产党员，他们知道自己的责任有多大。最后，还是魏强喃喃地说："一切都是暂时的，要把它变过来！"

"有咱们的党，有咱们的军队，有冀中的人民，咱们一定叫它变！"贾正挥动拳头像发誓（庄严地说出表示决心的话）似的说起来。

"报告，魏指导员，参谋长请你和贾排长。"一个倒背小马枪、武装整齐的小通信员很有礼貌地冲魏强行着军礼说道。"走！"魏强箍箍头上的毛巾，摸摸紫花褂子襟纽，按按腰间的驳壳枪，拽拽前后的底襟，【写作借鉴点：动作描写，突出了魏强的人物性格，是一丝不苟、严肃认真的。】然后和贾正一前一后紧跟着通信员走出了大门。

参谋长一见魏强和贾正走进来，忙移开眼前的《抗敌报》，招呼他俩坐下。

参谋长本来就身高体壮，今天又脱掉便衣换了一套褪色的绿军服，所以更显得分外魁梧、威严。他见魏强他俩对军服都露出喜爱的神色，凑趣地说："你俩也喜欢这军服？军人嘛，只有在不得已时才穿便衣哩！"

魏强、贾正对视一下，笑笑，谁也没有言语。

"不过，现在你们还不能穿！你们跟我到这边来，是知道要干什么的！"

"知道！""知道！"魏强、贾正同声回答。

"知道就好！根据咱冀中现在的环境，根据党中央的指示，我们现在要抽调一部分具有一定战斗经验和文化程度，能掌握和贯彻党的各种政策的优秀的共产党员，组织一支短小精悍的武装工作队，深入到敌后，去开辟敌占区。毛主席说，'东方不亮西方亮，黑了南方有北方。'鬼子让咱冀中根据地变了质，武装工作队就变成一把牛耳尖刀，悄悄地插到敌人心脏里，去搅和它个乱七八糟。分区党委决定调你俩去武装工作队，魏强同志担任小队长。你俩有什么意见？【阅读能力点：交代了成立武工队的初衷与原因。】"魏强心里突突地跳个不停，忙站起说:"服从组织安排,没有意见。"

贾正用舌头舔了一下嘴唇,也跟上一句:"没有意见。""那好,有什么问题,到了武工队还可以提出来。行政介绍信在这里。"参谋长说完,回手将桌子上的一封信拿起,递给了魏强,"到南峪找杨子曾同志。他原是十八团政治处主任,你们的老首长。现在是武工队队长兼政委。"

魏强一听说是自己的老首长杨子曾同志在武工队负责,心里立刻高兴得开了花,要不是在参谋长面前,他会像孩子似的高兴得蹦起来。他心里说:"这可好,又回到自己最熟识、也是对自己最了解的人的跟前做工作,真想不到!"

【写作借鉴点:通过对魏强的心理描写,表达了他对武工队工作的向往以及即将见到老首长的激动之情。】

贾正也欢喜异常。他恨不得跟魏强立刻就走,也恨不得一步迈到南峪去会会自己分别好几个月的老首长杨子曾。

贾各庄到南峪,中间只隔个小山梁,不到二里地。魏强、贾正不到吃一顿饭的工夫就赶到了。

杨子曾三十刚挂点零,细高挑,微有拱肩,白白的脸膛,下巴颏长满了髭须,说话不紧不慢(形容心情平静,行动从容),态度非常温和,凡是和他接触过的人,都感到他亲切、热情,因而,也多把他当成自己的兄长来尊敬。

杨子曾见到魏强、贾正,心里高兴得不得了,东南西北地扯了些闲话,便将武工队的情况向他俩做了个简单的介绍。之后,将魏强分配到一小队担任小队长,贾正也被分配到一小队当队员。

武工队人数不多,四十六七个人,可是从人员到武器,真是棒得出奇。讲武器,除了有机关枪、掷弹筒等自动火器,每个人还有一支日造马步枪,绝大部分人腰间还插支驳壳枪。论人员,那真是好样的:二小队长蒋天祥是魏强抗大二分校的同学,来前,在通信连任连长。武工队的队员们,都是九分区部队的金疙瘩,富有

战斗经验的班、排干部。【阅读能力点：交代了武工队的具体情况。】魏强心里非常高兴，这些队员，他是认识的多，不认识的少。

　　蒋天祥听说魏强来了，忙找到一小队，还在院子里就"魏强，魏强"地喊起来。魏强从屋里跑出，两个多月没见面的老朋友，四只大手狠劲地攥在一起，立刻叙起离情来。【写作借鉴点：动作描写，突出了故人相见的激动之情。】贾正来到武工队，一瞅，都是枪林弹雨（枪杆像树林，子弹像下雨。形容战斗激烈）里的老战友，更是高兴。少言寡语（指平时说话不多）的赵庆田，是和他一起参的军，一起入的党；李东山、常景春……也是和他在一条战壕里生活过几年的。他们一见到贾正，就急忙围过来，互相打闹说笑了一阵子。贾正扭脸转向一直叼着烟袋光笑不说话的赵庆田："你这一阵子怎么样？还蔫得像个大姑娘？真是江山易改，本性难移。"说着走了过去，和赵庆田并肩站在一起。【阅读能力点：通过同志们刚见面的动作描写与语言描写，突出了战友之间的感情深厚。】

　　赵庆田笑眯眯地向贾正身旁靠了靠。

　　"怎么你也不说句话？"

　　"我这个脾气你知道，看到老战友就知道高兴，说什么？"赵庆田在鞋底上把烟灰磕打出来，顺便又挖了一锅子递给贾正，"来，抽锅吧！"贾正知道赵庆田的脾气，忙接过来，也就不再言语了。

　　"咱们这个小队长怎么样？"赵庆田憋了老大半天，才憋出了十个字。

　　"你说魏小队长？那可是个厉害的上级。你说是打，是说，是写？样样都数头份。他是俺们连的指导员。我和你一分手，就跟他一起……"贾正本着自己知道的，向赵庆田介绍着。魏强送走蒋天祥，就朝赵庆田、贾正走来。

　　"小队长来了。"赵庆田低声地说。

　　"好，贾正，你来啦！"这时，从大门外闯进一个身穿便衣、持马步枪的军人。瓜子脸、尖下巴，嘴上长着黑黝黝的一抹子短髭，个子比贾正高出半头。

【写作借鉴点：肖像描写，通过刻画人物外貌，加深读者印象。】他上来就把贾正的手攥住了。

"刘太生，这是咱们小队长。"赵庆田觉得在魏强——自己的小队长跟前，不应这样随便，忙介绍。

刘太生立正、挺胸、双目平视地报告："小队长，刘太生值勤回来。"

"你们都是老战友？随便谈吧。"魏强点头回礼地说。看到刘太生，魏强的脑际立即出现了一位身高体胖，慈眉善目的老太太，这就是他在清苑县张庄认识的那位模范抗属刘大娘。她在八月间，被鬼子松田和特务刘魁胜杀死了。这个小伙子，一旦知道母亲被敌人杀害的消息，不知道多么悲痛呢。他知道贾正也知道刘太生的母亲死的事，生怕贾正冒失地说出来，两眼不时地凝视着他。【阅读能力点：细节描写，通过两眼凝视的神态侧面烘托出了面对刘太生时不敢将实情说出的紧张之情。】

"刘太生，你家可出了个大事……"贾正一本正经地刚说到这儿，魏强立刻使劲地咳嗽了两声。贾正扭脸朝魏强一望，见魏强丢过来个眼色，马上把语气缓和下来："你猜是什么大事吧？"

"我离家好几年，怎么会知道？"

"说给你吧，你二兄弟长生参加县大队啦！"

"这个？我早知道，还是我妈送去的。是不？"刘太生对这个过了时的消息很不满足，"贾正，我妈结实不？"

贾正不愿意在自己的同学、多年的战友、革命的同志面前说假话，但是，暂时又不能照实地说，只好忍着内心的苦痛，惭愧地小声说了三个字："还结实。"【阅读能力点：通过语言描写，突出了贾正欺骗自己多年革命战友的愧疚之情。】

"刘太生，你这个大马虎，头晌午借老乡的镰刀，你还了没有？"辛凤鸣进来望见刘太生就问。

"哎哟！没有。人家要啦？我去送。"刘太生很忏悔地扭头就要走。

"得了吧！等你送，早破坏群众纪律啦！"

"你送啦！好，谢谢你！"

魏强虽然乍来到武工队，一见这起子生龙活虎般的队员，从心眼儿里痛快。确实，在这些人的身上，能看到一种雄厚的力量。这力量就是那坚强的意志，火般的热情。他们自己也都认为：有这样的意志，这样的热情，一切阻挡革命前进的东西，都将会被轧毁、碾碎。【阅读能力点：交代了魏强对武工队的第一印象，也为接下来武工队出色的表现埋下了伏笔。】

【学习要点】

本章主要描写了武工队主要的组成人员及其组成的原因，是在抗日战争的背景下因党的需要而组建的一支队伍。本章对人物的动作以及语言的描写都非常精妙，把每一个队员的形象和性格都刻画了出来，是值得我们学习的地方。

【思考探究】

1.武工队建立的背景及原因？

2.刘太生的母亲到底有没有去世？

第二章

名师导读

出去执行任务的赵庆田等人与鬼子正面遭遇,武工队会以怎样的姿态来迎战敌人?让我们来仔细阅读吧。

一间光线不足、又很狭窄的小屋里,摆着一张桌子,桌上摊有一张褪了色的地图。武工队杨子曾队长站在桌旁,手背蹭下巴颏,看着地图沉思。魏强站在他身旁。

"魏强,你带四个人,傍晌午定要赶到康关。"杨子曾用红蓝铅笔指点地图说,"在那儿,和准备过路的干部们会合了,去马家庄吃下午饭。"

"嗯。"魏强顺从地回答。

"……从马家庄往下走,步步接近敌人的'治安'区。那是敌人的天下。各个据点的敌人,什么时候都可能出来,随时都有可能和敌人遭遇。因此,执行这次护送任务,就更要警惕。"【阅读能力点:突出这次任务的危险性与重要性。】杨子曾从怀里掏出一盒边区造的纸烟,抽出两支,扔给了魏强一支。

杨子曾狠狠地吸了口烟,接着说:"今天执行的这个任务很艰巨,要你们用很少的战斗力,突破层层封锁线,踏过保定以西的整个敌占区,安全地把去冀中开辟工作的干部们送过铁路。"

魏强接受了任务,双腿一并,行了个注目礼,大步地朝门口走去。【阅读

能力点：动作描写，形容魏强对这次任务的重视。】这时杨子曾又把他喊住了："我们是革命军人，穿衣裳可不能破狼破虎的。便衣也得保持整洁。看你练习上房、爬墙，把棉裤磨得露出了黑羊毛，回去补一补！"

魏强回手摸摸露出羊毛的棉裤，不好意思地笑着回答："是。"

下午，在群山耸立，怪石繁多的窄窄山道上，魏强和四个肩扛日造马步枪的武工队员，说说笑笑地朝着康关村前进了。

宽宽的蒲阳河，冻结成溜光、透明的冰板，人们活跃起来，都想在冰上溜滑一下。

"李东山，你穿着钉钉子的山鞋溜不了，给我捎着枪，我溜它个两样儿的。"贾正兴致勃勃的劲头，简直像个孩子。他见人们都溜了过去，立刻在冰板上紧跑了几步，左腿一蹲，右腿一跪，说："我来个羊羔吃奶。"嗖的一下，朝东岸滑过来。"嘿！还是白洋淀长大的！滑冰、游泳真有两下子。"李东山话音刚落，贾正溜到了岸边。他刚要立起，没注意脚底下一滑，咕咚！闹了个大仰巴跤，帽子摔出了老远，把人们都逗乐了。【阅读能力点：通过对贾正的语言和动作描写，突出了他淳朴、乐观的性格特点。】

"你呀！你呀！"魏强笑呵呵地指点李东山，"都怨你抬得高，把他摔了个重。"

"没关系，我这是表演老头钻被窝呢！要是他，就凭那钉了十四个铁帽钉子的山杠子鞋，还表演不了呢。"贾正说着爬起来，拾起毡帽，重新扣在头上。

太阳移到正南方，在康关村，魏强和二十八个准备过路的男女干部会合了。人们都上前询问："铁路好过吗？""在什么地方过？""这条道，敌人是不是常出来？"魏强他们对询问的事，都笑嘻嘻地做了回答。

来到马家庄，吃过下午饭，在太阳压树梢的时候，人们都在村边集合了。魏强除单独给赵庆田、贾正做了布置外，把走的路线、应注意的事情和联络信号，一一地告诉给大家。最后嘱咐说："万一碰上敌人，都要沉住气，前面专有人掩护。""专有人掩护？！""谁掩护？""谁？"人们都想看看担任掩护工作的人。

"他和他。"魏强指了指赵庆田、贾正。贾正顽皮地呲着没门牙的大嘴，缩了下脖；赵庆田腼腆地冲大家笑了笑。"要相信他们俩！如果在封锁沟的西面让敌人冲散了，咱们集合的地点就是脚下的这个村；在封锁沟的东面冲散了，集合点就是五侯村南柏树林子里。"【阅读能力点：魏强的安排周到、详细、谨慎，突出了武工队行事的严谨性。】

一切安排停当，赵庆田、贾正持枪先一步走去。魏强派出联络兵，又把两个带手枪的过路干部安排成了后卫，就率领这支人多枪少、有男有女的队伍朝正东、朝封锁沟、朝敌人"确保治安"区走去。

出了山沟，走过六七里地的丘陵地带，一望无际的平原展现在人们的眼前。掉在山后的太阳，虽然还留下一片紫红色，不太亮的冬月却像盘子似的从东方升了起来。

鬼子的炮楼，像望乡台似的一个一个地在平原上戳立着，一眼望去，能望到七八个。【写作借鉴点：通过比喻的手法，将鬼子的炮楼比作望乡台，突出了炮楼的高大、繁多。】

"小队长，尖兵已经上了沟。"担任联络员的李东山持枪跑回来报告。

"先过去一个人搜索，特别要严密地搜索那两座坟。"魏强打发李东山走后，忙让大家停了下来。

不大一会儿，几块大土坷垃从空中飞过来，落在人们的周围。这是通知前进的信号。

风息了，月亮更明亮。夜幕苫起了沉寂的平原，大地显得分外宁静。【写作借鉴点：环境描写，以静衬动，这是暴风雨之前的宁静。】

直上直下，一眼望不到底的封锁沟，真像神仙山的悬崖。"准备好，过沟！"魏强朝后打了个招呼，就脸朝里，像小孩打滑梯似的，哧溜了下去。脚挨住地，刚要站起来，一件东西从沟顶上砸下来，魏强知道这是溜下来的同志，忙爬起来去搀扶，一看，是个女同志。那个女同志不好意思地笑了笑，忙跟在魏强的身后，手脚齐动地顺东边高高的沟坡往上爬。两丈五尺深的沟坡，魏强爬上了一多半，忽然听到李东山小声地在沟沿上朝下说："这儿有死尸，别抓它。"

"死尸？"魏强紧蹬了两步，伸手扒住沟沿，一抬腿跳了上去，回身伸手，又把砸他的那个女同志拽了上来。

离魏强不到三尺远，横卧着一具赤膊、倒剪双手、没有头的尸体，腔子里还一个劲地往外津血浆。

"小队长，那边还有两个。"魏强顺李东山手指的地方望去，两具赤膊的尸体，也都光有腔子没有头。从没有凝固的血浆上判断，魏强知道敌人行凶的工夫还不大，也知道敌人在这里这么做，目的是要吓唬过沟的人。【阅读能力点：魏强通过对尸体的细节判断估算出了鬼子的目的，突出了他的心思缜密。】

爬上沟来的人们，都身体前倾、大迈步子，一个紧跟一个地尾随尖兵朝前走去。

"口令！哪一个？"北面，玉山店炮楼上的敌人，可能听到了过沟的音响，嗷地嗥叫了一声。接着，巷北炮楼上的敌人，也"哪一个？哪一个？"地叫问起来。根据以往的规律，敌人问过几声就会开枪，魏强急朝后面传了两句："猫下腰，紧跟上。"就加快了脚步继续前进。

两个炮楼的敌人同时开枪了。机枪、步枪的交叉火力像刮风般地横扫过来。子弹打得又低又密。不过，魏强他们早已走远，子弹全都落在他们走过的路上。

接近了一个村庄，尖兵只是领着人们，贴着村边踏了过去。"注意，道南的柏树林子，就是咱们的集合点。"魏强指着一片夹杂几个坟头的树林子往后传。

他们平安地爬过了两道封锁沟，顺当地通过了大固店、张村、于桥等三个大据点，接近了离保定十八里地的江城据点。江城的敌人，都是保定直接派出的：有日本兵、伪军警备队、伪警察，还有一班子穿便衣的武装特务。这班子特务由一个叫佐藤的日本宪兵军曹带领着。人们都叫它佐藤特别工作队。佐藤特别工作队在江城一带活动得挺厉害，不分黑夜白日地出来。因此，越接近江城，魏强也就越提高了警惕。

腊月十四的月亮，悬在人们的头顶上，附近村庄传来了驴叫声，午夜到了。魏强率领人们抛开大道，踏着野地走起来。走到离江城二里地的石庄村北时，李东山匆匆地跑回来："小队长，前面发现有人，一大溜！"

"赵庆田、贾正呢？"魏强问。

"他俩原地伏下不动了。赵庆田说'像是背盐的'。""不管干什么的，告诉他俩，隐蔽地绕过去。"

"是。"李东山扭头跑了上去。很快，又回到魏强面前。"是背盐的。他们发现有人，跑起来了。"

"嗯？跑起来了？"魏强拧着眉头一沉思，果断地说，"不！"刚吐出一个字，远方传来"干什么的"问话声。

"你们是干什么的？"贾正也挺气粗地反问过去。

"我们？我们是江城的，佐藤特别工作队。"

"噢！是佐藤特别工作队。看！差一点儿发生误会。"赵庆田把话接过来，说得是那么柔和、亲切，简直真像遇到自家人，不过身子伏在地上依然未动。

【阅读能力点：通过语言描写，突出了赵庆田随机应变的能力。】

"那你们是哪一部分？"对方跪立起一个来。

"哪一部分？还用问，满城的山坡特别工作队呗！""你们是山坡特别工作队呀！……"敌人真的把赵庆田、贾正他们当成自己人，也就不在意了。有几个站起来，持着步枪大摇大摆地朝赵庆田他俩走过来。【阅读能力点：武工队队员通过三言两语就让敌人放下警惕，从而引他们进一步上当。】

魏强一听对方是江城的佐藤特别工作队，即刻命令趴伏在身旁的刘太生把马步枪留给自己，叫刘太生带领人们迅速向石庄村南大坟地里撤。他和李东山准备打掩护。当人们刚刚离开，前面的枪声、手榴弹声，就响成了一团。

时间，一秒又一秒地向前移动，赵庆田、贾正，始终没见撤下来。魏强想到近三十名回冀中开辟工作的干部，需要今夜送过铁路，时间不允许久等，便带着李东山走进石庄村南的坟地。刘太生和过路的干部们都围上来打听情况。

魏强朝月亮望了一眼，月亮在正南稍偏点儿西。他知道已经过了午夜；也知道，眼下的时间最宝贵，不能再拖了。忙凑近人们："同志们，检查一下，咱们出发。"魏强说着，把马步枪递给了刘太生："你和李东山担任尖兵，踏漫地一直朝着保定车站的电灯光走！"【阅读能力点：魏强对任务的时间把控很好，对任务的执行不拖泥带水，说明他是一个名副其实的小队长。】

新的尖兵箭似的朝正东走去。人们跟着魏强，也快步地朝正东走起来。

刚离石庄半里多地，背后传来："有人在后面跟着。""有人跟着？"魏强一怔。又想："看是一两个人，还是一大起子？要是一两个，就是赵庆田、贾正。"他很希望是这样。他离开队伍，蹲下来眼睛不眨地朝后一望，却是一大溜人在行动，走得非常急促，还能隐隐约约地听到咚咚的脚步声。"难道敌人跟上了？"魏强想。"走！是敌人，还可能是之前遭遇的敌人跟了下来。"他肯定了情况，紧迈了几步，赶上了排头，忙朝背后传了句："跟紧点儿！"说罢就带领着人们跑起来。突然，枪声从身后叭咕叭咕地响起来，魏强他们的脚步，也就跑得更紧了。

魏强带领人们跑了一阵子，枪声逐渐甩在了后面。保定车站上向外照射的电灯，贼亮贼亮的，越来越清楚了。从北面开来的火车，喊咔喊咔地响着。

"撇开电灯，偏南点儿走，过了金线河，照直奔五里铺。"魏强把要走的路线，告诉给尖兵李东山和刘太生。

眼前，展现出一条不宽的结了冰的小河，人们怕滑倒，便手拉手地蹚了过去。靠近铁路了，停在车站上的火车咝咝的放气声传送过来，人们的神经随着也就更加紧张了。

"几点钟？"魏强问他身后一个带着手表的干部。

"一点四十五。"

魏强从时间上知道，停在车站上的这趟列车，是去郑州的37次快车，再有十七分钟，就从保定开出了。"同志们！紧走几步，铁桥根底下等它。"他把话传向后面，就又赶紧走了起来。

五里铺村北，架在府河上的铁桥出现了。高大的桥洞，像没有关闭的城门。

喊咔喊咔的声音越来越大了，铁桥两头炮楼上放哨的敌人的咳嗽声，也被这喊咔喊咔的响动压了下去。【写作借鉴点：通过描写火车的声音侧面烘托出形势之紧。】在铁桥被火车轧得嘎啦嘎啦响的时候，男女干部在魏强他们三人的掩护下，一个紧跟一个地沿着河边，猫腰钻过桥洞外的铁蒺藜网，穿过桥洞，顺利地过了铁路。

魏强顺着桥洞，望着这群回冀中开辟工作的人们的背影，心里有些说不出的羡慕。他一直等人们的影儿消逝在冀中平原上，才喘了一口气，顺手把驳壳枪插在皮套里。

赵庆田、贾正在石庄村北和江城的佐藤特别工作队碰上，能张嘴冒充起满城山坂特别工作队，是魏强事先布置的。这样做的目的，就是在和敌人遭遇上以后，对敌人来个暂时的麻痹，以争取时间，让非战斗人员迅速撤下去。这个措施真的生了效。

当敌人听到是山坂特别工作队时，有六七个便衣特务一点儿都不顾忌地站起来就朝前走。领先的一个摇晃着脑袋，尖声尖气地边走边问："山坂特别工作队，知道今天午夜会哨的口令是什么？"

"口令？"贾正的枪口瞄准了他，见他越走越近，说了句，"是这个！"一勾扳机，叭咕一声，领先的敌人被撂倒；赵庆田也叭咕一声，也撂倒了一个，接着又甩出一颗手榴弹，轰地爆炸了。他借着手榴弹爆炸的浓烟，三跳两蹦地窜到了敌人屁股后面。【写作借鉴点：通过一系列动作描写，突出了武工队的战斗经验丰富，丝毫不拖泥带水，很果断地抓住时机。】

在赵庆田甩手榴弹的时候，贾正和一个便衣特务，同时抢占了一个大粪堆。要不是各占一边，中间让粪堆挡住，他俩近得就会对了脸。这时，谁都要设法隐蔽自己，等待机会消灭对方。敌人从粪堆的左方，偷偷地把一支三八步枪伸过来。枪身长，亮不开，贴着贾正的后背就乓地开了枪。趁敌人退弹壳的一刹那，贾正一举马步枪，说了声："找你五大伯去吧！"就把敌人打死了。

道沟里有两个鬼子，一个探着半截身子，在晃动着军刀；另一个露出头来，哇啦哇啦地怪叫。贾正把枪瞄向拿军刀的鬼子，没容他晃动几下，就用一颗子弹敲碎了他的头骨。敌人乱了阵脚。一切火器都朝贾正盖过来。猛烈的火力压得贾正连头也不敢抬。

窜到敌人背后去的赵庆田，伏在一个坡坎上，正举起枪来寻找目标。道沟里一个指手画脚的鬼子，正好进入他步枪标尺的缺口，赵庆田知道擒贼要擒王，作战先打指挥官，一勾扳机，打了他个狗吃屎。【阅读能力点：突出了赵庆田战斗能力之强，能一枪毙掉敌人的领头人物。】

"哎呀，永山副队长也阵亡了。"一个敌人吓得嚷叫开了。"是让背后的八路打死的。"又一个在打着嘟噜地叫喊。敌人开始骚动、慌乱、惊恐起来。正面抗击敌人的贾正就在这个当儿，一下滚出敌人的火网，窜进了石庄村。贾正在石庄村口的一座高门楼下停下来。"怎么办？"他倚着门框想，"回五侯村南的集合点，这个当然可以，小队长和回冀中的干部们又怎么样了？是不是受到了损失？即使没有受到损失，剩下三个人，又怎样完成护送的任务？还有，赵庆田这个家伙是长是短？……"一连串的事，都涌到他的脑子里。他听听村北，刚才枪炮齐鸣，现在却变得分外沉寂。他探头望望移到西南方的月亮，知道已经过了半夜。"走，找小队长去。"贾正下定了决心，"反正他离不开五里铺的大铁桥。"把枪弹轻轻地推上了膛，保险机不关，用胳肢窝一夹，贴着墙根，悄悄地向东走去。

　　刚走到村东的场上，一大溜搀着、架着、背着、抬着人的人群，正从西北顺着去江城的东南大道，哼啊地、骂骂咧咧地走了过来。"王八蛋们，怎么又在这儿碰上啦？"贾正一见是刚才交过锋的敌人，急忙钻到一个坯垛后面去；回头望望身后，净是坯垛、柴火垛，地形蛮好。"好！不叫老子痛快，老子也叫你们痛快不了！"贾正愤恨地咬着牙，把枪端平，瞄准了一个敌人搂了火；随后，又朝慌乱的敌人连发了几枪。突来的枪弹，把敌人又打了个大卷箔。敌人稍一冷静，判断出对方的力量不大，马上集中火力，朝着坯垛的方向扫射。贾正就利用地形和敌人斗起来。他从这座坯垛打几枪，绕窜到那边的柴火垛后面；从那边的柴火垛后面打几枪，又跳到另一座坯垛的跟前。就这样打打、跳跳，跳跳、打打地和敌人玩起了捉迷藏。

　　敌人正用全力对付贾正，猛地又从背后树林子里射来几颗枪弹。这下，敌人又丈二和尚，摸不着头脑了。"怎么回事？""八路到底有多少？"这时，敌人真像钻进风箱的老鼠，两头受气，再也不愿意在这神秘的黑夜里，十分不利作战的地形上多停留一秒钟，像被打的狗夹起尾巴朝江城逃遁了。贾正见敌人落荒而逃,心里不知是怎么回事,也就顺水推舟地用抽屁股枪来"欢送"。敌人退远了,他才发现对面二百米的树林里,有人也在用火力朝敌人追击。"这是谁?"他停止射击后猜测起来,"是赵庆田这个老蔫?他怎么也跑到这儿来了呢?"

贾正有节奏地拍了三下巴掌,对方立即击掌回答了两下。贾正一听答得挺对,正要窜出去喊,忽然想到小队长批评自己的"冒失"两字,忙蹲下来问:"二哥,进城吗?"

树林里,慢腾腾地回答:"等我,穿皮袄去!"

又联络上了!贾正听清了是赵庆田的声音,窜出坯垛就喊:"好你个赵老蔫……"跑上去就把从树林里跳出来的赵庆田搂起来。【阅读能力点:通过语言和动作描写突出了贾正对赵庆田的关心之情。】

"嗬!嗬!慢着点儿……"赵庆田用手捂着左臂小声叫起来,"怎么?"贾正关心地查看。

"嗯,叫跳蚤弹了一下!"赵庆田不以为然地说,"走,这儿不是久站之处!"两人贴着村边,绕到石庄村南,隐没在坟地里。

借月光,见地上不少脚印,贾正趴在地上仔细一看,说:"瞧,这不是李东山的大熊掌!"他指着鞋印说:"左脚,前掌四个,后跟三个,整是七个铁帽钉。"

又往前查看了一回,脚印告诉他俩:人们已经朝东面走去了,再追,也来不及了。月亮偏了大西,后半夜的寒风,吹透他俩羊毛絮的棉衣。他俩急忙奔五侯村的集合点走去。

拂晓以前,又有三个带枪的人出现在石庄村北。他们由东向西拉着很长的距离慢步地走着,像在认真地寻找什么似的,土墩、粪堆、道沟、坑壕……处处都查看一个遍。有时,他们趟到几颗子弹壳;有时,他们看到一摊凝固的血浆和被血染污的白棉花。

敌后武工队

"小队长，他们可能从另一个地方走了。"李东山说。"可能，没有尸体嘛！"魏强很愿意这样。

"会不会被俘了？"刘太生本不想说，但又压不住。"被俘？除非是他俩负了不能动弹的伤，叫敌人给抬走了。"

这一点魏强不是没有想到，就是觉得可能性不大。"走，奔五侯村南柏树林子集合点去！"魏强把手一挥，领头朝正西走去。

黑乎乎的柏树林子越来越近了。还有一百五十多米，魏强就迫不及待地啪啪啪地拍了三下；柏树林子里立即啪啪地还了两声。魏强一听有门儿，忙蹲下，两个手掌圈捂着嘴唇说："二哥！进城吗？"那边随着答出："等我，穿皮袄去！"魏强高兴地迎了上去，立刻和赵庆田、贾正二人会合了。五个人像叠罗汉似的紧紧抱在一起，就好似久别重逢那么亲热。革命感情激荡着每个人的心，每个人都激动地流下了热泪。【阅读能力点：通过动作描写，突出了五个人的革命感情之深厚。】

西山头托住了即将沉下的月亮。皎白的月光，变成淡红色，并且比在头顶上大了许多。启明星从东方跳起来，小北风飕飕地刮，四周村庄鸡啼了……天快明了。

魏强将赵庆田的马步枪朝自己的肩头上一撂，说了声："走！"五个人怀着胜利的心情，快速地向西飞奔而去……

【学习要点】

本章主要描写了魏强的小队执行任务的详细过程，在任务中遇到日本队伍，武工队从容不迫，制定相应对策以对付狡猾奸诈的敌人。文中把战斗描写得

一波三折,惊心动魄,让读者也跟着紧张不已。

【思考探究】

1.武工队的暗号是什么?

2.贾正和赵庆田在遭遇敌人时做出了什么反应?

第三章

名师导读

本章中武工队到达了新的地点西王庄，准备进行下一步的计划。其中河套大伯为武工队做出的贡献很多，具体有哪些呢？

根据冀中的形势，特别是敌占区特殊而复杂的情势，根据武工队今后的任务和活动方式，以杨子曾队长为首的武工队，最近又来了个突击式的政治、军事大练兵。

政治练兵是分区政治部的同志们来讲授党的各种政策；军事练兵就与以往大不相同了。他们既不操练稍息、立正、齐步走；也不演习排疏开和野外战斗。为了发挥武工队的特点，适应在敌占区里活动，天天都是攀树、爬房、跳障碍、纵壕沟、夜间射击。【阅读能力点：交代了武工队训练的特殊性，也为他们将来的出色表现说明了缘由。】

经过练兵大突击，收获真不小。大家不仅在政治、思想上提高了一大步，进一步懂得了党的各种政策，有了做宣传的资本；在军事行动上，高声说话没有了，夜间走路摔脚板子的声音听不到了，上房、蹿墙、跳宽壕，个个练得都比猴子还灵便。真是：增添本领情绪高，待进敌区逞英豪。【阅读能力点：通过练兵大突击，武工队的整体实力又进了一大步。】

要巩固练兵的成绩，人们不仅时刻操演、熟习，还相互测验，彼此考问。

贾正脸朝墙，刚默读了一遍对敌伪军的政策，转身就问身旁收拾东西的李东山："哎，老保守，你说为什么咱对敌人要实行宽大政策？"

李东山头没抬、眼没瞅，一面继续朝"万宝囊"里归拢东西，一面说："为什么？为争取更多的伪军、伪人员回心转意来抗日，用政策感召他们不真心事敌！"回答的畅快劲，真像流水一般。

"要那样，是不是对罪大恶极的人也不惩处啦？无边的宽大呀？"贾正又提出个问题来。

"那不成了右倾思想啦！宽大必须得和镇压相结合！"李东山觉得贾正领会党的政策精神还有点儿问题，于是，把"万宝囊"随便地一包裹，蛮认真地讲解开，"我们掌握宽大政策必须得有限度，同时也得有分别：对真心事敌，又屡教不改的伪人员，就得严厉处治，把这样的处治一两个，会把别的伪人员吓一下，这就叫打一儆百。【阅读能力点：详细地解释了宽大政策的含义。】可是，昨天下午敌工科李科长给咱们上课时，说到之光地区（这是抗战时期冀中的一个县，是以牺牲的县长李之光同志的名字命名的）的那三个害，哪一个也不能宽大处理，只有镇压！"

"昨天下午讲的哪三害？我怎么不知道？"

"你怎么会不知道？"

"浑！你忘记我到野场背粮去啦！要不，你今天能吃上高粱面菜团子？"

"可不是，我忘啦！"

"忘了就得受罚！现在我要罚你把之光地区的三害说清道明，还要快！"

"好，我认罚！"李东山点头答应，末后，将手里裹好的纸烟一举，"等我抽着就说。"

两人抽着纸烟。李东山这才开腔："说起之光地区的三害，咱李科长还把群众自编的一段顺口溜念了念。这段顺口溜我抄下来了！"说着从怀里掏出个旧

布皮订缀的小报纸本,连翻了几页,接着就念起来:

保定东南乡,

出了三个害:

一个在城里,

两个在城外。

公鸭嗓的侯扒皮;

哈巴狗是个秃脑袋;

刘魁胜,出奇地坏,

杀人放火奸女人,

哪村他都欠血债。

虽说他们仨凶,

难和松田赛。

老松田,胎里坏,

魔王转世阎王派。

杀人如捻蚁,

烧房像烧柴。

手下养群狗特务,

所有坏事包下来。

东杀男,西霸女,

要埋活人倒着栽。

瞅谁不顺他们眼,

抓到城里灌白开(凉水)。

抢掠财物平常事,

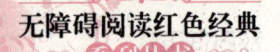

捆、打、吊人任意来。

盼星星，盼月亮，

盼着八路快过来。

过来给咱把胆壮，

过来给咱除祸害！

李东山一口气念完，把本子一合："这就是你问的那三害。听清了吗？同志！"

"这怎么是三害呢？连老松田不是……"贾正觉得李东山明明念了四个人，可为什么又偏称"三害"呢？于是就还问。

没容贾正说完，李东山急忙抢过话来："这，你看过戏吗？告诉你，先说的那三个，算是个帽儿，压轴的就是老特务松田。为什么人家编顺口溜的不先提他呢？这就叫艺术！要先提他，侯扒皮、哈巴狗和刘魁胜不就显不着了？其实，李科长说，这三个都够上单打一（是抗战时期对敌人的一种政策，目的是明确目标，专找最坏的镇压，借以争取教育更多的伪军改邪归正）的条件了！就说这个侯扒皮吧，在中间，他把人民勒索得十户就有十户揭不开锅，真是荞麦皮里挤油的能手。还有那个刘魁胜，到底身上背了多少条人命？根本就没法计算。听说在唐河沿的一个什么王庄，他和松田一次就杀了一百七十多号人。"【阅读能力点：李东山揭露了侯扒皮、刘魁胜、松田等人的罪行。】

"这，这他妈不是一伙子豺狼？"贾正听李东山说完，气得脸色发青，眼瞪圆，将手里捏着的小半截纸烟狠劲地朝地上一摔，锉着牙齿说："宽大！宽大！对待这伙子吃人不吐骨头的野兽，就不用想！我看零刀剐了也都不过分。"【阅读能力点：通过语言与动作描写突出了贾正对残害后百姓的人的痛恨。】

"说到剐，咱也没有这个刑法，不过，将来抓住后开群众公审大会，我看这准没有跑！"李东山也推断地说了两句。辛凤鸣强拉硬拽地扯着刘太生闯进屋来，冲贾正、李东山说："光待在屋里，你俩谁知道人家刘太生又创造了一种新的上房法？"他嘴巴说着，双臂左右一伸，两腿一叉，模仿着："人家在双手能按住墙的胡同里，不用跐人梯，就这么一扒一蹬，一扒一蹬，像闹着玩儿似的就能上了房，看来真麻利！"辛凤鸣本想通过自己的语言、动作，得到贾正、李东山对刘太生的称赞，哪知适得其反。他俩不但没说一个夸赞的字，反倒不约而同咧开大嘴哈哈哈地笑起来。

这一笑，可把辛凤鸣笑得有些茫然。他稍沉思，忙抢白："笑什么？难道人家新练的这爬房技术咱不应该学？"

"学是该学！不过……"李东山揎揎衣袖，挤挤眼，瞅瞅贾正，望望刘太生，三人六只眼一下都射到辛凤鸣的脸上，跟着又都呵呵呵地乐了。

"你们这些家伙，跟我捣什么鬼？"辛凤鸣见他们仨抱成团来开自己的玩笑，真有点儿不耐烦。

"别不耐烦！按说你这号称'访员'、别名'百事通'的人，对这事就应该早知道，可为什么落后了呢？真是太不应该！"李东山说到这儿，脑袋连摇几摇，嘬嘬牙齿，又接着说，"刘太生创造了新的上房法，你问问他怎么练会的？跟谁练会的？"

没等辛凤鸣扭过头来开口问，刘太生指点着说起来："跟你，跟贾正，还有老蔫赵庆田！"

"啊！这一手你们也都会？怎么我就不知道？"辛凤鸣这时才明白他们仨笑的意思，心里对别人的练兵成绩立刻感到惊奇，同时，对自己却有些不满了。

"你，你跟小队长到沟外（指敌人的围山封锁沟）活动了几天，怎么会知道。其实，这也不是谁教的谁，是大家练习、大家创造的！"李东山见辛凤鸣面有愧色，赶忙解释。

贾正这时也上前劝慰:"你别看人家赵庆田臂上还有点儿伤,练这一手可真卖力气!为了学得快,你可以请他做指导!""伙计!你眼下就别光羡慕别人啦,快唱出《萧何月下追韩信》,连夜地'赶'吧!"刘太生亲热地握住辛凤鸣的手,也跟着说起来。【阅读能力点:通过几人的劝慰表现了武工队的团结与友爱的精神。】

辛凤鸣拳头一挥,发誓说:"对!赶!赶上去!一定赶上你们!"

一切情况掌握在手,一切本领锻炼在身的武工队,在一个云漫风吼的夜晚,一个猛子又扎回冀中,像一把锋锐的尖刀,直戳在保定城东南——之光边缘地区。【写作借鉴点:通过比喻的修辞方法,将武工队比作尖刀,形容他们的行动迅猛与势不可挡,为后来他们在冀中大放光彩做下了铺垫。】

之光边缘地区共管辖三十几个村庄,连鬼子统治的保定东关、南关也都在内。这地区因它是以保定为基点,西壤张保(指从张登镇到保定的公路),北靠高保(指从高阳到保定的公路),被两条公路人字形地相夹着,所以从地图上来看,就像个打开的折扇面形状。离保定越远,面积也就越大了。

来到之光边缘地区的当夜,队长杨子曾就和这个地区的区委刘文彬接上了头。

刘文彬是当地人,四十多岁,不太高的个子,长得倒挺粗壮。他穿着一件肩头打着补丁、袖头露出棉花的青色大棉袄;腰间扎条白褡布,头上戴顶栗子色的破毡帽,没修饰过的四方脸上,嘴边长满密匝匝的髭须,几条皱纹也很明显地摆出来。他这穿戴和长相,完全像个在庄稼地里摔打过多年的农民。其实,他就是从地道的农民变过来的。

根据上级指示,杨子曾准备把魏强这个小队留在这里,配合当地的党组织和开展工作。于是,在接上头的那天夜里,叫过魏强来,将刘文彬介绍给他,并且明确地告诉魏强:"从现在起,刘文彬同志兼小队指导员,就和你们小队同

吃、同住、同行动，所以，小队的工作你俩要共同负责！"【阅读能力点：交代了刘文彬与魏强共事的原因。】

有当地党的负责同志跟在自己身边，魏强的心里是一百个高兴。他在杨子曾面前，把要说的话说完，要受领的任务接受下，就领刘文彬回到了小队。

哪知刘文彬一到了小队里，就给刘太生带来了一个最悲伤、最痛苦的消息。【写作借鉴点：承接上文刘文彬来武工队工作的事情，引出下文刘太生母亲的噩耗。】

事情是这样的：刘文彬跟随魏强刚迈入小队的住屋，刘太生就窜了过来，拉住他的手说："叔，你在这儿？"

"啊，你也调武工队来了？"刘文彬开始一怔，之后，像瞅自家孩子似的用喜爱的眼神，上上下下打量了刘太生几眼，"家里的事，你知道吗？"

"我知道长生参军的事。"

"不，你妈的事！"

"我妈？她怎么啦？"

魏强见刘文彬是刘太生的亲叔叔，又提念到他妈的事，无意间和贾正对下目光。他们知道，刘太生母亲的不幸遭难，不能再瞒着了，也就没有阻止刘文彬。当刘文彬说到刘太生的母亲被老鬼子松田和特务刘魁胜杀害时，刘太生真像晴天打了个霹雳，头上挨了一棒槌，晕晕腾腾、昏昏沉沉地一屁股坐在机凳上，怀里抱着枪，垂下了头，脸色比生过一场大病还难看，眼泪像断线珠子一般，哗哗地朝下流。

伤心莫过死了老子娘！凡是和刘太生在一起战斗过的都知道，不论行军、打仗，他从未叫过苦，嚷过累。"五一"反扫荡，一天打三仗，三天吃一顿饭，脚上磨得大泡套小泡，他照旧是那么乐呵呵的。今天他哭了，哭得真恸啊！把大家哭得鼻子都发了酸。

"人死如灯灭。难受一遭也当不了什么！杀你母亲的人就在城里，报仇算账的机会多得很。"刘文彬拽扯着棉袄袖子，擦抹下湿润的眼睛，劝慰地说。

"对，找机会跟他们来算这笔账！"魏强的眼里喷射着火花。

"给咱刘太生的老娘报这个仇！"

"能逮就逮，不能逮就敲！"

"骑驴看书，走着瞧吧！"

队员们也都七嘴八舌地安慰起刘太生来。

对母亲的惨死，刘太生伤心地恸哭了一大场。但是，他知道不早一天把鬼子赶出中国去，不知有多少母亲还会死在敌人的手里。【阅读能力点：母亲的死更加激励了刘太生坚定革命的信心。】

在之光边缘地区的几天秘密活动，杨子曾已把敌情、地形、群众的思想都摸清了。根据目前的种种条件分析，他认为有必要开展一个政治攻势，鼓鼓群众的情绪，杀杀敌人的气焰。交朋友，择好的；打敌人，拣坏的。于是，就把中间镇的侯扒皮当作开展政治攻势的试点了。【阅读能力点：交代了武工队要进行的下一步行动。】

一天，吃罢早饭，一位皱纹满脸、头发花白的老奶奶，像平常串门的人一样，走进魏强他们房东的当院："他婶子，吃过饭啦？"

"短天道，两顿饭，现成的饽饽一馏就行了！"房东迎出去回答。跟着，两人就小声地叽咕（小声说话）起来。魏强心里正在纳闷的工夫，门帘一起，那位老奶奶走了进来。

"老奶奶，听话音就知道是你，就是不敢到门口接。是从队长那边来？"刘文彬下炕，亲热地紧打招呼。

老奶奶笑着点点头，接着就问："谁是魏小队长？"刘文彬伸手刚要指引，魏强却开了口："我，魏强。"话音刚落，老奶奶却递给他一个很微小的东西："给，这是杨队长叫我当面交给你的。"

魏强接过来看，原来是个绿豆粒粗、火柴棍长的纸卷卷。他打开逐字逐句地看完，回手递给了刘文彬。刘文彬的眼睛刚挪开那个纸卷卷，纸卷卷就被他填进嘴里。

"这个也是给你的。"老奶奶从棉袄袖里，拿出个二寸半宽、三寸长、化学玻璃夹子夹着的白纸片。

魏强接过来，和刘文彬一齐看，正面，有酸枣大的三个字："居民证"；背面，贴着自己一张免冠的二寸照片，那是过路前，宋摄影员在分区给魏强照的。他心里想："上级真是处处想得周到。"抬起头来，老奶奶还像有事似的倚靠空荆囤等待着。

"老奶奶，你回去吧。"魏强凑近老奶奶说。

"回去？你不给我写个字儿？"老奶奶像懂、又像不懂地讨要一个东西，"我不论给谁送东西，也没有空手回去过，连杜县长、曹政委也是这样。"【阅读能力点：写出老奶奶执行任务的谨慎。】

从话语里，魏强知道面前的这位老奶奶，不仅是个拥护八路军、掩藏抗日人员的堡垒户，也是个秘密交通员。他察觉自己的失误，抱歉地笑着说："我也不让你老人家空手回去。"从日记本上，忙撕下火车票大的一块纸，垫着膝盖写："收到，立即执行。魏。"也搓成个卷卷，递给了老奶奶。"咳！这才合规矩。"老奶奶满意地接了过来，两手一抄，笑着走了。

魏强、刘文彬小声嘀咕一阵，刘文彬立即将穿的、戴的脱给了魏强。

魏强把德国老三眼的枪栓拽开，一条弹头有孔的子弹哗地按进弹槽。随枪栓的关闭，第一颗子弹，被推上了枪膛。他把保险机一关，枪口朝上，插在腰间。人们又帮他上下前后地做了次检查，没有看出一点儿破绽。【阅读能力点：

【通过对魏强一系列的战斗准备描写，突出了其认真、一丝不苟的性格特点。】

他把队伍交给刘文彬，胳肢窝夹上个旧钱褡子，趁街上没有人，跳出大门，直奔中间走去。

魏强要在中间据点附近选择个明夜好开展政治攻势的地形。他混杂在赶集的人流中，大步地朝中间村里走去。在村边，被两个端枪的警备队员怒目横眉地拦截住了。

"居民证！"干瘦如棍的一个警备队员，瞪圆眼珠子，用石门造的假大盖一拨拉，怪叫了一声。

所有的人，都将"居民证"递给他。魏强学人们的动作，也就被放了进去。

今天是中间集。所谓市集，也只不过比平常日子多了一些人罢了。除了几个挑担卖白菜的，几个背布袋粜粮食的，几个挎篮子卖吃食的……粮食市、棉花市、牲口市、肉市、菜市……走到哪里，哪里都是人少货不多。中间大集的繁华景象，早已成了过去。

魏强眼睛巡视着周围，耳朵留神地听着八方。

他紧迈了几步，钻进街西的一条小胡同。在胡同出口朝北望去：一群不算小的炮楼子，就像坟地里一堆馒头围着一个大坟丘，把一座七截高的红炮楼子围在中央。望乡台似的大红炮楼底层不远的地方，修盖好几排青灰色的砖平房。穿军服的，穿便衣的，男的，女的，有的走进炮楼，有的走出平房。

炮楼周围是一圈像蛛网似的铁丝网。铁丝网外面，还有一条深沟围绕着。从沟里面高高的培土来判断，防护沟既不会窄，也不会浅。放落的吊桥，像个长长的跳板，横架在防护沟上。这就是敌人出入的唯一道路。【阅读能力点：详细描写敌人的建筑以及防御工事，突出敌人的戒备森严。】"敌人戒备得还算严！"魏强思忖着。

吊桥对过儿，宽阔平坦的公路那边，有一排排高大的灰砖房，被七八尺高的围墙圈着。"嗯！这房是干什么的？是据点的一部分？"他佯装（假装）闲溜达地朝前移动，大门上拳头大的铁锁，越来越看得清楚。"啊！是一处闲房。好地方！明天就在这儿干！"

他很满意地绕道离开了中间镇，按原路返回来。第二天，当一钩新月升到聚满银星的东南方，武工队已静悄悄地踏进了中间镇。【阅读能力点：魏强已经侦察好地形，为武工队接下来的斗争做下了铺垫。】

按原计划，敌工干事韩新潭来到了魏强的小队；杨子曾带领二小队由秘密"关系"指引，召集伪办公人、伪军家属开"抗日讲解会"去了。

魏强胳肢窝夹住那支机头张开的驳壳枪，率领队伍静静地接近了据点，无响动地占领了吊桥对面的那一片青砖房。他先命令两个人掐断公路旁的电话线，而后让常景春用歪把子把吊桥堵上。一切安排就绪，他脚趾梯子隐在砖房后面，对手拿白铁做的歪脖子话筒的韩新潭说："韩干事，可以开始了！"

"喂，谁站岗了？"韩干事嘴对着话筒，朝据点里大声地吆唤开。拢音的喇叭筒，嗡嗡的声音，在顺风的夜里，能听出二三里地。他紧跟着连问了两遍。随着声音，据点的灯光都灭了，跟着当当朝魏强他们打来了几枪，子弹射得很低。"要打你就多打几枪，我们既来了就不怕！叫你们的侯队长上来答话。"韩新潭的最后一句，像是发布命令。敌人还继续射击。同时，警报器也嗷嗷地号叫起来。

"放警报没有用，快叫你们侯队长，八路军跟他有话说。""他妈的，你们有话就说吧！"据点里最高的炮楼上，一个公鸭嗓（"公鸭嗓"是对声音尖锐的嗓音的一种贬义形容，像鸭子啼叫一样的嗓音）的敌人答了腔。

"你是侯队长吗？"

"你们想干什么？我是。你们敢进来杀我的头？"

"哎，你身为军官，说话怎么这样难听？"

"好听？他妈的这个好听！"啪！新口径的三八大盖（三八式步枪），焦脆地发射了一枪，震得人们浑身一机灵。

贾正小声嘟囔："这小子难怪叫侯扒皮，真不吃好粮食。"

魏强向身后摆一下手招呼他们："安静点儿，别说话。""我们刚和你接触，就觉得你这人太不讲面子。"韩新潭又一字一句地讲起来，"你不要执迷不悟，认为有日本鬼子仗势，会永远骑在马上，耀武扬威，到处横行霸道，到处敲诈勒索，抗日政府给你们记着账呢！有一天，八路军会找你算账的，老百姓会找你报仇的。常说，听人劝，吃饱饭。侯队长，你是聪明人，懂得什么是忠，什么是孝，环境所处，生活所迫，干了警备队也是没有法的事，只要别忘了自己是中国人，做到身在曹营心在汉就行……"【阅读能力点：表现了韩新潭的讲话技术，直接上升到了民族问题，令人听了热血沸腾。】

据点的敌人，像是听得入了耳，叫骂吵嚷的声音，都没有了。

"……你们只要放下屠刀，重新做人，抗日政府会宽大，八路军也既往不咎（原指已经做完或做过的事，就不必再责怪了。现指对以往的过错不再责备）；如果要继续为非作歹……"

"继续为非作歹，你们怎么样？"楼上又传出几句蛮横又粗暴的发问。

"怎么样？抗日政府就要和你清算这笔总账，就要找机会要你一起还清。"韩新潭也气挺粗地顶上去。

"好，就看你们怎么和爷儿们算总账了，爷儿们是老虎推磨——不听那一套。别给老子瞎哨啦，滚吧！"

"侯鹤宜，你铁心啦？"

"老太爷就是铁了心，你敢怎样？不行，明天拉出去打一打。"

"好！你既然敢说铁了心，日后我们有办法对付你。""我敢！敢！敢！

敢定了。"侯扒皮在炮楼里边，咬着牙，跺着脚，发着狠说，"你们有本事就施展吧。我一个脑袋一杆枪，什么时候都接着。"

魏强实在忍无可忍了，眼珠儿一转，跟着爬上了梯子，大声地吓唬起来："你等着接你们警备队的子弹吧。'黄河'，你注意侯扒皮的行动，假如他不改，你就准备接受任务，在里边找机会，敲死他。其实，去年三月，他在徐水大因村，调唆鬼子杀害那俩老百姓，就够死的条件啦！到中间来诈财，打老百姓，更是胆大包天了。不过八路军按照抗日政府的法令，还给他个悔改的时间。"

据点里，暂时变成死样的沉寂。魏强觉得咋呼一下，还起作用，也就继续说："'长江''黑龙江'，你们俩也留一点儿心，帮助'黄河'搞。警备队的弟兄们，只要不真心帮鬼子干……"

当当当，据点里射来不间断的枪声，简直就像热锅里炒豆子。【写作借鉴点：将枪声比喻成热锅里的豆子，形容当时的枪声之紧。】魏强伸出话筒，还想喊两句，当！当！话筒被凿了两个眼儿。

杨子曾带通信员猫腰快步奔魏强他们走来："怎么，工作不顺利？"

"侯扒皮，软硬不吃。"韩新潭表示非常懊丧（懊恼、沮丧）。

"不听也得听，反正指名点姓地教训了他一顿。"刘文彬像是很满意。

"可是咱也挨了一肚子骂！"魏强猛地想起炮手胡启明刚才的要求，也就要求杨子曾，"擂他一炮吧！队长。"

杨子曾眨眨眼，搓搓手，听了听据点里不间断的射击，望了望村里黑乎乎的，估计有不少看热闹的人，最后答应说："可以，一定要命中中央的炮楼顶！"

站在旁边的胡启明，听到杨子曾允许了，还没容魏强下达命令，已脱掉了炮衣，跳进选择好的发射阵地，单眼吊线地一瞄，右手狠劲地一扳扳机，啪！传来一声不大但很焦脆的声响。轰！一声巨响，一片红光，炮弹飞落在中央炮楼顶

上爆炸了，震得人们身子忽悠一下。据点的枪声，被这声巨响震得完全停止了。

【阅读能力点：描写武工队对敌人的强硬回击，绝不留情。】

"侯鹤宜，跟你这只是一个开始。好话说了千千万，一切都在你。日子长着哪，我们走着瞧！"魏强嘴对着话筒口俏皮地闹了几句，带起队伍，跟着杨子曾走开了。

武工队在中间文武齐下地闹了多半宿，也真把据点里的敌人吓坏了。侯扒皮虽说嘴帮子硬得赛块铁，心里也同样害怕得不行，要不，他为什么天一亮就到村里抓人去深挖据点周围的封锁沟？特别是胡启明发射的那一炮，就像那一等的篮球队员投篮似的那么准确，不偏不斜，不上不下，正好落在中间的炮楼顶上。这一来，不光炮楼顶子炸了个大窟窿，还把侯扒皮的三个贴身马弁，炸伤了一对半。里边有一个是侯扒皮的小舅子，没等抬到城里就吹了灯。警备队员和黑狗们自从听了武工队的讲话，心里也都在盘算日后怎么办。三天过后，有两个黑狗请了长假；再过一天，又一个警备队员开了小差。老特务松田听说中间据点挨了炮轰，赶忙带上二百多人马，由刘魁胜领路，坐上汽车跑来巡查。【阅读能力点：描写武工队对伪军造成的威慑力，将松田和刘魁胜都吸引了过来。】

在敌人惶恐不安的同时，群众可高兴了！于是，许多夸赞武工队的话，也在群众当中流传开了。

老年人说："想不到，这回八路军的家伙这么硬！"年轻人道："不硬，怎敢指名道姓地跟侯扒皮碰？"

壮年人讲："听说八路军这回的家伙都是新式的。那晚上朝中间大炮楼子放的那一炮，看见的人们说是电动炮，根本没有炮筒子！"

庙台上、街头、茶馆、酒铺……凡是有人聚集的地方，所谈的差不多都是这码事。的确，人们消沉、抑郁多日的心，让武工队在中间镇的一宿活动，给振奋起来了。大家好像在连阴天里看到了空中跑乏云，知道晴天的日子有了个指盼。【阅读能力点：描写了武工队通过这一次战事赢得了民心，给人民带来了希望。】为了适应敌占区的环境和工作的需要，武工队经过短暂的集体活动，准备按之光、清苑两个地区，把两个小队分开来。夜里，队长杨子曾就带着二小队去清苑了。

魏强送走队长和二小队，回来和刘文彬同志研究了一下，在午夜刚过的时分，由刘文彬同志率领着，不走村，不过店，一直奔西王庄蹚了来。在西王庄村南头，刘文彬人熟地熟，不打窗户不叫门，踩着刘太生的宽肩膀，上了一家高房。不一会儿，大门轻轻地开开，人们没声响地拥了进去。

魏强他们来到的这个西王庄，是之光边缘地区数一数二的隐蔽根据地；他们所住的这一家，又是西王庄这个隐蔽根据地里铁桶般的堡垒户。【阅读能力点：介绍武工队的隐藏地点。】

为什么这样说呢？因为西王庄这个不到百户人家的村子，虽然处在敌占区，并没有一个混伪事的。不管鬼子、汉奸闹得多么厉害，抗日工作从没垮过台；抗日民主政府的各种政策、法令，始终都在贯彻、执行着。所以有些工作人员就给它起了个绰号，叫：小延安。【阅读能力点：描写西王庄是抗日工作的坚强后盾，这为武工队的行动带来了极大的方便。】

的确，也称得起是小延安。"五一"大扫荡以前，这村男女老少高涨的抗日情绪就不用提，单说"五一"大扫荡以后，由于鬼子从根据地里回来，在这村驻扎了两天，就糟害个够呛。光用粮食喂洋马，就糟蹋了上万斤；猪羊吃个光，牛驴牵走了一多半，闹得今年开春种地都成了问题。别看村里受这么大的损失，人们的抗日心气还是非常高涨，甚至比早先还坚决。虽然"保公所""联络员""防共自卫团"……等伪组织都建立了，挂上了牌子，那是聋人的耳朵——摆设，实际上，里边都是抗日的村干部和抗日的群众，只不过用这些遮挡下敌人的眼目罢了。

再说说魏强他们住的这个铁桶般的堡垒户。这个堡垒户是老夫妻俩过日子。老汉叫赵河套，祖辈三代都靠扛长活儿、打短工、挑八股绳吃饭。家里穷，一年三百六十响，有一半的日子吃糠咽菜（指吃谷糠，吞野菜。形容生活的贫困与艰辛）。

　　因为穷，娘怀他十个月，还到河堤坡上挖野菜，来不及回家，把他生在河套里，因此，他爹就用"河套"两字当了他的名字。"赵河套"这三字一直叫了五十六年，也从没有人再给他起个大名。【阅读能力点：说明了河套大爷名字的由来。】

　　抗战开始的那年冬天，由于村东——大坑那边——东王庄韦长庚的大儿子韦青云招人起枪地组织人民抗日武装，曾把西王庄的年轻人带走了一股子。那时候，赵河套大伯对青年人打鬼子，为国家效劳的举动就非常羡慕；不过，他跟前的宝生才十四岁，想送去，根本就不够格，一直等到"五一"大扫荡的前一年——1941年，宝生长到十八岁，河套大伯才送儿子参加了抗日部队。

　　要知道，西王庄离保定只有二十里。当时，在这个地区，有人要当八路去抗日，叫鬼子知道了，算是闯下了滔天大祸，不闹个灭九族，杀满门，也得倾家荡产。河套大伯根本就没管它，也不管老伴愿意不愿意，和宝生商量商量，带上了盘缠钱，爷俩起五更，蹚过东王庄村东的唐河，赶到蠡县刘铭庄，就把自己看着长大的儿子——宝生交给了队伍上。回来，虽然老伴埋怨了好几天，他多会儿想起这码事来，也感到自豪。【阅读能力点：突出了河套大伯的抗日之心与高涨的爱国之情。】

　　在他的带动下，村里又有好些老人秘密地把自己的孩子送过唐河，参了军。

　　魏强他们住在这么一个村子的这么一个家庭里，如果没有极特殊的情况，真是再保险不过了。

　　鸡唱过三遍，蜷缩在炕头上沉睡的魏强，被窗户上哗的一个不大的响动惊醒了。接着，窗户上又哗哗地响了两下。这是在房上的哨兵用土洒打窗户，发出天快亮的信号。【阅读能力点：武工队的特殊交流方式。】

魏强顺手推了下怀搂歪把子睡在他身旁的常景春，小声地说："起！"常景春忙爬起来，猫似的轻轻跳到地上。

"起！"这一声虽然很低，却比激励的号音还起作用。人们唰的一下都醒了。因为鞋没脱，装备没卸，大家稍一活动，就怀里抱着枪，背靠墙地坐起来。屋里，除了有几个时隐时现吸烟的小红火，什么都看不见。在漆黑、寂静、空气混浊的小屋里，都精神集中地静听外面的声响，准备应付突然到来的情况。因为这正是敌人包围村子的时候。【阅读能力点：通过一系列的动作描写，突出了武工队行事谨慎，毫不懈怠的特点。】

魏强轻轻地开开二门，走了出去，顺着戳在房檐上的梯子无响动地爬上了房。

在房上，居高临下地四外望去，黑乎乎的什么也分辨不清。稍停，才看清辛凤鸣趴在烟囱后面。魏强弓背弯腰走了过去，问道："有什么动静？"

"刚才东南角上，好像是中间镇，狗咬了一大阵子！"辛凤鸣低声地回答。

"西边，张保公路呢？"

"没有动静！"

"老辛，下去吧！"贾正和另一个队员爬上来换哨。

魏强在下房前，嘱咐贾正："这会儿正是敌人包围村子的时候，要特别注意，听到一丝风吹草动，看到丁点儿异样征候，都要疾速报告！"

窗纸，越来越发白；屋里，越来越明亮；人们的鼻子、眼窝渐渐地都看清了。多事的拂晓，已经顺利地度过。房上的警戒撤下来，放到了二门的后面。

"你们喝碗红薯白菜粥暖和暖和吧！"河套大伯端了一大碗冒出尖来的红薯白菜粥走了进来。

"不，"魏强拍拍盛小米面馍馍的灰色布袋，笑吟吟地说，"俺们带着干粮啦！大伯，你一清早就出去给俺们看情况去啦！"

"是啊！这是我理应合分的事。其实，我干的这点儿抗日活儿，要和你们这些有功之臣比起来，那可差得远！真要论功行赏，恐怕我连这稀白粥也喝不上！"河套大伯逗乐地说完，情不自禁地呵呵地笑起来，同时，也把人们逗笑了。

"你难道还不是有功之臣？你的功劳，抗日政府早都记在功劳簿上了。说真的，有些地方俺们还不如你给国家的贡献大呢！就说缴公粮吧，你多会儿不是晒干扬净，送头份；还有，你送儿子……"对河套大伯深深了解的刘文彬，又连声不绝地夸奖开。

来这以前，刘文彬把西王庄和河套大伯家的情况，都做了介绍，所以在魏强的脑子里，对河套大伯有了个粗浅的好印象。眼下，再见河套大伯爽朗、倔强、朴实、奔放的性格，饶有风趣的样子，打心眼儿里更加喜爱，更加尊重了。于是他亲热地招呼河套大伯坐下，两个人面对面，随随便便地闲聊起来。

这一聊可真聊得远：从中国到苏联，从山地到平川，从三国到前清，从种地到修铁路，从冀中的吕司令到党中央和毛主席，从现在打鬼子到将来建设社会主义……真是海阔天空，简直没有谈不到的。别看河套大伯没进过学堂门，古书、旧戏可知道得不少，净是一套一套的。人们越说越起劲，比开个小型娱乐会还带劲。【阅读能力点：通过河套大伯与魏强的对话，我们可以看出当时的百姓对未来充满了期待，对中国共产党充满了期望。】

人们正蛮有趣味地聊着，从街上忽然传来一阵凄惨、悲切的哀怨："老天爷，你就让这坏人老活着？孩儿们哪，都上哪儿去啦？盼，盼……"随后，呜呜地干号起来。

人们一时被这哀伤、悲怜的声音弄怔了。

"这是谁？怎么回事？"魏强诧异地问。

"东王庄的韦长庚！"刘文彬告诉魏强。

河套大伯摇摇头，嘬嘬牙，脸色立时变得非常阴沉。"他是什么人？"魏强朝前挪挪，继续刨根儿地问。

"他是抗属，也是地地道道的庄稼人。劳碌了一生，种了一辈子地，末了，叫铁杆汉奸刘魁胜和老松田弄了个家破人亡，他也疯了！"

刘魁胜、松田这两个名字，在魏强他们的耳朵里并不陌生。特别是刘太生听到，真是气得咬牙切齿。李东山在这里听到刘魁胜、松田，忽地想起山里练兵时，李科长说的那杀一百六七十号人的事。【阅读能力点：表现了刘魁胜、松田的罪恶滔天。】他口问心："难道说的那什么王庄，就是这东王庄？这到底是怎么回事？"魏强也想把这个军属被刘魁胜、松田搞疯的事，弄个一清二楚，于是又追问了一句："他到底是怎么疯的？"

"怎么疯的？"河套大伯瞅了刘文彬一眼，刘文彬眉头紧蹙地在沉思。他长出了一口气："这事，刘区委最摸底！"刘文彬忙接过来："大伯，要说知道韦长庚的家底儿，你是再清楚不过了，还是你给魏小队长他们念叨念叨吧！"大伯开头没言语，经人们又撺掇（煽动;怂恿），他又长出了一大口气，才把韦长庚家里人的被害，韦长庚的疯，原原本本地讲述开。

【学习要点】

本章主要描述了武工队到西王庄的事情，其中一位重要人物——河套大伯的动作和神态描写得淋漓尽致，突出了他正直、憨厚、爱国的性格特点。

【读品悟】

　　源于对党的信任以及自身的爱国情怀,河套大伯将自己最心爱的儿子送去参军,他无私奉献的精神值得我们学习。

【思考探究】

1.在东王庄实施暴行的是哪两个坏人?
2.武工队在哪里秘密潜伏着?

第四章

名师导读

本章描述了东王庄与西王庄的历史，也借此引出了刘、韦两家的恩怨，到底发生了哪些事情呢？日本人又对这些地方实施了哪些暴行？让我们来仔细阅读吧。

要不是有个大水坑在中间隔着，东王庄和西王庄简直像一个村。头遭来西王庄串亲的，常跑到东王庄去打听亲戚家的大门口。两村，谁家对谁家的锅台、炕，差不离都知道。虽说像一个村，办公还是分两下，各立账本，各理村事，油水不相掺。【阅读能力点：形容东、西王庄虽然私下关系好，但在公事上分得还是很清楚的。】

东王庄净是姓韦的。老辈传说：燕王扫北，有一对姓韦的年轻小两口儿，躲藏在河套的柳树丛子里，逃过一场大屠杀，此后祖辈相传，就扑腾了那么一大堆后代。所以，它不像西王庄，赵、钱、孙、李百家姓兼而有之。【阅读能力点：东、西王庄姓氏差别的由来。】

韦长庚早年在中间扛了二十多年长活儿，日后，两个儿子慢慢地都长起来，他那颗常揪揪的心，才渐渐地宽松下来。

土地不多，都在河套里，年年一水一麦，父子三人过日子紧打紧算，真像是一把锁，所以越过越红火。此事变前一年，二小子青章也娶了亲。两房里都

有了孩子们，就是缺个男孩。"五十不见孙，至死不松心。"韦长庚老夫妻俩都六十的人啦，盼孙子盼得简直睡不好觉。事遂人愿，前年冬天，他们老二家，偏巧添了个七斤半沉的胖小子，取名叫"盼儿"。当时，可把韦长庚乐颠了，揣上平常舍不得喝的一瓶二锅头，三步两蹿地走进西王庄，找见年轻时一起拉锄把子、说话投缘的赵河套，煎了几个鸡蛋，分坐在炕桌两边，连三盅地对喝起来。

【阅读能力点：形容老人家老来得孙的兴奋。】

正在欢喜头上，偏偏祸从天降。去年刚穿棉衣的时候，三害之一——刘魁胜，领着三四百鬼子，以大水坑为界，把东王庄包围个严丝合缝（指缝隙严密闭合），想溜出一个人来，真比登天还难。刘魁胜好像灌醉了酒，中了疯魔，提着个快慢机满街吆唤着："老子今天上东王庄报仇来啦！我姓刘的，跟你们姓韦的，仇大如天哪！你们毁了我刘家一家，我要灭你们韦家的全族……"

铁杆汉奸刘魁胜为什么和东王庄姓韦的摽这么大劲呢？原因是这样的：

七七事变刚开始，国民党的军队，在涿、良、宛一带稍稍地一"叮当"，就像开了口子的河水，呜地一下子溃散下来。那年八月十五，鬼子占了保定，很快，又占了石家庄……有血性的中国人，谁愿意当亡国奴？年轻的小伙子们，在共产党的领导下，纷纷组织抗日人民自卫军，积极参加游击队。【阅读能力点：说明了游击队壮大的原因。】

韦长庚的老大——韦青云也把家族门里愿意参加抗日的兄弟、侄儿们组织起来，扯起抗日旗号，拉起抗日武装。人多，家伙少，就到处去起财主家的枪。刘魁胜家住在刘家桥，离东王庄十八里地，要去，不用过河，顺堤就能走到街里。但是，刘家桥村北，紧贴鬼子常来常往的高保公路，明知道有几家财主有枪，就是没人敢去起。

韦青云是个胆子大、主意正的铁汉子，抓抓脑瓜皮噌噌地冒火星子。遇事不着急，干起来，手头快，玩得利落，一般的人可比不了。【阅读能力点：交代

了韦青云的人物性格特征。】

一天傍黑,他扇披着大棉袄,带领一伙拿家伙的人,朝刘家桥小跑步地奔去。

韦青云知道擒贼先擒王。在关大门睡觉之前,他带领那班人闯进刘魁胜的家。进门先上房——压顶,然后就找刘茂林。

刘魁胜他爹刘茂林,别说在刘家桥,就是在梁桥、苑桥、郭桥……一溜十五桥,也是跺跺脚就能让四街乱颤的人物。今天,见到有人在他家做出这样从没有见过的举动,真不知道是个什么馅儿。二门叫人家堵住了,溜又溜不了。好汉不吃眼前亏,右手紧握三号勃朗宁,往棉袄口袋一插,装作很坦然的样子,从里屋走出来。他寻思来的这起子人,不是江洋大盗,必是绿林英豪。哪知出来一看,对面站着的是脏手巾箍头、破棉袄遮身的韦青云,是个顶满脑袋高粱花子的庄稼汉。他立即把提到嗓子眼儿的心,呱嗒撂在肚子里。随着,板起脸,左手舔着大拇指,眼角一斜楞,似点头不点头:"我是刘茂林,来我家有什么事?"【写作借鉴点:通过对韦青云的外貌描写以及刘茂林的心理描写引出了刘、韦两家的恩怨。】

韦青云早就认识这个尖嘴猴腮的瘦家伙。他想:自己的行为是抗日救国,光明磊落,再加上腰间插有一支三号自来德;外面又有一班带武器的人给撑腰,也就不理不睬地把左手一伸,指着靠桌子的太师椅:"你坐,事儿不大,得商量。""商量?"刘茂林没有坐,他觉得来的这个土头土脑的人,说话气挺粗,也就减了三分锐气,话语稍放缓和些:"好吧,只要我办得到,尽量地办。你贵姓?怎么称呼?"他的嘴里虽然在说话,心里却翻来覆去地想:"不论是谁,只要有两人拿枪在房上一压,底下有多少家伙,也难施展……"

"我叫韦青云,东王庄的。抗日救国的道理,刘先生比我知道得多。总结起来,一句话,我们要打鬼子,枪不多;你家有枪,请拿出来,让我们用它抗日去。"【阅读能力点:韦青云一句话表明来意。】

"要枪，打鬼子，这是好事。我要不是上了年岁，还愿意背上一条枪，和你们一道干哪！不过，老弟，说句知心话，你们这么……"

"怎么？"

"咱们是乡亲，说真的，要不是我姓刘的经得多，见得广，叫你们这上房压顶地一折腾，就得吓死！"说完，屁股朝椅子一歪，咕咚坐下了，"年轻人，火气就是足。"刘茂林觉得韦青云是个直出直入（比喻说话直截了当）、愣头愣脑的庄稼小子，动上一丁点儿智谋，就能蒙哄过去；要弄好了，还可能捡点儿洋落。他就打牙碰嘴，嘻嘻哈哈施展起他的伎俩（手段；花招）来。

"刘老先生只要肯拿出枪来，房上的人，可以马上撤。"韦青云认为撤下房上的人，他也反不了天，即使有几个看家护院的，也不敢下手。就朝外喊："人们，都从房上下来。"兵随将令草随风。人们稀里哗啦地都从房上走下来，黑压压地站了半当院。

"人是下房啦，枪，你看怎么给吧！"

"枪啊？你也坐下，咱慢慢地谈，反正有。"他庆幸自己的第一个智谋实现了。他知道把人们诓骗下来，自己的人，会悄悄地爬上房去。到底爬上去多少？自己还摸不清。他怕时间走得慢，就一拖再拖地磨蹭着，等候房上的动静。

韦青云不但没有坐，反向刘茂林靠近两步。他心里也思摸："这个老猴崽子，要捣什么鬼？"稍沉，就单刀直入地问："反正有！能有多少支给我们？你快说个数目，拿出来。" "我快说出个数目来？嗯？"刘茂林用蔑视的神态摇晃着脑袋哈哈哈地狂笑了一阵。

啪嚓！一块瓦从房上落下来，院里立即引起一阵纷乱，随着院里的瓦响，刘茂林立即转为强硬的口吻："那你们有多少枪？"他认为韦青云他们已经成了钻进他这翻笼里的黄雀，瞎扑腾也逃不出去。

"我们？我们是抗日的武装，不能外传。你给多少枪，就朝外拿吧。"韦青云看他要变卦，也拿棒槌般的话语狠劲擂他。"快朝外拿？不那么容易，即便我愿意，也得问问房上的人们。"刘茂林当时把自己比喻成一只狸猫，站在他面前的韦青云已成了一只他捕获的老鼠，可以用话语来捉弄他，戏谑他。他认为，韦青云迟早是他的口中食，就像小人得志似的用两个手掌圈着嘴唇，拿腔捏调地朝房上喊："你们愿意把枪拿给外人吗？"【阅读能力点：描写刘茂林小人得志的样子，他认为自己吃定韦青云了。】

"不愿意。"房上四处，一起回答。

"人家硬要叫你们给呢？"刘茂林像吹风扇火（比喻鼓动别人做某种事。多用于贬义）似的又大嗓门儿地喊了一句。

刘茂林扭过头来，双手狠劲一拍，又手掌朝上的左右一摊，歪着脑袋，撇着嘴巴，用极瞧不起的眼神，瞅着韦青云："怎么样？"【写作借鉴点：通过动作、神态的描写突出了刘茂林得意忘形的样子。】

"怎么样？我叫你举起手来！"韦青云嘴到手就到，黑亮的枪口，堵住刘茂林的胸膛，向前一蹿，左手朝他的口袋里一伸，蓝汪汪的三号小手枪立刻拿到手里。

刘茂林是个说大话使小钱的家伙，一见韦青云变成个凶煞神，吓得他浑身打哆嗦，脸比蜡都黄。又加上韦青云狠劲地揪住他的脖领子，简直软得像块泥，扑通跪栽在地上。韦青云怕房上的人发觉开枪射击，单臂用力一提，把刘茂林提到二门后，枪口点着他的头，"你说怎么办？"【阅读能力点：写出了刘茂林欺软怕硬的特点。】

"给、给、给！"刘茂林扬脖看看韦青云的脸，韦青云的脸色非常严肃，额头上的青筋一个劲儿地蹦，眼睛一眨不眨地瞪着，真有一口吞掉他的劲头，便服软了。

"怎么个给法？"

"都给！都给！一支也不留！"

"你实实在在地说个总数。"

"大枪七支，两架盒子，一个小橹子，还有你拿去的那一个，长短十一支。"

"你喊他们，下房来撂下。"韦青云照旧揪住刘茂林。"我喊？他们听啊！"刘茂林又想在这个节骨眼儿上耍个花枪。他摆出副无能为力的样子，哭丧着脸子说。

"你是一家之主，谁敢不听。快喊！"

"我……"

"你怎么？"韦青云狠劲地用枪口一杵他的头。

"我喊！我喊！"刘茂林胆小地捂住脑袋，"德子！"他叫刘魁胜的小名，"下来把枪撂下吧。我为了抗日，把枪都……都……都给啦！"

"你还要说：'谁的枪，谁负责，大小都撂下'。"韦青云告诉刘茂林，刘茂林像鹦鹉学话似的，豁着破锣（形容嗓子喊破了）般的嗓子，又有气无力地的朝房上喊起来。

不一会儿工夫，枪，撂在院子的一个角落里，长的、短的、大的、小的横七竖八地占了不小的地方。子弹袋像长虫似的，弯弯曲曲，里面都满满地装有子弹。【写作借鉴点：运用了比喻的修辞手法表现枪弹之多。】

韦青云一手提着驳壳枪，一手拽住刘茂林，气势汹汹地走出屋，在枪支弹药跟前，一一过了目。他冲着跟来的人们说道："都收拾起来！"

在人们背枪挎子弹袋的时候，他又拽刘茂林二次走进屋，随着心里的轻松，也就松开了揪着刘茂林的手。"论抗日，在咱们这一块，你算头一份。"韦青云把伸出的大拇指举在刘茂林的眼前。

"哪里，我不过拿出了几条枪。"刘茂林像只斗败了的公鸡，带着满脸的

余惊，揩揩膝盖上的泥土，苦笑了笑。【阅读能力点：细节描写，将刘茂林比作斗败了的公鸡，写出其无奈之情。】

"你是刘家桥的首户，在全村是说一不二的人。"韦青云先给他戴了顶高帽，接着说，"再麻烦你跟我们到几个有枪的人家，帮上两句抗日救国的话，也让他们把枪拿出来，给我们打鬼子去。"

"这……谁家有枪，可……可摸不太清。"

"我们知道。"韦青云把枪朝腰间一插，从怀里摸出刘茂林的小手枪，最后又掏出张纸片。他拿这张纸片在刘茂林的脸前一晃，忙揣到怀里。"这上头写得清清楚楚，连你的枪，也在上边写着哪。其实，你都知道。"

"我知道的，"刘茂林抓抓谢了顶的脑袋，嘬嘬牙花，"刘洛殿家，有杆湖北造；春林哥家有杆老套筒；仁寿堂一大一小；张家大院是个独打一……"

"你还忘掉了一家人家。"韦青云根本不知底，他从怀里摸出的纸片，也就是个唬人的东西。他见刘茂林说完，又赶忙咋呼了一下："不用看本本，我心里记得可清哪。你再想一想。"【阅读能力点：突出了韦青云的足智多谋。】

待了一袋烟的工夫。

"噢……噢，"刘茂林拍着脑瓜门儿，像想起来似的，"还有俺们老大他丈人家的那一支。你看我越老越糊涂，光说别人，忘了自己亲家。"

"你就受累跟着跑跑吧。"

韦青云伴同刘茂林，一伙子拿武器的人，紧跟在他的背后，像群上山打狼的猎人，挨户去起财主家的枪。

刘茂林在一溜十五桥是个说一不二的人，哪受过这个窝心气。经过起枪的一场风波，连惊带吓，又搁上气，不过几天就病倒了，没有两个月的工夫，死啦。

临死前，刘茂林把他的两个儿子——刘魁胜、刘魁利叫到跟前："爹这病是叫东王庄干游击队那个姓韦的小子气的。你俩要是刘家的种，一定记住这口怨

气，给爹报这个仇。有朝一日到了东王庄，要杀姓韦的鸡犬不留，要把干游击队的都宰了……"他后槽牙咬着，双脚一蹬，脖子一挺咽了气。【阅读能力点：交代了刘、韦两家交恶的原因。】

刘魁胜家弟兄俩，发送了他爹，携带些细软，带领家口逃进保定城。日子不多，都在日本华北驻屯军桑木师团的津美部队当了便衣特务。

韦青云组织的那班游击队，待了不多日子，也调进山里，在完县编成八路军的三十三团。

驻保定的鬼子，自从有了刘魁胜、刘魁利这两个坏蛋，就像盲人有了眼，天天出来扫荡，三六九的来保定东南乡，不是抢了清凉城，就是烧了东顾庄，折腾得天昏地暗。

发大水的第二年（指1940年）秋天，韦青云带领三十三团的两个连过铁道，住在冉河头；天明，就和刘魁胜、刘魁利领来扫荡的鬼子打起来。刘魁利就在那次战斗中，又让韦青云的队伍给揍死了。【阅读能力点：刘、韦两家的矛盾进一步激化。】

这下，刘魁胜跟东王庄姓韦的更是仇上加仇，恨上添恨。他总是变法儿地想朝东王庄闯。

去年晚秋一个阴沉的黑夜，东北风不停地吹打秫秸篱笆；秫秸篱笆像个心怀幽怨的妇女，呜呜地啜泣、悲啼。【写作借鉴点：渲染环境，突出悲凉的气氛，为下文发生的惨剧埋下伏笔。】刘魁胜像只狗似的，瞪着狡黠的双眼，在对面看不见人的夜里，提一支驳壳枪，领着三四百名鬼子，还有一群特务，东张西望地从保定朝东王庄闯来。离东王庄一里多地，分成两路：一路顺唐河西堤根朝南蹚，一路由刘魁胜带路，沿着东、西王庄中间的大水坑坑沿，也朝南偷偷地蹚了去。两路都是一边走，一边选择地形，一边布置队伍。东王庄像个不知名的物件，慢慢被装进这条人为的"布袋"里。

傍明子，东北风哀号得更紧促，天色更加昏暗、阴沉。东王庄的南上空，刷地一颗贼亮的绿火球，像支箭似的升上去，划个火钩子形，急剧下降，消逝了；跟着，又是一颗。东西两路的敌人，用信号弹取上联络，会合了。这个人为的"布袋"，就这样绑扎死。

树上，巢窝里栖睡的乌鸦，被突来的声音搅醒，扑棱飞离开，"呀、呀"，在东王庄的上空，盘旋着飞叫了几声，便朝向远方飞去。

阴沉、郁闷的气氛，笼罩住东王庄；东王庄的人们，还沉浸在香甜的梦境里。

随着啪一声短促的枪响，四面八方都嘎嘎嘎咕咕咕、嘎嘎嘎咕咕咕地像疾风骤雨似的响起了机关枪。

枪声惊醒了沉睡的人们。宁静的村庄立即出现大人吵、孩子哭、驴叫、狗咬……一片嘈杂、喧闹声。啪啪啪，村外连续几声震耳的枪声，是敌人往回撵向外逃的人："跑！跑！跑都打死你们！"

几个提手枪的便衣特务，都歪戴帽子，架着茶晶眼镜，有的还叼着烟卷，跟在刘魁胜的后面。刘魁胜戴着一顶灰色礼帽，耷拉着紫茄包子似的脸，像只闯出笼的红眼野兽，摇晃肩膀走着，【写作借鉴点：描写出特务与刘魁胜的丑陋形象。】一边号叫："今天来到东王庄，也该咱姓刘的出出气啦！韦青云这个王八蛋，能仗着八路军毁我姓刘的一家，我刘魁胜就要靠皇军灭了姓韦的全族！我今天要让姓韦的也唱一出《肉丘坟》。"

刘魁胜这样撕裂嗓子一喊叫，人们都知道今天的事不妙。有的往草屋里钻，有的朝粮食囤里藏。柜底下、红薯窖、套间里、柴草垛……只要能掩藏的地方，都变法儿地向里边躲藏。村里的抗日干部，听到枪响，就急忙朝外突围，一阵排子枪顶回来，赶紧又隐藏在平时挖好的预防万一的蛤蟆蹲（一种很浅的地洞。之光县水皮浅，大部分村庄不能挖深的地道）里。没有藏严实的人们，都被

刺刀、枪托子轰赶出来，押送到村东的唐河滩上。【阅读能力点：形容村民们慌张的姿态，突出灾祸来得突然。】

　　锥子似的东北风，裹卷着牛毛般的细雨，从清澈见底的水面上吹刮过来，吹刮着河滩上的每一个人。在这里，胡须飘洒的老人们，都像佛爷似的板着皱纹堆垒的面孔，藐视端枪环立的敌人；头发灰白的老太太们，虽然都揪揪着善良的心，但是，还用慈眉善目的神态安慰苦痛的人们，时而揩揩啼哭的女孩的泪水，时而抱起撇嘴欲哭的男孩；肌肉坚实的小伙子们，个个怒目横眉，人人咬牙攥拳；有孩子的妇女，紧搂儿女哺乳；没有孩子的妇女，都握紧衣袋里掩藏的剪刀，准备反抗鬼子们野兽般的胡糟；以往对枪、炮、穿军服的人最感兴趣的孩子们，今天也畏惧地站在大人身后，纹丝不动地张望着鬼子手中明晃晃的刺刀，偷瞧着那架在四周一挺挺贼亮的机关枪。

　　人们，头顶阴沉落雨的天空，脚踩祖辈耕耘的河淤地，背靠唐河，面临河堤，被满脸杀气的鬼子簸箕形地包围在当中。灾难来临了，灾难并没有把中国人吓倒，个个都怒目挺胸，肩靠肩地静静屹立着。【阅读能力点：描绘了村民们宁死不屈的英勇形象。】

　　端枪的鬼子，前后分站两排。前排面朝里，后排面朝外，间隔十步，都像吃人的野兽，瞪着灰黑的充血的眼珠，望着周围，望着这群手无寸铁的人们。

　　"哎呀！妈呀！妈呀！疼死啦！呀……"堤那边传来尖厉、稚气的孩子哭叫声。一个中年妇女，像有人戳动她的心尖，急得想一步冲开人群。只迈了几步，堤顶上，一群敌人簇拥而来。刘魁胜像只恶狼，咬着牙，揪提着一个布丝不挂的五六岁的孩子的耳朵，孩子踮起脚尖，"哎呀、哎呀"地双手挣扎着，大声惨叫着。刘魁胜狠劲地朝堤下扬手一摔："你也算是一个数！"孩子连滚带爬地钻进人群，一头扎在那个面容苍白的中年妇女怀里："妈——"

　　刘魁胜恭顺地朝着一个手拄军刀、身披黄色斗篷、鼻下留一撮胡子的鬼子军官——保定日本宪兵队长松田少佐，弯下腰乞求说："请少佐给我做主！"待松田一挥手，他跃起身来，瞪起布满血丝的两只贼眼，冷笑着朝人们迈了两步："我刘魁胜跟你们东王庄姓韦的，有杀父之仇，和你们干游击队的家属，有亡弟之恨。今天……"他发狠地伸张开干蜡般的左手，然后错着牙齿一攥，"你们都在我手心里攥着呢！""打倒汉奸刘魁胜！"人群里，不知道是谁高昂地叫一声。随着，爆发出"打倒汉奸刘魁胜！""刘魁胜是汉奸！""打倒日本鬼子！""抗战到底！""胜利是我们的！""中华民族万岁！"的怒吼。所有人再也憋不住心头的愤怒，像座骤然爆发的火山，连火带岩浆地喷射出来。风，刮得紧上紧；雨，下得急又急，风雨交加的声音，让冲破凌霄的怒吼给湮没了！湮没了！【阅读能力点：村民们在临死之前还坚信革命的胜利。】

嘎嘎嘎，咕咕咕，嘎嘎嘎，咕咕咕，机关枪扇子面地横扫过来，打倒了愤怒的人们。人们在枪弹横飞的时候，还继续地呐喊，继续地高呼："八路军会给我们报仇！""胜利是我们的！"……

人们都屏住呼吸，鼓着眼睛静听着。河套大伯说到这里停止了。

"怎么？都死啦？"贾正还想从赵大伯的嘴里，找出一线希望。

"是呀！都死啦！男女一百六十七口，都是老实巴交的庄稼人哪。"河套大伯摇摇头，长长地叹了一口气，"事后，抗日政府领着咱村的人去敛尸首，我也去啦。人哪，横躺竖卧地摆了一大片，又是刚下过雨，雨水和血水，掺和到一起朝唐河里流。人人的身上都打得像个筛子底，挨个三枪两枪的太少了。有个不满周岁的白胖大小子，还噙着他娘的奶头就死了，看样子，娘儿俩像是挨了一个枪子。听说，那个胖小子，就是韦长庚的孙子——盼儿。唉！那个惨劲，石头人见了也得掉眼泪。"【阅读能力点：描绘了屠杀之后的惨烈景象。】

"哎！韦长庚怎么逃出来啦？"提到他孙子，魏强想起了韦长庚。

"哪里！他要在里边，还能闯过这一关？他是沾了看闺女的光啦。他们大姑太太病啦，头天傍黑子才知道。他老伴儿忙打点了些东西，让他黑灯瞎火地送到韦各庄，那天晚上他宿在闺女家，才躲过这个祸。赶他回来一看，房子烧得剩下个空壳壳，人死了个净，他心里一急，就得了个疯疯癫癫的病，早先，不吃东西，光干号；以后，吃东西啦，还是傻傻的。有时上来劲，还嚷叫。刚才就是劲又上来了。"

"他生活怎么办？"

"大儿子韦青云在咱们队伍上，前年，调到热河开辟新地区去了。眼下，剩他一个人，就让他跟他的一个堂叔伯侄儿在一起过。一切生活费用都由抗日政府供给。"

"他侄儿家里还有人？"

"唉！跟他一样，是东王庄的村干部，就是沾了钻蛤蟆蹲的光，闹个死里逃生。"

"记住这笔血债！"刘文彬愤愤地接着河套大伯的话茬儿开了腔。

啪！啪！街里忽然传来两下焦脆的枪声。跟着，又啪啪啪连响几下。

魏强掐灭了烟，命令人们："马上收拾好，准备战斗。"咕咚！咕咚！街上传来一阵急剧的脚步声。贾正拽出刺刀，咔嚓安在枪上；常景春脱掉歪把子的枪衣，将枪背带朝脖子上一套，机枪夹在自己的腋下；队员们各自握紧了武器。

"你们准备着，我看看去！"河套大伯手掌挡着嘴，低声地说了句话，像阵风似的走了出去。

【学习要点】

本章主要描写了刘、韦两家的恩恩怨怨，用回忆的方式把整个故事讲述得一波三折，让人仿佛身临其境，这种写作方法值得我们学习。

【读品悟】

对一个小山村被屠杀的描写,表现了日军的惨无人道以及当时百姓的被压迫、被杀害的暗无天日的生活,提醒我们铭记历史,勿忘国耻。

【思考探究】

1.刘、韦两家到底有什么恩怨?

2.小山村的人都被屠杀殆尽了吗?

第五章

名师导读

本章主要描写了汉奸哈巴狗带领敌人寻找武工队的事,其中哈巴狗汉奸的嘴脸尤为可恶,他会如何寻找武工队呢?武工队被他找到了吗?

魏强目送河套大伯的背影,心里像猜谜似的翻来覆去地判断眼前的情况:"是敌人瞎串游呢,还是发觉了我们?"

刘文彬也觉得情况来得太突然。他紧蹙双眉地瞥了魏强一眼。

"走,院里听听去!"魏强朝刘文彬打了个招呼。

两人跳下炕,脚前脚后地朝二门走去。

魏强一条腿刚迈出门槛,啪!又是一枪;子弹,吱溜一声在他们头上掠过。

他俩想出去,不能;不出去,心里又急得直蹿火,只好背靠墙站在院里,等待着报告。可是报告却迟迟不来。魏强扬脸望望天,日头高高地悬在东南方向上,快晌午了。他回头看下刘文彬,刘文彬左手抄在右手的袖筒里;右手伸在左胳膊底下,攥紧夹在胳肢窝里的那支枪,不眨眼地望着关闭的两扇黑大门。【阅读能力点:动作描写,将魏强与刘文彬内心的紧张表现得淋漓尽致。】

这时,街上寂静得叫人心里发烦。魏强紧锁眉头,烦得直搓手心。

大门吱呀一响,他俩像两只猫,嗖嗖地钻进柴草屋。噔噔噔,声响不大、非常急促的脚步声由远而近地传来。魏强轻轻掀开谷草帘子一看，原来是河套大娘，她端着个盛棉花布絮的小箩筐走了进来。他俩急忙迎了上去。

"怎么回事？大娘。"魏强压低嗓子问。

"你们没有听见枪响？畜生们又来啦！"大娘的神情非常紧张。

"来多少？"

"不知道。"

"是鬼子还是警备队？"

"摸不清。"

"他们哪儿下来的？"

"谁知道哇！"

魏强问得急，大娘答得紧。魏强连着来了个三问，大娘回了个三不知，急得他直抓脑瓜皮。他时不时望着大门，还盼望有个人挤进来。沉默一会儿，魏强又问："大娘，他们从哪边进的村？"

"听说，从北口进的。"

魏强听过，心又提揪上来。根据以往的规律，凡是进西王庄村北口的敌人，多半是从保定来的，结合刚才焦脆的枪声，极大的可能是鬼子。刘文彬也觉得情况有些严重，忙问："大伯呢？"

"他到街上听风声去啦。"

"大娘，你老人家还是在门口给看着点儿吧。"

"咳，我这就去。"大娘从屋里忙又拿了把棉花絮，"我告诉你们，门口有群鸡，要是畜生们来了，我就大声地吆喝鸡，你们忙安排。"【阅读能力点：大娘与武工队定下暗号。】她说完又快步地走出去。

他看了三个方向都是那么安安静静，又转向北面墙壁上的通风孔。

麻雀啾啾叫，公鸡喔喔啼。为什么鬼子在村里折腾，却没有恐慌、惊悸的气氛？

"敌人这是玩的什么名堂？刚才还啪啪地放枪瞎折腾，这会儿就像死人似的没有动静，真怪！"魏强扒着通风孔，左盼右顾地巡视。

啪！又是清脆的一枪。随着枪声响过，在西北角上，隐隐约约地传来一片听不清的嘈杂声，中间还夹杂几声哈哈哈的狂笑。

"这真是鬼子的天下，敌后的敌后！"魏强没有看到什么，心里暗暗思忖着走出小屋。

"刘同志，小队长呢？"魏强听到房下有人问，知道隐蔽哨溜回来了，紧走几步。

"怎么样？"魏强急问。

"我什么也没有看到。"化装的隐蔽哨，肩头上的粪筐还没有撂下，筐里盛了多半筐牲口粪。

"你在哪儿放哨啦？"

"我在村北面。"

"那怎么没有看见敌人进村？"

"你看，我一步也没有离开，光在那一面转悠呢！""真怪，他们怎么来的呢？莫非……"魏强觉得敌人来得非常诡秘，心头也就越发沉重。

到西王庄来的敌人，是西面大冉村据点的。

说敌人从北口进的村，也是，因为他们是在村北口出现的；说他们不是从北口进的村，也真的不是，因为他们没有从村北面的大道上走来，隐蔽哨当然就难发现了。

大冉村据点里的日本曹长一撮毛和一个日本兵，吃罢早饭，扛上步枪，率领两个警备队员，由外号为哈巴狗的伪警长苟润田领着去打猎。走到胡指挥（村名）炮楼跟前，也没有见到一根兔子毛。打猎瘾头最大的一撮毛，穿着牛蹄子式的黑胶鞋，鞋上沾满了黏糊糊、腻抓抓的黄胶泥。汗水，顺着鬓角往下淌，心里憋着一大肚子气。他手捋着左腮帮子底下的一撮寸半长的黑毛毛，鼻子不是鼻子，脸不是脸地说："不够本，不够本，大大的不够本。回的！回的！"嘴唇噘得像个木橛子，扭头朝西返。【阅读能力点：通过对一撮毛的外貌以及动作描写，突出其脾气暴躁、蛮遏的特点。】

哈巴狗这会儿真像一只狗，摇屁股、晃脑袋，跑前颠后地给一撮毛献殷勤【阅读能力点：描写了哈巴狗人如其名的特点：谄媚。】："太君，按说开春的兔子，应该成帮成伙的，怎么今天没有见到一只呢？依我说，准是太君你的枪法太好，都给打绝啦！"

"哕！哕！兔子秋天的多，春天的少。你的说话不对。""对，对，就是。不过，春天虽然不是出兔子的季节，可是不能一只也不见哪！太君，依我看打不着地上跑的，那就打天上飞的去！"

"飞的？什么的打？雁的，雁的没有；野鸭子，野鸭子的见不到。"

"碰不上野的，你不会打家的？"哈巴狗在这个话茬儿上，比比画画地冒了股子坏水，"你，枪的有，老百姓鸡的大大的。啪啪！三个、两个的拿去，咪西咪西没有关系。"【阅读能力点：哈巴狗拿老百姓的口粮作为谄媚的资本。】

"嘎嘎嘎的鸡？好的，好的，快快，前边村庄打的！"经哈巴狗一撺掇（煽动；怂恿），一撮毛立刻提起兴趣，刚才耷拉的那张大驴脸，马上换成乐模样，脖子后面都有了笑纹。他拍拍哈巴狗的肩膀，竖起大拇指："你的，大大的好，参谋的有。""参谋？我的不行。"哈巴狗得到一撮毛的夸奖，真像得到主人扔给一块骨头的狗，高兴得有点儿不知道东西南北，"太君，你的辛苦大大的，我的两个扛扛没有关系。"他伸手拿过一撮毛的步枪，和自己肩头的步枪平放在一起。

走累的日本兵，也想寻个机会找找轻松，见到哈巴狗扛着一撮毛的枪，就

气喘地撺着喊："老苟的，大力士的！"撺上了，自己手里的步枪也撂在哈巴狗的肩上。

三支步枪，二十多斤重，一下都加在哈巴狗身上，确实够他呛。他的身材本来矮得像个皮缸瓮，再让浑身的胖肉一坠，三支步枪一压，更显得矬了多半截，弄得他昏头涨脑、龇牙咧嘴地走三步颠一颠，迈五步换换肩，浑身上下累得直出汗，简直就像从水里捞的一般。就这样，他还撺折胳膊袖筒里褪，咬着牙假充硬汉子（逞能的意思）："没关系，没关系，大力士的没关系。"

五个人，就这样穿过东王庄的街里，来到西王庄的村东头，哈巴狗的肩膀上，这会儿才给卸了载。

他们站的胡同口，只隔两个大门就是村北口。村里的办公人已托烟提水地迎上来。

在办公人们的陪伴下，他们又嘈了一阵子才走。

这些情况隐蔽哨哪里晓得？魏强急得一口连一口地狠吸自卷的纸烟，眼珠停止转动，在沉思。他把希望完全寄托在河套大伯的身上，他相信河套大伯会抓来真实的情况；他不愿意听到街上大娘吆喝鸡的声音，又不能不做着准备。

街上，传来叽叽喳喳的一片说话声。

"……洛玉，从拜了年，你准还没有来过哪。"门口，河套大伯在和谁说话，意思是朝家里让。

"要不，今儿个就串个门啦！"一个魏强不熟悉的声音传来。魏强扭头要往柴草屋子躲。

"不要紧，自家人。"刘文彬摆手把他阻拦住。

大门轻轻推开，一个四十多岁、头箍毛巾的人，跟河套大伯走进来。虽然是庄稼人打扮，黑亮的两个眼睛挺有神。（阅读能力点：对李洛玉的描写，为后文他的精明做铺垫。）大娘紧跟在他俩身后，又把大门虚掩上。

"他叫李洛玉，明着是'保长'，实际是咱的治安员。就仗他那两片子嘴，瞒哄了不少的敌人。外号人称'百灵鸟'，是个能耐人。"刘文彬望着大娘他们逗闹，跟魏强小声嘟念。"没有事啦，你在外头还给当门神爷吧。"李洛玉开玩笑地给大娘布置了工作。

"我还当门神奶奶呢！你个把死人说活了的……"大娘笑呵呵地又走了出去。

"情况怎么样？洛玉。"刘文彬没有容洛玉走到跟前，就问起来。

"屎壳郎搬家，都滚蛋啦。"

"哪里下来的？"

"西边大冉村的。"

"又是哈巴狗领来的。"刘文彬好像看见似的连想都没有想。

"除了他，哪有第二个？'三害'到哪里，哪就闹得翻江搅海，六神不安。"

"他们干什么来了？"

"吃饱了，想溜溜食，愿意上京绕获鹿走呢（北京在冀中北面，获鹿在冀中的西南，"上京绕获鹿"，讽喻闲得没事干）。屋里说去，我还想办点儿事呢！"

刘文彬将驳壳枪关上大机头，枪口朝上，熟练地掖在腰间，习惯地拽拽棉袄大襟，就和魏强他们一起朝屋里走来。河套大伯给牲口添了半筛子谷草，也跟了进去。

"洛玉，这是武工队的小队长，魏强同志。"刘文彬给李洛玉指引。

"早听说过，今天总算盼得你们来俺村啦！"洛玉听说是武工队，从心眼儿里高兴。眼睛不受使唤地看了枪，又看人；看了这个，又看那个，真是眼里看着，心里爱。

"你还接着刚才的话茬儿说,洛玉,大冉村的敌人怎么来得这么突然。"刘文彬抬抬下巴颏,让洛玉继续谈下去。

洛玉欠欠身子,一屁股坐在炕沿上。他把哈巴狗领着一撮毛出来到的哪里,净干了些什么事,从头到尾,从根到梢地谈起来。"……这伙子畜生,叮啊当地打死几只鸡,还要上房掏鸽子。西北角上周拴柱家房檐的一溜鸽子窝,都掏了一遍。一撮毛好容易抓到一个,扑棱又从他手里飞走了。哈巴狗想在这儿充充能耐,连朝手心啐了两口唾沫,搂着椿树就朝上攀。手短,腿又短,笨得像只猪,三爬两爬,爬上一截子,又出溜下去。然后,人们抬着屁股,鬼子用枪把儿顶着他的脚,费力地算是把他架弄上去。哪知道,椿树枝子脆,经不起他那二百来斤肥肉一压,咔吧!咕咚!树枝断了,他也摔落下来。逗得一撮毛仰面朝天哈哈大笑。等人们把他搀架起来,小趴趴鼻子摔青了;发面馒头似的脸,也划破了;要不是肉厚,准得摔个腿折胳膊断。"【阅读能力点:对哈巴狗的详尽描述,写出了人民对他的鄙夷、厌恶之情。】

"刚才那边的笑声,就是为的这个?"魏强这才明白了刚才的笑声。

"可不是为的这个!你听见啦?"

"嗯,我一个人在房上听见的。"

"这小子别看摔了个烂北瓜样,还硬充大肚子蝈蝈。你们瞧瞧我学学他那副奴才相。"

人们都被洛玉逗得笑起来。

"同志们别笑,我学的这是'碾砣砸碾盘——实打实'(谚语)的事。"没容得洛玉把话说完,有的人又要笑,魏强连咳了两声,人们才把嘴闭住。

【学习要点】

本章阐述了日军以及汉奸哈巴狗的罪行,对哈巴狗的谄媚嘴脸的描写真是出神入化,活画了一个毫无廉耻的汉奸走狗的形象。

【思考探究】

1.哈巴狗都干了哪些坏事?
2.李洛玉是个什么性格的人?

第六章

名师导读

本章出场了新的人物——汪霞，同时刘太生也在执行任务的过程中遭遇敌人，他会怎样应对？他能顺利逃脱吗？

春末夏初的时候到了。大地披上了绿装，垂柳随风轻轻地摆舞，大叶杨哗哗作响。【写作借鉴点：环境描写，开启本章的序幕。】

转瞬之间，魏强他们单独活动已经三个多月了。三个多月里，虽然和杨子曾他们集中了几次，但很快又分离开了。之光县的边缘地区，大部分村庄都留下了魏强他们的足迹；群众的脑海里，对武工队也都有个粗浅的印象。没有见过武工队的人，净当稀罕事背地里打听；和武工队接触过的人，净显示自己的眼福，偷偷地传播："武工队，一个人长短两大件。""个个都能百步穿杨。"后来竟把武工队的队员描绘得像《七侠五义》里边一些来无影去无踪的人物。真是越传越神奇。这些神奇的传说，就像泛滥的春潮，在四面八方荡来荡去；也像春天的和风，向着苦受严寒的人们身上吹送，人们身上暖和了，心房也被震动了。【阅读能力点：武工队给人们带来了希望。】

武工队神出鬼没地活动在保定市郊，昼伏夜出（白天潜伏，夜晚出来）地和敌人周旋，弄得各个据点、炮楼的敌人，真有点儿迷迷糊糊、懵懵懂懂的。鬼子的宪兵队逼着村里的秘密情报员赶快搞清楚武工队的活动规律；警备队的联队部和"治安军"十四团，也派密探下乡去侦察。情报来得不少，也组织过几次"联合清剿队"下乡清乡、讨伐。不管心机费得多么大，路走得多么远，想见到武工队的影儿，那可是难上加难。【阅读能力点：形容武工队行动没有规律性，来无影，去无踪。】

保定的日本宪兵队长松田少佐是"联合清剿队"的指挥官。因为出去几次什么都没有抓来，心里挺烦躁，对送来的情报也就不大相信了，有时竟指着情报狂骂："废纸的、骗人的一堆鬼话！"他表面上是这样做，心里却另打鬼算盘。他常独自望着地图沉思，一思索就闹个大天亮。

黄庄有个五截子高的大炮楼子，一天晚上，魏强他们神不知鬼不觉地就在炮楼跟前住下了。

"嘿嘿嘿！你们看那个花猫……"李东山像个孩子看到稀罕儿似的，手指点炕头上蹲坐的小花猫。小花猫舌头舔舔右前爪，不停地刷洗它那毛茸茸的虎头脸。

大伙说说笑笑逗着小猫，魏强却纹丝不动地瞅着油灯在静思。刘文彬趴在对面桌上，借着灯亮，刷刷地在个本子上写东西。

"刘太生怎么还不回来？……"魏强一见刘文彬合上面前的本子，便好像自问自地小声说。

"人熟地熟，不会有什么闪失；不过，倒是该来了。"

后山墙忽然传来咚咚咚咚四下微弱的声响，人们愣住了。跟着，又敲了三遍。刘文彬听敲过第四遍时，说道："看，有人和我联系来了。"便从炕上跳下来，朝院里走去。

门帘一动，刘文彬领进一个二十来岁的妇女来。胖乎乎的中等身材，长得挺匀称；一张白皙的脸，镶有亮晶晶、水灵灵的一对大眼睛；再和长长的睫毛一配，忽闪忽闪地活像两颗星；鼓鼻梁，尖下巴颏，不说话也托出副笑模样。头一眼望到她的贾正，心里嘀咕："我在哪儿见过她。"李东山也觉着有点儿面熟。赵庆田拿眼角一扫，也在寻思见过的地方。"来，我给你们介绍，这是汪霞同志，这是……"刘文彬手指魏强，话没有说出，魏强早蹦下炕来："汪霞同志，我们认识，就是没有说过话，名字更不知道。"

"是认识，你是魏小队长，我也不知道名字。"汪霞说。

贾正、赵庆田、李东山也都想起去年腊月护送那些干部时见过她。

汪霞问道："那次过路，半路上和敌人在前边打仗的那两个同志回来了吗？"

"回来了！那不是吗？"魏强指指贾正和赵庆田，他俩向汪霞点点头笑了。

"老吴也可能来，先谈谈你的吧。"刘文彬拧开笔帽，翻开本子对汪霞说。

汪霞从蓝士林褂子布袋里，拿出个小本和一截铅笔："说真的，自从咱们的武工队在各村一活动，群众的抗日心气就都高起来了，不论布置什么事，贯彻什么工作，都完成得彻底、漂亮。就拿做军鞋这码事吧，别看妇女们都白天下地栽红薯、耨小苗，可是一到黑夜，便刷夹纸、纳底子地赶着做起来。像东、西王庄不到十天的工夫，就把一百五十对大靸鞋做齐了……"【阅读能力点：描述汪霞对革命工作格外重视，以及做事认真的特点。】

"敌人的情况，你知道多少？"

"有些炮楼子是显得蔫点儿！可是有的比早先还咋呼得欢。中间的侯扒皮又把据点对过儿那座学校占据了，现在正抓人让去做苦工，在周围大挖封锁沟。哈巴狗这回在大冉村对那座毁民桥把得更严，要钱比往常更凶。听说，老松田、刘魁胜今天又带着'联合清剿队'到南乡去了。"【阅读能力点：描述了武工队的主要敌人的动向。】

"到南乡去啦？那边发生了什么情况？"魏强心头一缩，马上想到去张保公路西面取得联系至今没有回来的刘太生。他口问心："会出问题吗？"

"别的不知道，就听到那边响了一大阵子枪。"汪霞见魏强对松田在南乡清剿是那么关心，猜想里边定有细因，忙问："怎么？""不怎么。我们有个同志到那边去，现在还没有回来。"魏强把事情告诉她。

后山墙又咚咚咚咚地响起来。刘文彬听罢声音说道："可能老吴来啦！"他说完便要下炕。

"我去吧。"汪霞说着，转身像一阵风似的走了。"这个汪霞同志，年岁不大，看样子倒挺能干的。"魏强说。

"她在咱们这个区顶个台柱子。别看是个年轻的女同志，干工作可是挑得起来。从我来到这个区，就没有听她叫过苦，嚷过难……"【写作借鉴点：从他人嘴中描述汪霞的优点，这样更有说服力。】刘文彬正念叨到这儿，汪霞一步闯进来："什么苦哇难的……"随她进来的是个个子不高，身体羸弱（瘦弱）的人。

"正说你的本事呢！"刘文彬说完，就赶忙跪在炕上，去和刚进来的人握手，"老吴，你怎么这会儿才来？我给你们指引一下，这是武工队一小队长魏强同志；这是区长吴英民同志。"魏强抓住吴英民伸出来的手，嘴里说着："坐，坐。"

"本想早来，因为在东顾庄开了个会，耽搁啦。"吴英民吧嗒吧嗒地抽着烟，不紧不慢地说。

"你听到那边发生了什么事？"魏强目光烁烁地盯着吴英民问道。

"往常都是拂晓全队人马包围村，今天是晌午过了才出来。这次还都是带短家伙，穿便衣，三个一群，五个一伙，分了多少路来的。到了中冉、小屯里……五六个村，净装问路的、串亲走错道的，钻胡同，找背旮旯的地方，不显

眼的矬房子串。听说在小屯里，碰上咱们一个同志，两边就打起来了。那个同志穿身棉衣裳，子弹打完了，跑又跑不动，最后跳了井！"【阅读能力点：描述了刘太生的遇敌经过。】

吴英民最后的几句话，触动了人们的心。大家不自主地同时抽搐了一下。

"敌人没有打捞尸首，找武器？"魏强从衣着上立刻想到跳井的可能是刘太生。刘文彬的脸色也变成了蜡黄色。

"怎么啦？同志们？"吴英民看到人们不愉快的神色，心里有点儿莫名其妙。和他并肩坐着的汪霞，小声地告诉他："咱队上有个同志到公路西边去执行任务，至今还没有回来。"

"他穿……"他像咳痰似的咳了两声，眼睛扫了一下瞅望他的人们。全屋的人，除了刘文彬、汪霞和自己换了季，别人都还穿着一套蓝粗布、露出黑羊毛的旧棉衣，脑袋上戴着顶白毡帽头。他明白了，咳了两声，接着说："鬼子打没打捞尸首不知道，就听说鬼子在小屯里抓了好多人；还听说敌人捡了顶白毡帽。"

"啊！捡了顶白毡帽？"人们不约而同地愣了一下，很明显，这是刘太生的帽子，因为冀中老乡很少戴白色毡帽的。

在约定的地点，刘太生和联络人员顺利地接上了头。他把一切事情办完，不紧不慢地朝东北的黄庄走去。

快走到小屯里，他找个叉巴道，准备绕过村去。朝北一踏，离村半里来地，正好有条东西笔直的大道，道上还走着一个浑身是土的庄稼人。他紧走了几步，等前面的人一扭头，才看清这人三十来岁，于是，就很和气地问道："借光！大哥，这是上大冉村去的道吗？"

那个人把脚步放慢，扭头瞅瞅他："是呀，你到哪儿去？""我想进城，你是哪村的？"刘太生急走两步撵得和他并了肩。

"就是这村的。听语音你也是当地人哪？"

"是呀。我家在南乡，唐河沿上。你做什么活儿去？"刘太生就跟他闲聊起来。

"唉！我正浇着园，听说孩子放牲口把驴放跑啦，我去找一找。你这是打哪里来？进城干什么去？"他好像对刘太生的打扮感到奇怪，总是用眼角偷偷地打量他。【阅读能力点：村民对刘太生的装扮感到好奇。】

"家里老娘病了，到白城、白团接先生，都出门啦，想到大冉村再碰碰。不行！就豁着个钱进城请一位。"刘太生看到老乡的眼神有些不对，就漫天撒谎地说了一下。接着他又说："怎么？大哥，你看我这穿戴有点儿……"

"嘿嘿，没有什么。"

"我常春前秋后地进山赶个牲口。这穿戴还是在山里制买的呢！只说回家来换换季，没承想老娘病了，只好再将就几天！""咱是老乡，说真的，你这穿戴就是有点儿扎眼。哎，你常上山里去，那边八路多不？"庄稼人的最后一句话，说得声很低，也很亲切。【阅读能力点：这句话令刘太生和庄稼人的关系一下近了很多，也让刘太生放下了戒心。】

"嗯？"刘太生又打量对方一下，觉得没什么问题，也就顺话题小声地说，"嗨！可多着哪！一进山，咱冀中的十八团、二十四团都在，净是老乡。"

"十八团？我兄弟还在上头呢！你不进山啦？要去，捎个信该多好！我娘净念叨。他在二营六连，指导员姓曹，叫曹天池，是个细高挑，白净子，说话山西口音。"

"没有今朝有明日，多会儿进山，一定找你。大哥，你怎么称呼？"

"我叫何殿福，俺们老二叫何殿禄。你进村一打听，都知道。"

"行啊！只要我进山，这事很容易，就在小祝泽过路，不用绕脚就把事问

了、办了。"两人越说越投契，越谈越合辙。刘太生也就从侧面问了一句："何大哥，咱这边有没有八路军？"

"有哇，就是不明着干啦！听说，新过来一伙武工队，净是能文能武本事大的人，走起道来像阵风，鬼子的汽车都追不上他们。可是我没有见过。"【阅读能力点：老百姓对武工队的客观评价。】

"真的？那敢情好。"

"嘿！老百姓都轰动了，要不鬼子老下来清剿！"两人东拉西扯，说话工夫来到村东北角。刘太生睁大明亮的眼睛，扇子面地一望，心里不由得愣了一下：在村边上站着三个人，好像在看什么；在迎面大道上，前头一个，后头两个，拉开一定距离，一边缓慢地走动，一边也在张望着什么。他俩虽然还有一搭无一搭地闲聊，刘太生的心里却七上八下地犯了猜疑。【阅读能力点：可疑的人员引起了刘太生的警惕。】"大忙的时候，怎么有闲逛的人？"他很随便地问道，"何大哥，村头上那三个人是干什么的？""村头？"何殿福扭过脸去一瞅，马上也站定了脚步，摇摇头："摸不清，不是俺村的。"

"前面溜溜达达的那三人呢？"

"也不认识，看样子都挺闲的。"何殿福也觉得这几个人有点儿奇怪。

刘太生的眼珠滴溜儿滴溜儿地转个不停，脑子里一闪一闪地琢磨："莫非今天要出事？"他想找个抄道、岔道绕过去。抄道、岔道没有望到，他却看清了周围的地形：有树林、大坟地，有安水车的井，有半人高凹字形围着井的矮墙。"万一碰上躲不开，在这个地形上也能顶挡一气。"他回头望望，村西北角又有三个人空着手朝大道上走来，好像把退路也卡断了。"管他是狼不是狼，得做打狼的准备。"他想到这儿，对何殿福说："我解个小手。"就朝几墩柳条丛子走去，假装解裤带，便把驳壳枪从腰间拽出来，顺手又摸摸口袋里的信，对自己上下检查了一遍，把枪身插在左边袖筒里，装作抄手的样子，右手握着枪把，大拇指紧抠着保险机，食指贴在扳机上。【阅读能力点：刘太生已经做好了面对敌人的准备。】他一转身，迎面大道上那个走在前边的人，快步地朝他俩迎上来。

刘太生像没事人似的紧走几步，高声地说："殿福哥，今年雨水勤，什么庄稼都长得这么好！"

"可不是，庄稼人就盼着庄稼好。"何殿福随话回答了一句。

他俩和迎上来的人越走距离越近了。

刘太生看着对面来的人，也就肯定了自己的预料：虽说是个平常人的打扮，两个牛蛋子般大的眼睛，瞪个圆上圆，满脸横肉，让人一见就讨厌。"嗯！冤家路窄，碰上啦。"他咬住下嘴唇告诉自己，精神上做好了战斗准备。

"你们是哪儿的？"对方像老鸹似的叫唤一声。

"我就是这村的。"何殿福站住了脚。

"他呢？"对方的脑袋像个拨朗鼓似的向刘太生一拨楞。"他是南乡的。"何殿福说。

"你们的'居民证'呢？"

"这不是！"何殿福飞快地从口袋里拿出来，举着给他看。"你是干什么的，要看'居民证'？"双方虽然仅仅离着二三步，刘太生不慌不忙地在探询。

"妈的！老子是干这个的。"那人刷地从腰间拽出一支"快慢机"，刘太生没容他端平枪，一步蹿上去，用乌黑的枪口抵住对方的胸膛，左手一伸，把对方蓝汪汪的驳壳枪抓夺过来。

"别误会！别误会！我……我是'联合清剿队'的。"敌人吓得说话直打嘟噜。

"就凭这个，才误会不了。你们来了多少人？"

"他们，他们都是。"敌人浑身筛着糠，用脑瓜乱指点。他所指点的就是那几伙溜溜逛逛、走走望望，使刘太生心里产生怀疑的人。

"到底来了多少？"

"这……这个不知道，反正村村都有。同……同，八路老爷，你……"

"少废话！"刘太生平端着驳壳枪，退了两步，对直愣两眼呆看着的何殿福说，"大哥，你快朝北走，周围都是化装出来的敌人清剿队。"【阅读能力点：突出了刘太生在危难关头还在关心同胞的优秀品质。】

东、西、南三面穿便衣的敌人，都手提驳壳枪，快步朝刘太生这边跑来。刘太生用枪口点着敌人："老老实实地跟我走！"就拿他当成护身皮，朝北面大步走去。

敌人发觉了。啪啪啪！椅子圈形地朝刘太生射击起来。刘太生左手用枪抵着敌人后背，同时右手用枪还击一两下，朝矮墙那边跑去。

枪声越响越密，敌人越来越多。东、西、南三面的敌人一边射击，一边朝上攻；北面伏着的敌人，也露头射击起来。密集的子弹，一个劲儿地往刘太生身旁钻，脚底下落。【阅读能力点：敌人来势凶猛，刘太生面临的形势严峻。】

刘太生逼着那个敌人，三步两蹿地蹿进凹字形的矮墙里面。他看见何殿福在里边，急得跺脚说："大哥，你怎么还不走？"

"不！我地形熟，要走一块儿走。"何殿福像对待自己哥们兄弟似的关心刘太生。

"我的好大哥，不行！我是八路军，你是老百姓，不要为我牵累上你！"刘太生喊着，急得涨红了脸。

"可我是抗属，我不能瞅着家里人出了意外！快把他收拾了，跟我走。"何殿福更着急。

"哎呀！老爷们，你们饶了我吧！我家还有八……"那个敌人听到"收拾他"三个字，急忙跪趴在地上，磕头礼拜地闹腾起来。

刘太生望望何殿福，何殿福正使膝盖抵住被俘的敌人后背，用搭布倒剪二臂地捆绑着，勒得敌人直喊饶命。

何殿福把敌人拴在水车上，咬着牙说："饶命？一会儿要你的狗命！"

何殿福粗犷的行动，让刘太生很满意。他笑着把何殿福叫过来，咬咬耳朵："大哥，你把他身上的子弹掏给我，我打他们个转遭转。"

何殿福很快爬到敌人跟前，急急忙忙去掏皮五联里的子弹。一共掏出七条，还摸出两个四十八瓣的日本手榴弹。他凑近刘太生说："给你！"

"嗬！还有这么两个宝贝疙瘩。"刘太生很高兴，"好，有它更不怕了，咱光着屁股淋闯雨，干吧！"他狠劲地用牙一呀，拔掉手榴弹的保险针。

刘太生蹿蹿跳跳，东打西射，全无一点儿惧怕的劲头。这些，何殿福看到眼里，从心里起敬。他觉得这个八路不是个普通人，就像浑身都是胆，大战长坂坡的赵子龙。有这个人给他堵挡四面，使他忘记了担惊，扔掉了害怕。【阅读能力点：刘太生的英勇表现激励了何殿福，使他不再害怕。】

"朋友，缴枪吧！"敌人的劝降声音逼近了。

"缴吧，卖命为什么？难道就为的五黄六月捂棉衣，戴顶破毡帽？"

刘太生一摸脑袋，才发现白毡帽跑丢了，跟着责备自己地骂了句："妈的，马马虎虎被敌人捡了个战利品。"

"北面上来了！"何殿福像个侦察员似的喊着。刘太生扭头看去，五六个敌人抱成团，嘴里"缴枪""缴枪"地乱喊着，奔凹字口处蹿上来。

刘太生把手榴弹朝水车轮子上当地一磕，"缴你个脆甜瓜！"一抡右臂扔了出去，轰！在敌人群里爆炸了，炸得敌人呼爷喊娘，连滚带爬。

"好哇！"何殿福情不自禁地跳起来，跟着"哎哟"一声，忙猫下腰。

"怎么？负伤啦。"刘太生急忙问。

"没有。同志，叫你这一折腾，把我也给折腾糊涂了。"他指着安装八卦水车的那口不大的砖井说，"你看，这不是俺村北的小砖井？守着它，咱还担的什么心！不行就来个跳井！""跳井？"被绑在水车上的敌人以为他们想要跳井自杀，像看到希望似的说，"朋友，好死不如赖活着，你们只要放了我，把枪一缴，我保证你俩都有好处。"

"你胡说八道！你想找揍？"何殿福骂着就要朝上闯。

"趴下！"刘太生大叫了一声。何殿福身子刚贴了地，轰！一颗炸弹在砖井沿上开了花，弄了何殿福满脸土。"哎！有来有往，也送给你一个！"刘太生嘴里叨念着，就把第二颗手榴弹狠劲地扔到矮墙外面。"又撂倒他几个！"他喜洋洋地回头向何殿福说。

他俩占的这块五六平方米大的地方，好像出了活佛的圣地，四周围炮楼、据点的敌人，都先后跑出，往这里来朝拜。敌人越来越多，越聚越密。

"同志，咱跳井吧！"何殿福一见墙外敌人的声势，觉得时候到了。

"跳井？"刘太生看着何殿福，何殿福并没有半丝为难的神色。

"嗯，跳井。我先跳。"何殿福贴着刘太生的耳朵说了几句什么，就扒住乌黑的水车斗子，刷地跳了下去。刘太生趴在井沿上，朝井下一望，井筒子有两丈多深。平静的井水，让何殿福一跳，荡起了一层不大的波纹来。他朝井里投了块砖，扑通一声，使他感到井水很深。"妈呀，要真跳，保准完蛋！"他把自己的驳壳枪往腰间一插，又小心地摸摸口袋里的信，和背后插着的那支刚缴的快慢机，按照何殿福跳井的动作，扒着水斗子跳了下去。井水又受到震动，但是，慢慢地平静下去，平得像面大镜子。【阅读能力点：描述了刘太生在何殿福的带领下死里逃生的过程。】

日头挨了地皮，喊叫的敌人并没得到一声回响。

老松田气得小胡子噘了老高。他挂着鲨鱼皮把的军刀，凝眉瞪目吼了一声："吹号！"

随着凄厉的号声，四周的步枪、机关枪像火药库爆炸似的骤然响起来。所有的子弹，都朝凹字形矮墙里边放射，中间，还不断地响起掷弹筒的爆炸声。

一阵剧烈的枪声响过，敌人端起刺刀，猫着腰，"呀呀呀"地嚎喊着冲了上去，冲进了凹字形的矮墙。矮墙里面仅仅发现一具倒剪二臂，掀去半边脑袋的尸体。

松田昂首阔步地跟进去。审查一下周围，周围一无所有；探头瞅瞅井里，井帮毫无痕迹。"嗯！他们地遁了？！"他拧眉望着落日，心中有些茫然。

深夜，万籁俱寂（形容周围环境非常安静，一点儿声响都没有）。

远处传来一阵驴叫的声音，天交半夜了。

魏强同刘文彬做了商量，一抬屁股从炕上立起来，对大家说："今天敌人清剿公路西边，备不住明天到公路这边来，大家休息，拂晓转移。"人们这才七手八脚地安排睡觉。"谁的哨？换岗去。"魏强问。

"我。"贾正拿起自己的马步枪，沉着脸走出去。

"汪霞同志，你怎么个宿法？"魏强想跳下炕来，一眼瞅到今天还有个女同志，就蹲在炕沿上问。

"我在房东屋里，跟老奶奶在一起宿。"汪霞说完，凑到魏强跟前，"你看刘同志。"魏强扭过头去，见刘文彬这会儿像个泥菩萨似的坐在那里，回过脸来说："他比别人难过，因为我们没有回来的这个同志是他的亲侄子。"

忽然，门帘一掀，贾正像吃了喜鹊蛋似的闯了进来，张着没有门牙的大嘴光傻笑。大家睁大眼睛一看：五大三粗的刘太生，光着脑袋，咧嘴笑着跟在贾正身后。

"小队长，我回来了。"刘太生说。

刘太生的猛然到来，人们像发高烧的患者吃了块冰凌核似的那么痛快，一下把他围住了。【阅读能力点：写出武工队员们对刘太生的关心，也从侧面表现

了武工队的团结友爱。】

刘太生吸了口烟，就把他今天的经过一五一十地说了一遍。

原来那井里大有文章。刘太生脚先伸到井桶里。他脚跐水车斗子，手一扒，就顺着一串斗子朝下走，越走光线越暗，越走越离水皮近。待他脚离水皮二三尺，左腿腕被一只有力的大手攥住。"同志，朝这边伸！"他的左脚被那只大手拉到一个坚实的地方，身子一缩钻进了洞。"你朝里先走，我关上。"何殿福等待刘太生大猫腰地朝前迈了两步，咣当一声，那个直径二尺的小门被一个东西关堵上。刘太生睁大眼睛，黑咕隆咚的什么也看不见。他用手朝前摸摸，前面是冰凉梆硬的土墙；向左右一划拉，左右也是潮湿、坚实的墙壁。"何大哥，这里是个死胡同？"

"不，秘密机关在你脚底下呢！"何殿福说着，就用手拽他，"来，咱俩换个地方，我去摆弄。"他的前胸贴着刘太生的后背，倒换了位置。他摆弄一会儿，啪啦响了一声。"好啦！你往里头走，我把它再划上。"他牵着刘太生的一只手，像领盲人绕路似的走过去。

走着走着，何殿福一站，说道："到村边上了。"刘太生虽然看不见何殿福的脸，从话音上听，何殿福是高兴的。他真想不到今天能够逢凶化吉，心里真有说不出的痛快。

人们听完刘太生的跳井经过，个个都感到地道是个开展平原游击战的上好法宝。魏强扭头冲刘文彬说："咱这边不能挖地道？"【阅读能力点：通过刘太生跳井的经历联想出地道战，说明魏强的心思活络。】

刘文彬摇摇头："咱这边河多，水皮浅，挖不下三尺，就出水啦！大多数村子试过，都不行！"

刘太生掐灭抽剩下的烟蒂，扔到摊在桌子上的一包大叶烟里，伸手朝怀里摸，摸了好半天，才把信摸出来。"给你，小队长。"

魏强打开信，凑近灯亮，从头到尾地看完，回手递给刘文彬，接着又朝刘太生问道："还有什么事？"

"今天和我取得联系的是祝文华。他告诉我，张司务长说，你要去，最好借两辆车子，带一个人去，回来好驮单衣裳。还有，粮票、菜金都没有发下来，要咱们借着吃……"

"不过，从刘太生今天的遭遇看来，这身衣裳是吃不开（意思是不能再穿了）了。"

"那，咱就操持着换。这个事我和汪霞来办。"刘文彬觉得这是分内的事，忙瞅了下汪霞。汪霞知道把这个工作交给了自己，笑眯眯地点点头，答应下。

【学习要点】

本章对刘太生的死里逃生着重下笔，整个过程紧张刺激，环环相扣，最后绝处逢生，令人不由得松了一口气。

【读品悟】

魏强以及刘太生面对敌人临危不乱，沉着应对的态度令人敬佩，我们面对困难或危险的时候，也应有这样的迎难而上的精神。

【思考探究】

1.谁在井下死里逃生?

2.武工队接下来的任务是什么?

第七章

名师导读

本章中武工队主动对敌人进行伏击,详细地描写了从部署、准备到伏击、厮杀的整个战斗过程,这次伏击战斗是否会成功?让我们来仔细阅读吧。

太阳刚刚钻进地皮,西边天空还留下一抹子淡红的颜色。魏强和刘太生怀着兴奋的心情,走进了和队长约定会合的那个村。他们按队长信上的约定,沿村南边来到第三条胡同口上,见四处无人,进了胡同,钻入了一个黑色大门。一个提着手枪的人从西厢房走出来,朝魏强笑着小声说:"魏小队长,你来啦,队长在北屋子东头。"

杨子曾正在屋里看文件,见魏强他们进来,把文件朝炕上一撂,忙握住魏强的手。他像个老妈妈似的从小队的领导,到每个队员的生活起居;从部队的活动,到敌人的情况……前后问了个仔仔细细,也没有松开魏强的手,握得魏强的手心直冒汗。【写作借鉴点:将杨子曾比作老妈妈,并用递进的手法,将杨子曾对武工队员的关心之情表现出来。】

"你看,光说话,忘了叫你抽烟啦!"杨子曾说到这儿,才把魏强的手松开,将炕桌上的一包大叶烟朝魏强跟前一推,"抽吧!劲头足,有点儿阜平大叶的味道。"

魏强手里拿着纸烟,耳朵听着杨子曾说为什么要他到这里来的缘由。杨子曾还告诉他，待一会儿，县委徐立群同志也到这里来参加一个会。

徐立群也是魏强的老上级，"五一"扫荡后，魏强一直不知他的下落。今天听说他要来这里，并且将来还要负责之光县的整个工作，【阅读能力点：引出本书又一位重要人物——徐立群。】自然喜欢加高兴，顺嘴连说了几个"好"。

刚说到这儿，张司务长一挑门帘走了进来，看到魏强他俩，高兴地说："好哇！几天没见，把我的鼻子眼儿都想得合不上了。你俩都好？"

张司务长的脾气，全队的人都知道，别看他快五十岁了，工作却是雷厉风行（比喻执行政策法令严厉迅速。也形容办事声势猛烈，行动迅速）。

杨子曾朝炕沿上一努嘴，让魏强坐下。他把刚才看的那张军用地图往桌上平板板地一摊，压低声音说："最近分区指示我们，要配合一下山里的反扫荡，在这个地区搞一下。"他指着画有红圈圈、蓝道道的地图，画了一下，"怎么个搞法，待会儿人们来了就研究。二十四团有几个连昨天夜间过来了。你现在爬过夹道的梯子到东院把蒋天祥叫过来！"【阅读能力点：表明武工队又即将开始新一轮的战斗。】

魏强点点头，转身走了出去。

魏强和蒋天祥爬墙过来时，杨子曾屋里已坐满了人。魏强在灯影处的一条板凳上刚刚坐下，忽然一只粗硬的大手伸过来抓住了他的肩头，他扭头一瞅，是二十四团六连连长杜万增，便使足劲去攥老杜的手："刚听说你们团过来，一想就会有你们连！"

"你想到他，不会想到我！"山西口音掺杂冀中语调的人在魏强的右后方开了腔。

"啊！曹天池，没想到，你什么时候离开的十八团？"魏强握住了这个人的手。

"出山的前五天。我在二连和梁树明搭伙计。那不是，边守森也来了！"

曹天池朝脑后一指，魏强从曹天池的肩头望去，圆方脸、黑皮肤的边守森正和蒋天祥低声细语地说着什么，这时睁大两只闪闪的眼睛瞅向魏强，跟着点点头。

"开会吧！"杨子曾的一句话，屋内立刻鸦雀无声（连乌鸦、麻雀的声音都没有，形容非常静）了。魏强向看着他的县委徐立群同志欢愉地点下头，忙移到杜万增和曹天池的中间，坐了下来。

"今天开会的中心，是如何配合山区反扫荡的问题。之光县委徐立群同志才从分区回来，请徐同志谈下配合山里反扫荡的战斗方案。"杨子曾把开会的目的说了一下。

徐立群清了清嗓子，说道："敌人正往易县、涞水、满城、完县、唐县、曲阳、行唐、平山靠山的这一条线上调集兵力，要扫荡咱晋察冀边区的一、三、四分区。敌人第一线兵力一进山，必定调集咱冀中西部点、线上驻的日本兵组织二线。【阅读能力点：对敌人的主要行动路线进行分析。】别的地方上级另有布置。在咱之、清地区，根据内线来的情报，"徐立群捏着一支铅笔，指点桌上的地图，人们的眼睛都集中在地图上，"敌人要把驻张保公路上的一村中队调走，五天以后，从保定开出五辆汽车到张登，长虫蜕皮地往保定接。大家知道，张登，"他指着地图下方一个画有红圈标志的村落，"驻的是一村中队部和秀英小队，龟山小队是以田各庄为中心，分班驻在南店、北店、大冉村。"徐立群把铅笔轻轻地朝地图上一摞，看了下杨子曾。在徐立群谈情况时，杨子曾两肘分挂在桌上，双手搭在一起，成个桥形，下巴颏正搁在桥顶似的手背上，双目似睁不睁地在想什么。徐立群谈完以后，杨子曾抬起头来，将干瘦的右手掌往地图上一按："分区首长要我们在一村中队部、秀英小队和龟山小队的两个班坐汽车回返的时候，在田各庄村北公路两旁的枣树林子里，用多他十倍的兵力打他个伏击，一口吞下去。只要隐蔽好，这个胜利是稳拿把攥了！"

"分区的命令，这个任务由二十四团的三个连去执行。"杨子曾代表上级分配任务了，"之、清两个经验不足的县大队配合主力部队在实战中锻炼锻炼。具体做法另研究。根据以往的规律，田各庄村北一打响，龟山小队驻大冉村的一个班，会约同哈巴狗苟润田手下的警察们一同来增援，这股敌人由武工队来负责吃掉。"徐立群插话："所有的区小队都要跟着武工队学学打仗。这一次是联合作战，打响了，要勇猛、迅速，紧密配合，争取尽快地结束战斗……"

听完战斗部署，人们当时都没有吱声，待了一大会儿，才有人朝地图跟前凑了凑。

魏强听说在这次战斗中，要打万人痛恨的哈巴狗，心里分外痛快，脸上立刻堆起了笑容。

开完会，魏强、刘太生就朝回返。

他俩刚接近公路，四匹快马，驮着四个敌人，托托托地由南而北朝大冉村一溜烟地跑了去。

"准是敌人的巡逻队！"刘太生低声地说。

"不是，巡逻队不会这样走。"魏强说。敌人骑兵过去之后，他和刘太生小跑步地穿过了公路，来到一座树林子里站住了脚。

这是有钱人家的一个大坟地。这里除了有大小不同的土坟头，还有石人、石马，另外还有背驮着大石碑的石龟。这就是五天后，魏强他们这支武工小队伏击敌人的地点。

魏强借着时被片片乌云遮住的月光，认真地瞅下整个的地形，猫腰朝西望望不到百十米远的公路，仔细地想想队长的战斗部署，怎么想，也觉得是个瓮中捉鳖（比喻想要捕捉的对象已在掌握之中。形容手到擒来，轻易而有把握）的事。

"小队长，你看！"刘太生像发现什么似的，手指向公路的南端。魏强伏下身子一瞅，是一大溜儿黑压压的人。

月亮，刚从一片像旧棉絮似的灰云里钻出来。月光下，只见前面的三个像扛枪的样子，后面的都像徒着手。错错落落的队形里，还隐隐约约地传过来悲惨凄凉的呻吟声，魏强向刘太生耳语："看样子像给进山扫荡的鬼子抓的夫！""对！"刘太生同意地点点头。

魏强觉得应该尽一切力量把这群被抓的老百姓截夺下来。要不，送到山里那可就……扭头一想："截夺可以，但必须得弄清押送的敌人有多少哇！"公路上，忽然传过两个语音不同的叫嚷声："你们走快点儿不行？""骑马打前站的早到保定啦，你们还跟俺们磨蹭！"

"八个人。"魏强隐着身子，借着不太明亮的月光，一个一个地数着戴钢盔的脑瓜儿，回头小声地说，"我俩不能让敌人像赶牲口似的把老百姓赶到山里去挡枪子。刘太生，你把自行车藏到麦地里，咱朝大冉村村北公路边上蹿。"

他们二人快步离开了大坟地，凫过了冰凉的、够不到底的金线河，来到离大冉村三里来地的一个破窑疙瘩后面。魏强蹲下朝公路上一望，大队人影过来了！

两个人猫着腰，像捉迷藏似的隐没在两垅麦子的中间，匆匆地朝公路走去！

离公路五六丈远，他俩止住了脚步，四只眼睛朝公路上一望：只见被抓的人们都倒剪二臂，牢牢地拴在一长条大沙绳上，个个都一步挪不了四指地朝前移动着脚步。【阅读能力点：描述了鬼子对待普通民众的惨无人道。】一个胡子挺长、脑袋低垂到胸前的老人，痛苦地哎哟哎哟地走过来。魏强说了一声："上！"便像蹿山跳涧的猛虎，嗖地蹿到那个警备队员的跟前。魏强用驳壳枪朝敌人一逼，刘太生劈手把枪夺了过来。

被缴了械的敌人惊吓得傻了眼，被捆绑着的群众惊奇地愣了神，停下来，谁也估不透眼前发生的是件什么事。【阅读能力点：形容武工队行动迅速，不只

敌人没反应过来，就连群众都发愣了，侧面突出武工队的优秀。】

"咱们都是中国人。你说实话，有多少人押着？"魏强用驳壳枪指着俘虏的头，问。

"大部队在博野、蠡县那边正清剿，抽不出人，就俺八个！"俘虏双腿颤抖地回答。

"你们带队的呢？"魏强刚问到这儿，前面远处一个端枪的警备队员嘴里骂着："妈的，后面怎么不走了！跟老子捣什么鬼？"就朝他们这儿跑。

俘虏扬手一指："他就是俺们带队的，是班长。"

魏强向俘虏说："你说这边有个快死的，喊你们班长过来！"跟着一拽被绑着的人群，呼啦，都躺卧在地上。刘太生赶忙将缴获的步枪摘下大栓，交给俘虏说："快喊！"俘虏接过枪喊道："班长，这儿有个人快死啦！"【阅读能力点：武工队利用俘虏来引敌人上当，从而获得更大的胜利。】

"死了扔在沟里喂狗，嚷什么？"伪班长不耐烦地答应着来到跟前。魏强斜楞眼睛瞅着，暗暗朝伪班长的腿腕上一伸左脚，把伪班长绊了个狗吃屎。"妈的……"伪班长骂骂咧咧地刚要爬起，刘太生像鹰抓兔子似的伸出钢筋般的五指，揪住伪班长的后脖领。伪班长摇晃脑袋抬头一看，一支乌黑的短枪口对准了自己，吓得急忙爬起来，双腿一屈，扑通跪在地上："爷们，饶命啊！"

"起来！喊你的弟兄们到你这儿集合。"魏强命令说。伪班长顺从地双手圈围着嘴唇，凸出眼珠豁着嗓子朝公路北面喊："张云，郭庆生……到我这儿来，快点儿！"接着，又朝公路南面喊："黄玉印，张小气……你们也到我这儿来集合，跑步！"

警备队员们听到班长一吆喝，不知道出了什么事，急忙跑过来。早来的早缴枪，晚来的也被魏强他们把枪抢了过去。武装齐备的警备队员们，稀里糊涂地就在自己这个"确保治安"区里被缴了械，哆哆嗦嗦地挤在一起，瞪着迷惑的双

82

眼，瞅着这两个穿戴不同、手提驳壳枪的人。

魏强他俩用手枪逼着俘虏们，命令他们赶紧给群众去松解绳索。

"啊！八路军？""自家的队伍！"群众都觉得这是做梦也想不到的事情，纷纷小声说，"要不是碰上你们，命算完了！""你们的胆真大！"被解开绳索的人，忙动手去给别人解。你帮我助地一会儿都解开了。

"你们帮虎吃食，给鬼子干事，都知道是个什么罪过吗？"魏强低声地问俘虏们。"该死，该死，我们是被逼得没办法……"魏强扭头又对群众讲："乡亲们，你们被解放了，快离开这里回家吧！"

那个有病的老人跑下公路，又像想起什么似的磕磕绊绊地急忙返回来，抓住魏强的手，笑嘻嘻地小声问："你们是咱八路军的哪一部分？"

"我们是武工队！"魏强把嘴伸到老人耳朵跟前告诉他。"武工队，武工队，好，好！好个神奇的武工队！我要记你们一辈子。"

"小队长，巡逻的装甲汽车过来了！"刘太生朝八里庄方向一指，只见两个贼亮的光柱出现了。跟着，警报机声嗷嗷嗷地传了过来。

"走！"魏强用枪一指，八个俘虏背着被摘下大栓的步枪，乖乖地跟着魏强他俩跑下公路去。

回到小队，魏强将配合山区反扫荡、准备打伏击的事情告诉给大家。大家心里都乐得开了花，像办喜事那样忙忙碌碌地做着各种准备工作。【阅读能力点：武工队抗击敌人的情绪高涨。】

刘文彬和区长吴英民离开魏强他们去各村动员大家操持绳子、木棍，秘密捆绑担架；汪霞出东村进西庄地悄悄筹划接收伤员的事。

武工队员们开始擦枪，磨刺刀，揩拭子弹、手榴弹，缝缀子弹袋和鞋带子。【阅读能力点：武工队员们各自为战斗进行周全的准备。】

一眨眼，五天过去了。

第六天的拂晓，魏强率领自己的小队，按照杨子曾的命令，踏到大冉村村南、张保公路东侧的那块松柏参天的大坟地里。

人们在自己的阵地上隐蔽好以后，魏强又做了一次检查，末了，凑到贾正的跟前，咬着耳朵说："你们记住，哈巴狗是个矬胖子，打响以后用枪盖住他，我们争取逮活的；实在不行，再朝死处揿。"

一切刚安排好，两辆开着探照灯、放着警报机的巡逻装甲汽车从大冉村方向开过来。探照灯的光柱来回地横扫着大坟地。突然，像发现什么似的，有一辆车在大坟地前的公路上停了下来，同时，探照灯的白光，也纹丝不动地射向了大坟地里。

"嗯？"魏强在两墩桑条子后面，双目死盯住装甲汽车，心想："难道没有隐蔽好，暴露了？"

"小子，你敢朝老子跟前来，就会让你吃一串西洋糖葫芦！"常景春抠着歪把子的扳机，暗暗地发着誓。

"小队长要下个命令，我一炮就擂它个灯熄火灭！"胡启明攥住八八式的炮筒琢磨。

贾正握紧枪把，瞪着两只大眼睛，心里说："不怕死，你就来来看！"赵庆田心里思忖："它为什么停下了？莫非……"李东山早在眼前撂上一颗揭开盖的手榴弹；辛凤鸣的那把头发丝沾上就断的刺刀，已上在自己的马步枪上；刘太生蜷缩着两条长长的腿，不出声地叨念："来吧，来会餐！这里又有黑枣又有糖，外带两个酥脆大菜瓜。"

装甲汽车上骤然像刮风似的响起了机关枪，枪弹打得枝条、树叶噼里啪啦地直往魏强他们身上落；【阅读能力点：将机关枪声比作风，形容敌方火力之猛烈。】跟着，十几个戴钢盔的鬼子，叽里呱啦地说着话从车上走了下来。

魏强的心立刻提揪到嗓子眼儿。对付这辆装甲汽车上的敌人，魏强并不在乎。不过真的一打响，整个战斗方案就会全部破坏了。死马当作活马医，魏强认为眼下的办法，就是隐蔽。他立即用极微小的声音向左右传："隐蔽！"

装甲汽车旁，一个鬼子叨念了两声听不懂的话，接着，唰！探照灯从东扭向了西，车上的机关枪又朝西面猛扫起来。"鬼子这是玩的什么把戏？"魏强暂时松了一口气，跟着就琢磨起来："说他发觉了，为什么又转到西面去？说他没有发觉，他为什么老在这儿泡起来？……"

呜呜呜！呜呜呜！公路北面大冉村方向传来分不清的马达声，声音越来越近。一对对白亮的灯光，好像大毒蛇的眼睛，一闪一闪地顺着公路朝南面过来了。【阅读能力点：将灯光比作毒蛇的眼睛，侧面烘托武工队处境之危险。】五辆汽车，已经开到魏强面前的公路上，停在巡逻装甲汽车后面，马达继续响动着。地上抽烟的鬼子们掐灭烟火，急忙爬进坟丘子似的巡逻装甲汽车里。一会儿，巡逻装甲汽车飞快地朝南驶了去，五辆汽车头顶屁股地紧紧跟随着。

天，渐渐地亮起来。

这时，魏强明白了：巡逻装甲汽车蹲在这儿的目的是用火力侦察这一带的复杂地形。趁太阳没出来，地里没有人，他忙派个观察员爬上一棵高大的、叶子茂密的榆树，自己也伏在地上等待起来。

公路上，走动的人多了。大冉村据点两个炮楼顶上并插的日本旗和青天白日满地红、外加个黄三角布条的旗子，也看得清楚了。

南面，田各庄附近，忽然响起魏强他们久已盼望的枪声。枪声异常激烈，中间还有不少咚咚咚咚的手榴弹爆炸声。南面枪声一响，公路上的来往行人，都一个劲地朝公路两侧躲。人来车往的公路，顿时变得冷冷清清。

在树上瞭望的观察员像打滑梯似的从树顶上出溜下来，爬行到魏强跟前低声报告："小队长，敌人出来了！"

"敌人出来了，沉住气！"魏强又一次向人们发出命令。没有一顿饭的工夫，敌人在公路北面露了头。十二个鬼子戴着钢盔，穿着土黄色的军服，肩扛着上了刺刀的三八枪，耀武扬威、齐一步伐地迈动着罗圈腿走过来。

鬼子过去了，伪警察们已和魏强他们隐蔽的大坟地成了东西一条线。就在这时，埋伏在公路西面的二小队那儿，哗哗哗地响起了排子枪。伪警察们吓毛了脚，跌跌撞撞、滚滚爬爬地急朝公路东面乱跑；鬼子却原地卧倒对抗。但是，冰雹似的枪弹，最后也逼得他们不得不退下公路，朝向东面撤。在后撤的时候，有两个鬼子栽倒没有爬起来。【阅读能力点：敌人没能承受住我军的火力。】

剩下的十个鬼子变成了三个战斗组，像麻雀似的蹭蹭蹦蹦、纵纵跳跳，一边还击一边退，渐渐地接近了魏强他们占据的大坟地；伪警察们也狼狈地朝大坟地跑来。

魏强狠盯住敌人，没有吱声。隐伏在阵地上的人们，都攥住手榴弹把儿，拉火弦套在手指上，拧眉屏气地等待着。相距只有三十米了，魏强眼盯住鬼子，震天撼地地喊了声：

"打！"咚咚咚！……二十来个手榴弹一起甩在鬼子群里，有些不动了，有些卧倒就开枪。常景春的歪把子也开了叫。"伪警察们闪开，我们打的是鬼子！打的是汉奸苟润田！"魏强在坟圈后面，拉开嗓门儿一喊，人们也就"伪警察们闪开！""怕死的躲远点儿！""中国人不打中国人！""硬上，枪子儿没眼！"地呐喊起来。伪警察们听到八路军一嚷叫，知道保住了命，谢天谢地地赶紧朝后蹿。

敌人往公路下面撤时，贾正、刘太生的四只眼睛一齐咬住伪警察群里一个又矮又胖的家伙，他就是哈巴狗。贾正想："枪子儿没眼，可别敲死了！"刘太生寻思："能像封神榜上的人，有个'扣魔钟'该多好！"等手榴弹摔响，机关枪扫过，哈巴狗还长命百岁地活着。两人心里非常高兴，就像猫逗耗子似的跟哈巴狗耍笑起来。哈巴狗想朝后跑着退，贾正使枪朝他头上盖；哈巴狗吓得卧倒了，刘太生怕他滚逃，拿枪弹在他腚后封锁。他俩左一枪，右一枪，前一枪，后一枪，枪弹打成了梅花瓣，打得哈巴狗动不了窝。他俩正用火力封锁着哈巴狗，全小队同志端着刺刀，呀呀地喊叫着，从坟圈子后面跳了出去，发起冲锋了！

辛凤鸣端着亮晶晶的刺刀冲到前面，一个左腮帮子下面留有一撮毛的鬼子端着刺刀迎上来。仇人相见眼睛红，二话没说，呀呀地拼刺起来，刺刀碰枪身，磕得叮当响。贾正、刘太生看到辛凤鸣和一个粗壮的鬼子拼刺，手里都捏着一把汗。他俩朝哈巴狗搠两枪，就忙朝辛凤鸣这边看。这时，赵庆田、李东山共同拼掉了一个老鬼子，便急忙往辛凤鸣这边纵跳过来。李东山立眉瞪眼地拉着长声"呀——"，朝一撮毛的右肋用刺刀尖虚虚一点逗，一撮毛赶忙右腿后撤来躲闪，就在这时，呀的一声，赵庆田把一尺多长的刺刀，狠劲地戳在一撮毛的左肋上。【写作借鉴点：详细描写了武工队作战的详尽过程，突出了队员们的英勇以及对鬼子疾恶如仇的心情。】

贾正、刘太生不约而同地喊了一声："好！"可是扭头一看，哈巴狗已打着滚，钻进了蹲裆深的麦地里逃走了。

"妈的，煮熟的鸭子又飞了！"贾正挥臂骂了句，二人悔之莫及（后悔也来不及了）。

太阳高挂在东南方向，南面的枪声由激烈变成稀疏，而后渐渐消逝了。一场伏击战漂亮地结束了。

【学习要点】

本章主要描写了武工队对伏击战的各种准备以及在伏击战中遇到的意外情况和最后取得胜利的详细过程，让人读起来仿佛身临其境。对不同人物的心理和

动作描写突出了他们不同的性格特点以及作战风格。

【读品悟】

魏强对普通百姓不抛弃、不放弃的同胞之情值得我们深思与学习,中国人民就应该如此团结在一起,抗击外敌,共建和谐美好的明天。

【思考探究】

1.武工队的伏击成功了吗?

2.魏强帮助的人民群众是否都成功逃离?

第八章

名师导读

武工队为了应对敌人施行了反间计，使王一瓶与敌人反目，武工队会借此计策顺利保护民众吗？让我们来仔细阅读吧。

在敌占区作战，必须打得干脆，撤得利落，走得诡秘。结束了战斗，魏强简单、迅速地向杨子曾报告了战绩，然后按照指示，领着小队的同志，带着战利品，朝东北方向走去。【阅读能力点：将上一章的斗争结果交代清楚。】

汽车首先在武工队伏击的地点停下来。

这里，还弥漫着呛人的火药味和腥臭味。津美联队长左望，左边躺着中弹死去的"大和"武士；右望，右边仰卧的是拼刺阵亡的日本士兵，他们个个都是血肉模糊。

"少佐！"津美联队长声音显得挺平淡。

"有！"松田答应着急迈了两步，立正站住了。

"今天，在你统辖的这个治安区里，发生这样意料不到的事情，你觉得怎么样？"津美联队长一字一字地问。

"我觉得，在我说来，曾经多方面地了解了这个地区的情况，对敌人的防范是严密的。从拂晓到天明，又专派出几辆装甲汽车分段地进行了巡逻，对每个复杂地形都用探照灯照了，用机关枪扫了。但是……但是……"松田像个雕塑的泥胎，站在津美联队长的面前，一时有点儿不知所措（不知道怎么办才好。形容处境为难或心神慌乱）。因为，他知道，这个顶头上司声色愈平静，说话愈缓慢，愈说明他的愤怒到达了极点。

日本官兵爬上了汽车，津美联队长钻进了驾驶室，汽车拖着一股子黄烟，朝皇军第二个倒霉的地方——田各庄附近驶了去。

家家闭门入睡的时候，魏强他们顺着唐河的西堤根，蹚着齐腰深的麦子，悄悄地进了西王庄，钻进老房东赵河套大伯的家里。

守在一盏昏暗的菜油灯旁吧嗒吧嗒吸烟的刘文彬，听到院子里的响动，忙跳下炕来朝外迎，门帘没抓到手，魏强早已进来了。

刘文彬高兴地握住魏强的手，跟着便和陆续进来的人们招呼："哎哟，都辛苦啦！"

人们揩抹枪的揩抹枪，清点子弹的清点子弹。有的在脱光膀子洗脸，有的在用热水烫脚。辛凤鸣头上扣上一顶钢盔，端着缴获一撮毛的那支三八枪，腆着肚子，噘着嘴，瞪着两个眼珠，【阅读能力点：战斗收获颇为丰厚，人们心情愉悦。】装着日本兵的样子冲着李东山说："老保守，你有多少'大八勾'（日语：纸烟）的？赶快拿来，我的'新交''新交'（日语：给的意思）！"

"'大八勾'我的不多，统统地拿去没关系！"李东山点头哈腰，双手托着一盒绿兵船牌的纸烟，送到辛凤鸣的面前。辛凤鸣伸手刚要拿，常景春一把抓了过去，顺手装到自己紫花褂子的口袋里。

"哎！别半道上打闷棍哪！"辛凤鸣忙去抢烟。

"从你们手里缴来的，怎能再给你们抽！"常景春捂着口袋挣扎、抗拒。

"给他吧，你忘记优待俘虏了？"李东山逗趣地讲着情。常景春将烟掏出来，说："我们这是优待俘虏'一马斯'（日语句尾助词）！"在这敌占区，大家虽然不敢高谈阔论（多指不着边际地大发议论），狂笑海闹地庆祝今天伏击的胜利，但是，人们的心里都洋溢着愉快的情感，脸上都充满着喜悦的笑容。全屋，都被喜庆的气氛笼罩着！【阅读能力点：人们在庆祝今天伏击的胜利，都兴奋不已。】

"你们这一打，算是把人们的心打豁亮啦！咱伤人了吗？"大娘担心地问。

李东山指着刚长起的头发，凑到大娘眼前，说："连个头发丝也没碰到哇！"

"阿弥陀佛！那敢情好。真是老天爷保佑，要在早先，我非得请一炷子香烧一烧！"大娘两个手掌合到一起，点头作揖地说。大家知道老大娘的心情，虽然想笑，都没好意思笑出来。

"得了吧，又搬出你那封建脑袋来啦！"河套大伯又气又笑地顶噎了大娘一句。

汪霞、李洛玉也来了。洛玉张嘴就问："一撮毛打死了没有？"

"没有打死，让他拿刺刀戳死啦！"魏强指着端着一盆洗过脸的脏水的赵庆田。赵庆田难为情地咧咧嘴，迈步刚要朝外走，河套大伯两手一插，抢过脸盆去："怎么能叫你这英雄干这个！"端了就走。弄得赵庆田红着脸退到一边。

"你看，这是一撮毛的枪。"辛凤鸣把枪送到李洛玉面前。李洛玉嘴唇叼着烟卷，双手把枪接过来，上上下下仔细地看了又看。汪霞、河套大娘也凑到跟前去抚摸。【阅读能力点：大家对一撮毛的死都很好奇与兴奋。】

"你们撂倒一撮毛，哈巴狗呢？"李洛玉怕把枪磕碰着，轻轻地往地上一竖，抬头朝人们问道。

"你问哈巴狗，就问他们俩吧。"辛凤鸣指了下贾正和刘太生，"为这件事早吃小队长一顿批评了！"

"还说呢！要不是你，他十个哈巴狗也逃不出俺们这两条枪！"贾正没好

气地说。

"你们这是一笔什么账啊！叫人听了挺糊涂。"李洛玉从话音里知道哈巴狗是逃跑了，到底怎么逃的，他还真的闹不清，便开口问。魏强把事情说了一遍，人们这才闹明白。

"只要他俩认识到错就行了。不过，"魏强又自我检讨地说道，"哈巴狗的跑掉我也有责任。我过于强调逮活的了！要不然，凭他俩的枪法，说真的，有十个哈巴狗也早躺下不动了。"【阅读能力点：魏强发挥小队长的担当，主动承担责任。】

"叫刘太生那一枪，恐怕他也得带点儿伤！"贾正扬起脸来说。

"带点儿伤就好。不给个厉害也不行。今天跑了，还有明日呢！总之，今儿个咱是一人不伤的大胜利！大家就乐乐呵呵地庆祝这个胜利吧。执行任务有过错，以后注意就行了！"刘文彬觉得屋里的气氛有点儿过于严肃，忙拽扯人们转话题。

"你们不知道，我是当探马来啦。群众听说军队打了胜仗，正操持还愿哪！"李洛玉比比画画诉说自己的来意，跟着问大娘："老嫂子，你操持得怎么样啦？"

"我？哎哟，你要不提，我还忘了。"大娘像想起一件没做完的事情，冲汪霞说，"闺女……"以后声小得听不到了。汪霞的脸上虽然满带笑容，嘴里却一个劲地说："可别！可别！大娘，可——别！"大娘说完，笑呵呵地走了出去。

"还什么愿？""群众有什么愿还？""怎么个还法？"人们又让李洛玉给说得有些糊涂了，大家就七嘴八舌地上来打听，特别是辛凤鸣问得更上劲。

"这个，要知村里事，必问当乡人！"李洛玉竖起一根手指，在空中来回画着圆圈地说，"群众许下的是：'打死一撮毛，家家吃煮饺。'一撮毛不是完蛋啦，人们也就该吃了！""今天要打死哈巴狗呢？"辛凤鸣紧问。

"那就吃肉喝烧酒！"李洛玉连想都没想地告诉给他。

"你们今天前半晌这一打，可把群众的抗日心气给打足了！说真的，有些户，乐得一宿都睡不着觉。"李洛玉说，"我走啦，好告诉人们切韭菜整馅子去。"李洛玉朝脸上抹了一把，跟刘文彬咬咬耳朵，刘文彬点点头。

魏强打个哈欠，摇摇脑袋，拽拽滚皱了的衣服，凑到灯前，吸着一支烟，问道："情况怎么样？"刘文彬从文件包里拿出一张纸："这不是，二十四团在田各庄村北，共缴获四挺歪把子，一挺重机枪，四个掷弹筒，还有三十六支三八大盖和三个王八盒子……"

"嘀！人家这大网，就是逮大鱼，敌情有什么变化？"魏强称赞地说完，立即又转向另一面。

"敌情？"刘文彬撂下手里的文件，说，"咱刚打完仗，津美联队长就带领十几汽车鬼子，和老松田气势汹汹地赶到部下倒霉的地方；在你们打仗的那个地方，还亲手用战刀扎死一个受伤的日本兵。"【阅读能力点：描述日本人对自己人下手的场景，突出了其残忍的特性。】

"这东西，真比狼都残忍！"魏强脑子里立即出现了卫生员小魏给负伤的日本兵包扎伤口以及赵庆田、李东山两人把他抬到树荫下去的情景。

"听说，老松田还挨了一顿骂。"刘文彬说，"敌人把两个被伏击的地点，都照了相，画了图……"他边说边翻腾文件，很快拿出一张褶子满满、字儿密密的白报纸。"……除了这个，向山里扫荡的敌人昨天进山了；津美联队后天就要朝山边上开拔。"魏强一直在默默听着，他的眉头愈皱愈紧。当他听到津美联队要进山，眉头立即松展开，说："只要他滚蛋，这事就好办。"

"好办？我觉得也不太容易！不过……"刘文彬为这码事的确绞了半宿脑汁。他忽然脑袋离开左手掌，朝魏强凑凑："我觉得朝这个门闯闯也可能……"

于是，两人低声细语地咕哝起来。窗户由黑变灰，渐渐地发了白，他俩也不知道，直到汪霞走进屋来，才打断了他俩的谈话。

汪霞的脸上浮罩一层灰尘，眼白上有些红丝，眼角有点儿眵目糊，眼皮有些浮肿。【写作借鉴点：通过外貌描写汪霞现在的面相虚弱，突出了其对革命事业工作的上心。】很显然，她这一夜也是没有合眼。"你的眼都熬肿了，快到大娘屋里打个盹儿去。"刘文彬用带点儿强制的语气对汪霞说。

"也不觉困，就是脑袋有点儿蒙。"汪霞扬起手来把垂散到脸颊旁的黑发朝耳后一拢，笑了笑，想坐下。

"快借大娘个被子盖上睡一觉。常说，不会休息，就不会工作！"魏强也帮助劝说。

脾气倔强的汪霞今天并没有丝毫执拗，冲魏强笑了笑，便朝大娘的屋里走去。

吃罢早饭，李洛玉肩担两个筐子来了，一进院就喊："老嫂子，谷草撂在哪儿？"他没等房东大娘搭腔，早把筐子上边的谷草放在南房跟前。接着，扁担上肩，挑着沉甸甸的两个筐头朝魏强他们屋走来。

"老李，你这又是演什么戏？"魏强心里觉得有点儿奇怪。"我今天要给你们演出《慰劳》。"李洛玉说着从筐头里提出两只猪大腿，"我要学曹操的大将典韦，唱一出《战宛城》！铿锵锵！铿锵锵！……"他两手舞动着两只猪大腿，嘴里打着家伙点地闹了阵子，逗得人们止不住地乱笑。

"老乡们都很困难……"魏强有些不好意思地说。

"报告小队长，你就收下吧！"洛玉又摆出了军人姿态，将猪腿放在桌上。

李洛玉的一言一语、一举一动都能让人发笑，好像他浑身上下，处处都是"笑"字。他那滑稽的动作，风趣的语言，给人们心灵上增添了无限的欢愉，让屋里的那种和谐气氛更加和谐。

"洛玉，咱谈个事。"刘文彬拍拍炕席，等李洛玉坐下，面对面地谈起鬼子要在公路两侧割麦子、砍树木的事，"在这个地区，鬼子要这么干，咱不能不依随，最好在依随的时候破坏它。比如，割麦子、伐树、平坟、填坑，敌人要让咱一起干了，咱派民夫时不让他们带或少带点儿应手的工具，没有工具，他不就割不成麦子、伐不成树？再一个就是动动大冉村警备队的小队长。这家伙别看官小，门头可硬：有个当大队长的哥哥做后台，他怕什么？只要弄通了他，麦子、树木，可能会保护下来。怎么个做法，要投他的心坎来，这，晚上再研究。我们还要把带工具的办法告诉给各村。"【阅读能力点：刘文彬为百姓着想，不想让他们的树木与麦子被毁坏，所以想出办法。】

"明天，津美联队一走，咱用这两个办法从里到外地一来，就能把公路两旁的麦子、树木保住了。"魏强补充说。

"对，咱一定把这麦子保护住。大冉村的小队长，我还能玩得转他。"洛玉说完，急速地走了。

李洛玉刚回到保公所，驻大冉村的警备队派了两个警备队员和两个伪警察要民夫来了。洛玉亲自出马，先烟后茶地一照应，末了，又满口承担地说："虽说人们正忙着耪小苗、扛场准备过麦秋，我们还是一切照办，请弟兄们回说给王小队长，以后就别再费心派人跑辙了！"

洛玉把伪军们欢欢喜喜地打点走，忙跟几个村干部们合计了合计。最后，按照刘文彬、魏强他们说的办法，开始在群众中布置开。

第二天，洛玉穿得干干净净，左手提上一瓶衡水酒，右手托着一个蒲包——里面是一只烧鸡和一些熏鸡蛋，带着一伙扛镐拿锨的七老八小的民夫，走到大冉村据点跟前。他让人们站到吊桥外，自己大摇大摆地走进据点里。

大冉村警备队的小队长绰号叫王一瓶，山东人，三十来岁，个儿不高，嗓

门儿挺洪亮，是个嗜酒如命的人。他常说："只要有酒灌，三天不吃饭！"他外出讨伐也带个小酒瓶子，进村见了办公人，张嘴就说："快给闹四两去！"一瓶子酒到他手里，不喝得瓶底朝上不拉倒。王一瓶的绰号，也就是因为他贪杯得来的。

洛玉嘴里"王队长，王队长"地叫着。"我当谁呢，闹半天是你！"王一瓶敞着怀走进来，一眼望到洛玉手里的一瓶酒，咧起快要暴皮的大嘴唇，笑了。"可不是我。这两天过八路，也没工夫来看你。前十天有个亲戚上衡水，我知道队长喜欢喝两口，特地托他给你捎了两瓶老白干！"洛玉说着将酒递到王一瓶的面前。【阅读能力点：洛玉对王一瓶"献殷勤"主要是为了计划的实施。】王一瓶接过来，在桌子角上磕掉铁皮盖，扬脖咕嘟闹了一大口，接着咧嘴问："那一瓶呢？"

"别提了，大前天过八里庄，让皇军给'新交'去啦！"洛玉像真有那么回事地说。

王一瓶满脸不高兴地骂了句，随后，又嘴对嘴地灌了一大口，回手给洛玉搬了个机凳。"我的好朋友，你坐下。"他把洛玉按在座位上，一伸手将碟里仅剩的一点儿鸡蛋抓起来，飞快地填进嘴里。

"抢去就抢去吧，以后再托人给你捎。"洛玉身子落了座，解开蒲包，拿出烧鸡来，添油拨灯地说，"吃吧，这也是从正定府捎来的，味道不比马家老鸡铺的赖！就是让皇军也抢了一只去。皇军嘛……"【阅读能力点：进一步引出王一瓶对鬼子的不满。】

"皇军？龟孙！我就不听那一套。前天，一撮毛叫我去增援，我就没听！"王一瓶攥住酒瓶子，军装扣子没系，两腿叉立在桌子跟前，啃着鸡大腿，喝着烧酒，嗷嗷地发起狂来。

"王队长你可以，远远近近谁不知你是这一份。"李洛玉跷起大拇指，给王一瓶灌起迷汤来，"听说，田各庄的中队长都得怕你三分。可是你辖管的这一片老百姓，就得听人家日本人的摆布。就说割麦子、伐树木这码事吧……"

"割麦子、伐树怎么啦？"王一瓶拿着鸡肉的两只手，停在嘴边上。

"那是皇军下的命令，谁敢不听？"洛玉特别把"不听"两字朝上扬扬。

"奶奶的，我就不听！"美酒助胆量，王一瓶扬颏连喝了几口，什么也不顾地大喊起来，"就是不割啦！就是不伐啦！""报告！"门外一声喊叫。

"进来！"王一瓶酒瓶子挪开嘴唇，朝进来的人一瞅，是他的一个上士班长，忙问，"民夫们都来了没有？"

"都来了，小队长，就等你去分段干呢！"上士班长双脚站到一条线上回答。

"你出去告诉民夫们，麦子不割啦，树也不伐啦，坟不平啦，坑不填啦，都回家！"王一瓶喝一口说一句地下着命令。【阅读能力点：王一瓶成功被武工队的激将法激怒，跟鬼子对着干。】"是！是！是！"上士班长行了个举手礼，走了出去。

"不割恐怕不行，这是……"洛玉察言观色地说。

"这没关系。下命令的今天进山扫荡去了，还不定回得来呢。就是回来，麦子也熟透拔完个龟孙啦！县官不如我现管。"王一瓶神色坦然地又撕下鸡胸脯上的一大块白丝丝的肉，朝着嘴里填去。

"哎呀，这可太好啦！要是咱这条路上都修下你这样好心的队长，老百姓还不乐得烧高香？"洛玉知道王一瓶有个大门头，就想借王一瓶的酒劲，把事办得一竿子扎到底，又是捧又是拍地说起来。

"这个，等我把这瓶子酒喝干，一个电话给我哥哥就办了。"王一瓶一口两口连三口地喝起来。一只烧鸡送下肚，一瓶酒喝个光，空酒瓶子朝桌上一顿，领着李洛玉朝电话室走去。

鬼子割麦子伐树的计划，让一瓶子酒、一只鸡就完完全全给破坏了。

【学习要点】

本章主要描写了武工队对王一瓶施以计策，激怒他跟鬼子的方案背道而驰，在介绍王一瓶时运用详细的描写，将他的人物性格交代清楚，这样计策的成功实施才让读者不觉得突兀。

【读品悟】

武工队为保护乡亲们的树木和麦子而绞尽脑汁想办法，彰显了武工队与老百姓一条心，时刻想着人民的利益。

【思考探究】

1.武工队使用了什么计策令王一瓶与鬼子反目？
2.武工队费尽心思是想要保护百姓的什么？

第九章

名师导读

本章主要描写了武工队智斗哈巴狗和侯扒皮、智取粮食一事。哈巴狗与侯扒皮的人物性格如何？他们是否团结一致？

哈巴狗像只老狡兔，趁猎人稍一疏忽，便从枪口下滚爬到大冉村村南蹲裆深的麦子地里逃跑了。可是，右腿挂了彩。回到大冉村，倒在自己的床上，怎么想也觉得这条平坦笔直的张保公路，成了个危险的境地：一撮毛带领的十一个日本人都没有回来，由田各庄、张登乘车去保定的一中队日本人，也都叫八路军一口吞了下去……

哈巴狗于是想方设法调到了中间镇，和侯扒皮驻在一个据点里。他俩，一个是糟害群众的祸首，一个是欺压百姓的魔王，二人站到一块儿，坐在一起，真是妖魔对鬼怪，没挑的一对坏。侯扒皮想往口袋里多弄个钱，哈巴狗就费尽心思地出谋划策。【阅读能力点：哈巴狗和侯扒皮两个害人精聚到了一起，又想着法地欺压百姓。】

哈巴狗来到中间据点没有五天，当地的老百姓就偷偷给他俩编了一段顺口溜：

侯扒皮、哈巴狗，俩鬼做事手拉手。

狗给猴子来帮腔，猴子给狗找理由。

99

杏熬北瓜一色货，都是百姓死对头。

伪清苑县公署在给张保公路各点线下命令进行"夏征"的时候，也给哈巴狗送来一道强征小麦的命令。侯扒皮是个钱串子脑袋，觉得征麦又是个拢钱的好机会，他在中间周围的一些村子里，又坐催、又逼要、又吊打、又扣押地紧闹腾，日子不长就将麦子征了多一半。【阅读能力点：写出了侯扒皮和哈巴狗欺压百姓的具体手段。】

麦子征上来，粮包围着炮楼堆成个小山。开始，哈巴狗每见这堆麦子，就摆出傲慢的神色，挺起胸脯说："看我苟润田本事多大！"有时，高兴得还唱两句二簧："我本是，卧龙岗……"但是日子一长，特别遇上阴天，他就望着大垛麦子犯了愁。他本打算麦子征齐了，一个电话给城里打过去，伪县公署会很快派几十辆卡车来一起运。这样，自己圆满地交了差，有了说话的资本，在伪县知事面前显摆一下，或许通过这事，还能提升提升。电话去了无数次，卡车始终没有来。之后，因为如意算盘落了空，他也就紧拧双眉围着麦垛转起来。他想让侯扒皮助他一臂之力，向各村要百儿八十辆大车朝城里运。又听说张保公路上日本人押送的运麦大车都叫八路军给劫去了，心里像吃了冰疙瘩，一下凉了多半截儿，私自要车运送的念头也就打消了。【阅读能力点：压榨来的大量粮食得不到有效的处置。】

麦垛围着炮楼堆积，确实也妨碍了侯扒皮对据点的警卫。侯扒皮就让哈巴狗赶忙想个完善办法。这一来，闹得哈巴狗左右为难。他知道侯扒皮是个见钱眼开的主儿，忙巢十几布袋麦子，将款送过去，算是给帮助征麦的弟兄的赏钱，末了，让侯扒皮给想个妥善办法。

两人叽咕叽咕就把据点东面的那座学堂做了临时仓库。封锁沟在开春的时候就挖好了，只要派一班人马去看守，事情就算妥了。

三天以后，围炮楼的麦子垛，全都搬移到炮楼对过儿的那座宽敞、通风的学堂里。天天夜晚，一班警备队员和六个黑狗到房上去守卫。这下，哈巴狗又高兴起来了。

截夺了敌人的运麦大车队以后，魏强他们天天夜间到各村召开抗属会、教育伪办公人员、做宣传……他们黑夜工作完毕，白日在青纱帐里找个有树有井的地方，把警戒一放，像在屋子里一样，睡觉的睡觉，学习的学习，擦枪的擦枪，下棋的下棋……人们长期在屋里闷捂的那张黄白脸，经过几天的风吹日晒，都变成漆油子黑。

"小队长，"在树上放哨的辛凤鸣低头小声报告："咱们刘文彬同志回来了！"

听说刘文彬回来了，魏强很高兴。因为刘文彬去县委开会，一定会带来不少新的消息。

高粱地里钻出了个光头、手拿草帽当扇子的人，魏强一看，正是刘文彬。他的脸晒得像《三国演义》里的关云长，干渴得说不出话来，把帽子往地上一扔，急忙凑到水罐子跟前，端起喝了一大口，才转身向魏强说："今天，咱要执行个新任务！""新任务？"魏强两眉一立。

"嗯，新任务！这次还是要到猴嘴里掏枣去。目标是中间，具体的做法，县委说……"两个人吸着烟谈起来。

天刚黑下来，大地的余热正在散放着。魏强领着队伍串着庄稼地接近了中间，在约定的地点集结了。刘文彬也从中间村出来和他碰上了头。

"万事俱备，只欠东风。"刘文彬抹了下脸上的汗水，低声说，"现在咱可以进村找徐立群同志去！"

"徐同志来啦？"魏强很高兴。

"是的，咱今儿个的任务是他亲手布置，亲手指挥。"

由于村头上有敌人盘踞，中间街上夜晚并没有乘凉聊天的人。

魏强穿过冷清的大街，到村西北角，在那儿布置上警戒。几个庄稼人朝魏强走来。有一个大步地走近，小声说：

"你们来啦，魏强！"魏强一瞅，紧紧地握住对方的手，"啊！徐同志，你好！"

徐立群同志连声说："好，好，好！"首先问问小队的生活和情绪，接着才把话题转到执行的任务上。"今天执行这个任务，从始到终，唯一的要求是诡秘。哈巴狗、侯扒皮总觉得他们是清苑东南乡的两霸，本事大得出奇。今天咱就挫挫他的锋芒，掰掰他的尖。"

"那你们先把警戒布置好，见到临时仓库的房顶上发出信号，就开始行动。房上我们那个'关系'叫黄玉印，你记住他的名字。见面会认识的！"徐同志松开魏强的手。魏强点点头，连说几个"好"字。他脑子稍一思索，便想起黄玉印这个人来。黄玉印是在张保公路上劫救民夫时俘虏过来的一个警备队员，他个头不高，一双大眼睛，没想到又在这个据点里当了警备队员，而且还成了我们的"关系"。

嘟噜嘟噜！炮楼里响起阵阵哨音，跟随哨音又传出，"睡觉啦！""熄灯了，多注意警戒！"

在中心炮楼里，一个公鸭嗓的声音朝公路东面临时小麦仓库的房顶上问："大门上好没有？"凭声音，魏强他们知道这是侯扒皮。

"上好了！"临时仓库的房顶上有人回答。

"再去检查一遍！"侯扒皮下着命令。

"是，再去检查一遍！"房顶上又复诵一遍。时间过去不久，临时仓库的大门叽里咣当地响了几声。这声音似乎是在告诉炮楼上："大门上结实了！"

魏强转身轻轻地朝中间街里走去。漆黑的街里，不知什么时候来了那么多人。人们都静静地坐在沿街的墙根下，个个面前都撂着一大捆麦秸根子。

喳，一根火柴在吊桥对过儿临时仓库的房顶上划亮了，随后，又划亮了一根。魏强看到了光亮，就将余下的人交给刘文彬，要他负责掩护，自己带上赵庆田、贾正、刘太生、辛凤鸣、李东山，还有常景春和他那挺歪把子，一个跟一个地朝临时仓库的西大门爬行过去。

他们刚爬到仓库的防护沟跟前，第三根火柴又在仓库顶上擦亮了。

"谁？哪一个？"据点里的中心炮楼上传来一声蛮横的询问。人们立即伏下不动了，魏强心里想："难道让敌人发觉了？""怎么老划洋火呀？"中心炮楼上的哨兵问道。

"五黄六月烟反潮，抽着又灭了，不划洋火还行？你是吃河水长大的，干什么要管这么宽？"临时仓库房顶上的岗哨也不示弱地朝回顶撞。

"不管你怎么长大，净暴露目标。"两边胡乱骂着嚼了阵子舌根，又都不言语了。

当炮楼上的哨兵和仓库房顶上的岗哨胡扯乱谈的时候，魏强他们已经蹿到仓库门前。魏强布置下警戒，正要上房，房檐边上露出个黑乎乎的人头，脸朝下地悄悄说："别急，我叫黄玉印，自家人，他们都睡死了。来，这边上房。"

魏强望一下黄玉印，黄玉印忙凑到他耳下说："你忘了我啦，魏小队长？"说完，咧嘴笑笑。魏强赶忙小声说："没有！没有！"说着就和黄玉印握握手。

"我听了你的话，为抗战打日本办了这么点儿事。"

"好！好！"魏强称赞地轻轻拍了拍他的肩头，接着问道，"他们的武器呢？"

"我都敛在一起，放在那里啦！"黄玉印用步枪朝屋顶东北角上的小岗亭一指，李东山、辛凤鸣轻手轻脚地朝岗亭走去，转瞬，每人抱一抱枪弹走出来。

武器收过来，房上甜睡的警备队员们还呼噜呼噜地打着鼾声，做着美梦。

魏强凑到一个五大三粗的警备队员跟前，轻轻地推了推。警备队员说着呓语（梦话）："别闹！有点就赢。"

魏强强恩住笑，用手枪朝说梦话的警备队员顶了两顶，声小力足地说："别睡啦！八路军把你们俘虏啦！"

这个警备队员，迷迷瞪瞪地一骨碌坐起来，揉揉眼，望了下拿着手枪的魏强，顾命不顾羞地光着腚跪下就磕头。"别说话，穿上你那衣裳！"魏强和被叫醒的警备队员正说话的工夫，赵庆田、贾正和黄玉印分别将熟睡的警备队员们都叫醒，让他们穿上衣服，不出声地押着下了房。

贾正他们押着被俘的警备队员使用撬山洞（专为挖窟窿掏墙用的一种器械）、大铁锹悄悄地在东面的围墙那儿掏起窟窿来。很快，一人多高六尺多宽的大豁口掏成了。通外面的门打开了。徐同志在防护沟的东面，指挥人们把带来的大捆麦秸根子都填在沟内。眨眼，三丈深的沟填了个平上平。十一个俘虏被辛凤鸣、李东山押送过了沟。县委徐立群踩着麦秸根子垫的松软颤动的道，走到新打开的豁口跟前，见到魏强，夸奖地说道："你们手头上玩得利落，任务完成一多半了。"

魏强微笑一下，跟在徐同志身后，又返回院子里，朝装麦子的房子走来。

几排教室，都叫装着麦子的大麻包塞得满满登登的。那些动员来的小伙子们，一个个膀宽腰圆的，二百斤重的一麻包麦子，一挺腰板就扛走了。扛到村外，赶忙放到大车上，又快步跑回来。不多会儿，几排教室里的几十万斤小麦，渐渐少了下来。

无论人们怎么闭住气，放轻脚，终究人多声音重，中心炮楼的警戒，像听到什么似的大声问："平房上谁的岗？""我的岗，怎么啦？"黄玉印坦坦然然地回答，跟着，立了起来。

"怎么仓库东面老咕咚咕咚乱响？"炮楼上提醒地说。"我这东边？我看看去！"黄玉印摇摆着身子板，走到房子的紧东头，眼望着一个挨一个运麦的黑影，转过头来高声说道："什么也没有哇！你打盹儿了吧？"【阅读能力点：敌人发现了动静。】

"没有？你好好听听，是有动静。"

"有动静也不是我这儿。我确实听不到，看不见。"在黄玉印和炮楼上对话的当儿，魏强走进警备队员们的住房，划火柴点着桌子上的油灯，找了一张白窗户纸，拧下笔帽，写了一封信。在写"冀中军区第九军分区武装工作队"的下款时，徐立群同志也迈步进来："魏强，你在干什么？""咱八路军是明人不做暗事，给侯扒皮、哈巴狗留下封信，算是收条吧。你看行不行。"

酸枣大的字迹，很匀实地摆在洁白的窗户纸上，自配的紫墨水，写出字来非常光泽流利。徐同志看到头几句就憋不住地扑哧笑起来，说："你这信开头'队长''警察所长'地一称呼，很够味。"徐立群眼睛在纸上移动着念起来："很对不起，我们今夜没通知你俩，就到你们的仓库里，运走了你们费了九牛二虎之力从老百姓手里'征集'的小麦，带走你们的人和武器。之所以不通知、不告诉，主要是怕惊扰了你们甜蜜的美梦。我们八路军办事从来不藏不背，光明磊落，因此，留信达知。同时，对你们两位也提出警告，要你们今后……""小队长，麦子运完了！"刘太生进屋报告。魏强点点头说："知道了。"刘太生退出去，徐立群已将信看完叠好，用另一块大纸包上。他唰唰几笔写好了信皮，拿起个茶杯将信压在桌子上，说："明天侯扒皮、哈巴狗看到麦光人净，再看看这封信，就够喝一壶了。"

魏强笑了笑说："咱们走吧。"

徐立群说："是清晨三点过五分了！天快亮了。"他将表盖扣上，吹灭了小油灯，同魏强走出屋去。

哈巴狗听说麦子全都被八路军没声没响地运走了，擦着汗水跟在侯扒皮的

屁股后面，朝临时仓库的院里跑去。前后各排房子一查看，一颗麦粒也没剩，痛惜得呼天抢地、顿足捶胸地号起来："天哪，八路就给我这个不好看，可叫我怎么交代……"他号的不是这几十万斤麦子，而是怕小麦丢失了，他这个上任不到两个月的伪警察所长的职位也将保不住。"这帮看仓库的，都是吃霸王饭给刘邦干事的人哪！……"

在哈巴狗号啕大哭的同时，侯扒皮像霜打了的青草，脸色灰溜溜的，紧皱眉头来回在院子里踱步，想："这熊八路硬给人眼里插棒槌，鼓不擂，锣不敲，生把一班弟兄擒走了！"他抬头瞅瞅出来进去的警备队员们，他们像看笑话瞅稀罕儿似的抿着嘴直劲乐。他两眼一立睖，豁嗓门儿地呐喊："都给我滚，滚回去！"警备队员们被他立眉竖眼地一吆喝，都像夹尾巴狗似的溜逃了。

他不耐烦地走到哈巴狗的跟前，用瞧不起的眼神瞥了哈巴狗一眼，轻蔑又奚落地说道："润田兄，麦子是不能哭回的！"哈巴狗知道侯扒皮在讥讽嘲弄他，用手绢擦抹一下脸上的泪水，也报复地说道："麦子哭不回来就不哭啦！你着急起火，能把丢失的武器、被捉去的弟兄急回来？"

"我那兄弟被捉，我那武器丢失，你有很大责任。要不是看守你那招惹是非的破麦子，怎么会出这个错？"侯扒皮瞪着两眼，气呼呼地看着哈巴狗。

"你派人看麦子，你有光沾。谁不图黎明肯早起！"哈巴狗脸色涨红，擦抹聚满汗珠的秃头顶用硬话擂，"你要不是派些吃里爬外的人，我那几十万斤麦子也不能丢。这个责任比十几杆枪、十几个人都大，你不负能行吗？"

"我负？"侯扒皮青筋暴露地问。

"当然是你！"哈巴狗一口咬定说。

侯扒皮、哈巴狗像两只咬架的野狗，一句抵一句，一套顶一套，都喷着脸互不示弱地对揭秃疮痂。【写作借鉴点：将侯扒皮与哈巴狗比作两条野狗，暗讽他们只会窝里斗、互相埋怨。】

一个警察小跑步地走上来，双腿并齐，举手行礼过，捧着一个白纸包包说道："在宿舍里，发现有所长、小队长的一封联合收启的信件。"侯扒皮伸手抓过来，打开便看。哈巴狗这时撇掉刚才和侯扒皮的对骂，忙凑到跟前，也看起信来。侯扒皮气得眼珠子瞪圆。他左手朝大腿一拍："警告爷们，爷们是老虎推磨——不听那套，对老百姓是外甥打灯笼——照舅（旧）！武工队你有能耐就施展吧，我姓侯的豁出去啦！"侯扒皮一叫骂，哈巴狗晃摇着秃脑袋也开口骂起来："什么五（武）工队六工队的，我姓苟的打遍铁道东西，根本就不在乎！警告？警告你敢咬我？胆大明着来，小偷儿的干活算个什么？……"

两人虽然嘴帮子硬得赛块铁，心里都偷偷地乱敲小皮鼓，后脊梁出的冷汗，一直流到屁股沟。八路军说到哪儿，就要做到哪儿，这是他俩都见过的。特别是这支做事神奇、行动诡秘的武工队给他俩发出警告，更让他俩心里发怵。他俩嘴里骂着，心里想着，越想越觉得后怕，像得了一样病症似的，两人的四条腿都不自主地颤抖起来。【阅读能力点：受到了武工队的威吓，两人害怕不已。】

【学习要点】

本章主要描述了武工队抢夺哈巴狗与侯扒皮强缴百姓们的粮食，与他们两个斗智斗勇，并且大获成功。武工队的行动顺应民心，得到了老百姓甚至良心未泯的敌方人员的支持。

【思考探究】

1.武工队是怎样抢夺粮食的？

2.哈巴狗为什么没有将粮食运走？

第十章

名师导读

本章主要描写了侯扒皮在街上实施恶行，武工队发现并制裁他的事。侯扒皮得了个什么下场？他所实施的恶行是否遭到了报应？

麦熟前后，魏强他们从张保公路到中间，接二连三地狠狠地搞了敌人几家伙，确实把敌人搞得有些晕头转向。松田觉得近来武工队在东南乡活动得挺厉害，打算向上级请求抽调些精锐"皇军"，好好地"讨伐"一次。

侯扒皮和哈巴狗也撤离开中间镇。他们怕中途遇上飘忽不定、出没无常的武工队，连大道都没敢走，串着藏得住身的庄稼地，蹿到金线河北的黄庄据点里。

他俩虽说在中间丢了"征集"的麦子，损失了人和枪，但经过各托门子、互花钞票那么一运动，这件事总算大事化小、小事化无、没动官职地过去了。

【阅读能力点：哈巴狗和侯扒皮并没有因为丢粮而被处分，这为下文武工队的下一步行动埋下了伏笔。】

常说："人有名，树有影。"侯扒皮、哈巴狗不论走到哪里，臭名也跟到哪里，他俩就像两只身长恶性毒疮的癞皮狗，脚步迈到哪里，毒疮的臭气就散熏到哪里。

侯扒皮和哈巴狗带领他们的喽啰们来到黄庄，侯扒皮凭借他的门头硬，一下变成据点的太上皇；哈巴狗虽说跟他是棉花、线子——两样的事，到底侯扒皮有权势，也得紧着巴结随和。两人仍旧一唱一随，还是臭味相投。

狗总改不了吃屎。侯扒皮一来到黄庄，又编算要在黄庄这一带敲竹杠弄钱。武工队对他的警告，也曾在脑子里想过。不过，他认为黄庄距保定不过十二里地，武工队即便敢来，也不至于像在中间那样活跃。

"干咱这事的是钻到风箱里的老鼠，得受两头气。管他什么事呢！能办就办，不能办再商量。这年头，谁要不脑筋活络点儿，谁就会吃亏。"说这话的是河南小黄庄保长黄玉文。"都来了！"侯扒皮皮笑肉不笑地冲人们点点头走进屋。人们都赶忙站起来，七言八语地说："来了！来了。""都来了！""有多紧的事，接到通知也得来。"大伙点头哈腰，不笑强笑地恭维、奉承。

唰！侯扒皮熟练地打开手里的黑折扇，边扇动边朝人们望；人们也都扬着下巴颏瞅瞅他，再瞅瞅他身后的哈巴狗，等待他俩快张嘴。

哈巴狗向人们咪咪地笑笑，也将视线移到侯扒皮的身上。侯扒皮像故意和人们开玩笑，黄眼珠子滴溜滴溜地转个不停，嘴刚要张开，又闭上了。【写作借鉴点：刻画出侯扒皮狡猾、奸诈的形象。】

"今天把各位请来办宗事。别看事不大，它却和军事、警务有莫大关系，一点儿也不能含糊。"他将扇子从后背挪到了前胸，呼答呼答地扇着，接着说道，"眼下咱这炮楼子只有五截子，在上面想将河南边的一切都瞭望到，根本不可能，所以得接它两截；另外，再修四个抱角楼；还有弟兄们住的那些刮风就要倒的破烂房子，也得翻修一下。上头要我们当地筹划材料，设法兴建。这是命令，只能服从。现在人工、砖瓦都不缺，缺的是檩木，这就得各村摊派。军队说话就是命令，我左右思摸，觉得十天期限满能缴齐，就给你们十天，过了七月十五集，一定缴来，不行，就以违抗军令论。"【阅读能力点：两人变着法地搜刮民脂。】

人们听说是要檩条修炮楼、盖营房，呱嗒，都把心放下来了。没容得侯扒皮话说完，又嗡嗡地吵吵开："侯队长要檩条，写一个条子不就办啦！""可不是，队长干吗费那么大心。""十天的期限？不用了，五七天就能送来。"

"大伙接着听我的。"侯扒皮在人们高兴的劲头上，哗地泼了一桶凉水，"是檩条，但是一定得合规格。土木工程人员说，柳木、杨木都不行。"

"咱拿榆木的！"南村的老保长笑笑说。

"榆木的也不够格！"侯扒皮将脑袋一拨楞。

"杜木、槐木保准可以吧！"小黄庄保长黄玉文站起来答了言。

"什么榆木、杜木、槐木的，就不要在关里的木料上打算盘。"侯扒皮说着，扭头瞅瞅身后的哈巴狗，"今天是要一色的红松，怎么找，各位自己设法筹划吧！"

要红松做檩，修接炮楼、翻盖房子，这还是头遭听说过的事。人们不由得咯嚷（大声地说话或是辩论）开了："檩好找，要红松可难！""这年头上哪儿找东北红松？""十天，五个十天也够办的！""有钱难买，没货呀。"大家嘴里叨叨，眼睛瞅望着哈巴狗。哈巴狗看到人们犯愁的劲头，也猫哭耗子地出了口长气，像十分为难地说："用红松做檩，就是难掉换，可上级偏又下了这个命令，愁得我们俩也是走投无路的。别急，一起来想办法。人多主意多，凑到一起就是个韩信。"看他那样子，像非常同情人们，在为人们想办法，可是人们都知道他葫芦里装的什么药。

"哎，我看使使这个办法怎么样！"哈巴狗在闷热的屋里稳稳地踱了几遭，猛地将大腿一拍，"红松檩咱眼下不是没有吗？咱有钱，有钱就能买得鬼推磨。各位，咱可以用钱来便通便通上头。这一来既省心，又省力，你们瞧怎样？"哈巴狗几句话捅破了窗户纸，人们心里也早就料到了这一招。

大家嘴巴没鼓蠕，眼睛却转向了小黄庄保长黄玉文。人们的沉默，给哈巴狗个很难堪。他眨眨眼，冷笑了几声："我是为大伙儿好，要都赞成用钱便通，我就和侯队长动动腿，费点儿唇舌去和上边谈。如果不同意……"

"罗锅子的腰——一就了。我看，就这么办！回去筹钱吧！"黄玉文的身子离开板凳，说完，便朝外走去。人们觉得他多会儿给炮楼上办事也是磨磨蹭蹭地对付，今天反倒痛快地答应下，心里都挺奇怪。在胡乱猜疑的时候，也都脚前脚后地跟了出来。

"人们眼睛都盯住你，你今天怎么答应得那么痛快？"南村的老保长歪头问。

北庄上的保长在鞋底上磕出烟锅的灰，也问了过来："他说要钱，咱二话不说地就操办？"

黄玉文不言语地将人们领到一棵大树底下："这事咱不应下也不行。侯扒皮和哈巴狗早商量好了，你想给他变过来，那还有门儿？先点头应下来，以后再商量办法！"

大家在树荫下叽叽咕咕地商量起来。

从明处看，敌人撤回好多碉堡、据点，腾出好多地方，但是在魏强他们说来，要想朝公路附近，朝保定跟前扎一扎，却比以前更困难了许多。不论怎么困难，青纱帐起来，他们照旧进行活动。侯扒皮、哈巴狗朝周围村庄要红松做檩、修接炮楼、翻盖房子的事，当天夜里他们就知道了，也立刻开"诸葛会"来研究对策……【阅读能力点：魏强他们得知侯扒皮和哈巴狗的行动后开始制定应对计划。】

七月十五黄庄有个大集，太阳刚出来一竿子多高，通向黄庄的条条道上，出现赶集的人群：担挑的，背筐的，推小车的，轰驴驮子的，骑自行车的……像河水归海似的从四方朝黄庄集上灌。魏强头上戴顶破马莲草帽，身穿破洋布白褂子，紫花裤。裤腿脚挽得过了膝盖；小腿上都沾满了泥巴。他夹在从南面赶集的人流中间，朝黄庄村奔来。赵庆田穿一身破旧的紫花衣裳，一双露指头的鞋子蹬在脚上，跟在魏强后面。旁边，拍拍脑门儿就窜火星子的贾正和五大三粗的刘太生脚前脚后地扯着闲话朝前走。辛凤鸣、李东山，还有好几个人都在老后面跟着。

七月十五的集，是个迎丰收的集。人来得多，货也上得不算少。看来是比往常红火、热闹许多。

魏强双脚踏进集市，两眼虽然瞅西看东的，但那牲口经纪人褪袖摸手指的神秘样子，那斗房刮粮端斗、边唱边倒的劲头，那货摊前面的主顾，那……他都视而不见。他瞪大眼睛所要寻求的东西，却老不见到来。"这是怎么回事？莫非……"

魏强顺南北大街挤挤插插（物多人多，十分拥挤）地走了一趟，刚要转身往回返，小黄庄的保长黄玉文胳肢窝夹个钱褡子走过来，声音很高地招呼魏强："赶集来啦？买点儿什么？"

"想买点儿东西，走了一趟街也没有遇到哇！"魏强很随便地答着向黄玉文靠拢过来。

黄玉文笑了笑，低声告诉他："我刚从炮楼上来，你们可准备好，听说，他们吃过饭就出来。"

忽然，拥挤不动的人群，像遇到浪高流急的洪水，唰地一下冲成两半，让出一条胡同来。【写作借鉴点：通过将人群比作洪水，刷的一下分成了两半，突出事情的突发性。】除了贾正以外，魏强、赵庆田他们十一个人都被冲挤在东面的人群里。集上喊喊喳喳、吵吵嚷嚷的声音，眨眼之间沉静下来，上千的人都像止住了呼吸。在人为的胡同中间，在不干净的黄土道上，走过一列肩扛步枪、贼眉鼠眼的警备队。侯扒皮扎着武装带，走在最末尾，屁股后面驳壳枪上的枪缰来回甩打着。魏强望望西面的人群，看见黄玉文和贾正并肩站在一个烟卷摊子旁，也在看热闹。侯扒皮他们越走越近，赶集的人躲闪得越急，把做买卖的杂货摊、广货挑、煎饼锅、火烧炉、布车、肉杠……挤了个东倒西歪，七倾八斜。

一个老太太叫起来："哎呀，看蹚了我这豆腐锅！""乡亲们，少使点儿劲，烟架子挤散了！"又一个尖嗓门儿的嚷起来。

"站站吧！乡亲们，看把桃都挤烂了！"一个老头在大声央求。看来，桃子像有不少魅力，一下把侯扒皮吸引住。他挥动手里的藤棍朝人们吆喝："赶集！赶集！都赶集！"迈大步子朝卖桃的老汉跟前凑过来。两筐青皮红嘴的大白桃，立刻摊摆在侯扒皮的眼前。他哑着嗓子用藤棍敲打筐子问："这是你的桃？多少钱一斤？"

"是我的！你吃吧，先生！"卖桃的老汉害怕得嘴唇乱哆嗦，不笑强笑地说。

侯扒皮像挨了蝎子蜇似的叫了一声，手里的藤棍也杵到老汉的脸上。他歪着脑袋问道："你说的这像什么话？吃吧，吃吧，白吃你干？"

侯扒皮嘴角一咧，冷笑了一声，一猫腰从筐里拿起几个桃子，掏出条手绢略略一擦，吭哧咬去少半边，赶忙嚼了嚼，又用舌头哑哑滋味，扭过脸来，冲立在他身后的喽啰们说："这桃不坏，你们都尝尝，也开开口味！"喽啰们早愿听到这一声，像群饿狗似的呼噜扑到两筐桃子跟前，伸手探胳膊、大把抓小把拿地就往自己口袋里装。两多半筐大白桃，一眨眼被抓去了少一半，卖桃的老汉疼得心里直打哆嗦，眼睛噙着泪花朝侯扒皮央求："先生，我是个小买卖人，这一来就把我的老本倾了！"

"嘿！刚才还大大方方地说：'吃吧！吃吧！'一转脸，就变成个小气鬼了。"侯扒皮嗔着脸，嘴里捣嚼捣嚼，将一颗桃核从嘴里吐到地上，顺手抓过老汉盛钱的面口袋，"老头儿，放心，给你钱！来，再给我装上半口袋子。"

"先生，那……那……那是我的钱口袋，你……"老汉一见钱口袋被拿去，

脸色急得通红，想伸手去夺又不敢。

侯扒皮一巴掌扇了老汉个栽楞，老汉的嘴角立即淌出了鲜血，鲜血染红了白褂子。

"喂，来个人挣口袋，我来装！"侯扒皮根本就没理会老汉脸肿嘴流血，继续撅屁股猫腰地两手去拿筐里的桃子。他那张开大机头、装在木套里的驳壳枪，挂在腚后，正冲着贾正。

贾正瞅瞅侯扒皮的驳壳枪，望望魏强。魏强眼睛朝人们一扫。跟着，将左手朝空中一举，这动作就像一道总攻击令，贾正像箭似的蹿到侯扒皮背后，左手拽出侯扒皮木套里的驳壳枪，右手提着的驳壳枪已杵在侯扒皮后脑勺，就听啪的一声，把他打了个嘴啃地。【阅读能力点：武工队下手果断，将侯扒皮一击毙命。】

警备队员们发现有人打死了侯扒皮，顿时个个全愣了神。待脑子转过弯来，想串着人群溜逃，每个人的胸前都出现了一支乌黑光亮的短枪口。这一来，谁也不敢再动了。手里的步枪，身上的弹袋，都赶忙地摘掉、解下，交给用枪逼住自己的人。

魏强赶忙从口袋里拿出折叠好的一大张写满字的白纸递给赵庆田。赵庆田接住，掏出带来的糨糊，迈过断了气的侯扒皮，把它——抗日民主政府判处侯扒皮死刑的布告，庄严地贴在墙上。它向人民宣布了侯扒皮的罪行。卖桃老汉一见侯扒皮被一个没门牙的小伙子打了个脑浆崩裂、黑血直流，吓得不知该怎么办。猛听到魏强喊："乡亲们，我们是八路军的武工队，我们打死侯扒皮是为的给乡亲们报仇除害。你们……"他这才明白土匪般的警备队员们，一眨眼都叫八路军给拾掇了，立刻高兴得从地上爬起来，蹿到挣口袋的那个警备队员跟前，夺过了钱口袋，扬手扇开了大耳光子。他一边扇一边骂："叫你吃桃，吃桃，叫你们都吃黑枣！"老汉越狠劲地打，四周围赶集的人们越高兴，有些人高兴得忘记了身在炮楼跟前，助威地呐喊："狠劲打！都打死他们！"那个警备队员让卖桃的老汉打得手抱脑袋直叫唤。【阅读能力点：武工队的到来给受欺压的百姓们吃了定心丸。】

魏强、赵庆田、刘太生忙走上前去阻拦。魏强拉住卖桃老汉的手，劝解地说："大伯，气出啦，拾掇拾掇赶快走吧！"

【学习要点】

本章描写侯扒皮恶贯满盈，终于得到了惩罚，同时也赞扬了武工队惩恶锄，奸的无畏精神。

【思考探究】

1.武工队是怎样将侯扒皮除掉的？

第十一章

名师导读

本章主要描写了敌人为对付武工队而建立了夜袭队。武工队会进行哪些部署，而夜袭队又要怎么对付武工队呢？

老松田虽然又组织过几次"清剿队"，领着刘魁胜一班杀人不眨眼的特务外出清乡，剔抉（剔剜，抉择）过几次，结果，比春天失败得更惨。近来，老松田又屁股不离皮转椅，挖空脑子，费尽心机地琢磨对付武工队的办法来。从开春到秋收，在他这块"确保治安"区里没有一天平静的日子：小屯里，千军万马没把一个武工队员擒拿住；大冉村村南，一村中队被吃去了三分之二；张保公路上的一百多辆运小麦的大车被劫走；中间的小麦一宿被运了个空；黄庄警备队小队长侯鹤宜的死……现在，武工队还在一步步地朝市沟里面搞，简直快搞到皇军的床铺上来了。"这真是岂有此理的事！"松田想到这里，微微地睁开合死的眼皮，心想，"用什么办法把这个武工队吃掉？……"他突然把眼睛睁开，右手狠劲往桌上一拍，自言自语地说："就这样做！"【阅读能力点：武工队的所作所为让松田寝食难安。】

"今天的情报有个研究头！"魏强把手里的一张纸递给了刘文彬，"老松田怕明着磕青鼻子碰肿脸，又想从暗地里捞捞本，真见他的鬼！"

"松田让铁杆汉奸刘魁胜当队长，网罗些亡命徒成立个夜袭队，这说明他要在咱身上下些本钱，花些工夫！"刘文彬看过情报说。他觉得敌人组织了夜袭队，武工队的工作，可就会增加更多困难。"今后，不论咱武工队，还是地方干部，甚至村里的群众，都应该提高警惕，不然，要吃个大亏！"魏强没答言，心里也在琢磨夜袭队这码事。夜袭队自然是夜间活动的队伍，到底什么样？没打过交道，光凭想是不行的。在这个地区活动，就像进深山打猎的人，处处得寻找野兽，时时还得提防野兽的袭击。只有摸准野兽的出没规律，才能下手猎捕它。

【阅读能力点：敌人组建了夜袭队，这为后来武工队面临的困难做下了铺垫。】

有一天，魏强他们隐蔽在新安村村边上一家堡垒户里。这天中午，他们一连接到了范村刘连三派人送来的三份情报，内容都是："石桥据点的三个警备队员，刚从保定取回一架修好的机关枪，现在正在饭馆里打尖，望赶紧设法搞到手。"

魏强、刘文彬乍一接到这个情报，也觉得是个稀罕事，确实让这挺机关枪馋得有点儿直咽唾沫。转头一想，又觉得味道不对。魏强思索一会儿问刘文彬："敌人为什么不搭汽车把机关枪运回石桥，偏让三个警备队员扛回去？"

刘文彬说："我也在想这个问题。"

"我想，敌人是投咱们所好，用机关枪当食，想把咱引逗过去，然后在咱吃这块食的时候，把咱们搞住。"

刘文彬鼻子抽动两下，说："不过敌人要用这架机关枪当食，在机关枪周围必定藏有撒食的人。从刘连三的情报上看倒是没有。又是谁在撒这个食？夜袭队？他们是多半在黑夜活动，大晌午头来弄这个？恐怕不一定。"【阅读能力点：刘文彬在情报上看出了些许端倪。】

"不——一——定！"魏强说这三个字时，把间隔拉得挺长，末后，左手托着下巴颏沉思起来。过了一会儿，像对自己，也像对刘文彬说："如果真的不是敌人布好的局，那警备队员们敢这么明目张胆地来，又是什么原因？……"

他俩都紧锁双眉对这挺机关枪翻来覆去地分析、推断，总觉得这挺机关枪含着秘密。是什么秘密？他们一时还真捉摸不透，所以也就很难下定决心。

嘎啦嘎啦……一阵车子飞轮响动，刘连三推着自行车走进院子里。他放下车，手擦汗水，心里着急地走进屋："要这挺精光发亮的机关枪真是易如反掌的事，怎么就不动呢！真急得人牙根疼！"

魏强、刘文彬两人紧着问："除这三个人还有别人不？""这仨警备队员现在在哪里？"

刘连三喘着粗气说："我左看右查就是他们仨，来的时候，他们刚喝过酒，现在正吃饭呢！这可是送到手里的东西，就看咱们接不接！"末了的两句话，像炼铁炉旁的吹风机，想把八九分火候立刻吹成白热化。

魏强歪着脑袋又进一步问："你说，为什么三个警备队员敢扛一挺轻机关枪在大道走？他们为什么不搭汽车？你说，这是不是敌人在挽个套，引逗咱们朝里头钻？"

"要挽套那就是夜袭队，不过夜袭队都是属鬼的，黑夜活动多，大白天他们不会这么闹。再说，也没见有旁人在扛机关枪的两侧走啊！"刘连三像个参谋在帮助判断情况，也像个小学生在回答试题。刘连三有条有理这样一说，慢慢打中了魏强、刘文彬的心坎；机关枪的香味，也像在引逗魏强、刘文彬的馋虫。

【阅读能力点：刘连三对形势的分析，正中了魏强与刘文彬的下怀，逼迫着他们做出决定。】他们一面听一面点头，四只眼睛好像都在说："你怎么就想得那么周到，说得那么对！"

魏强溜到地边上，朝公路上，朝石桥、黄庄……这些据点、炮楼张望了一下，表面上看来还算安定。他自慰地说："可能将这挺机关枪捡下了！"

"小队长！扛机关枪的三个警备队员都喝得醉醺醺的，正在树底下歇凉呢！"贾正猫腰回来，凑到魏强跟前报告。随他来的刘连三也补充说："我刚才看到他们醉得都像块泥，不用人多，两支枪就能擒过来。"

"赵庆田他俩呢？"魏强蹲下来问。

"老赵他不放心，自己爬上去……"没容贾正说完，赵庆田蹿到魏强跟前，像发现什么秘密似的大喘粗气地说："小队长，我看不对劲，这仨家伙怎么看也不像喝醉的样。他们东张西望像等待着什么，他们附近庄稼地里的庄稼直劲地晃摇，像有人在伏着。"【阅读能力点：赵庆田发现状况不对。】听过赵庆田的话，魏强像被针扎了一下，眼睛瞪圆地问："你怎么看出来没醉？"

"醉人醉嘴醉腿。人家说话少，眼不直，腿利落，机关枪抱在怀里，似乎做着戒备……"赵庆田汇报自己观察到的迹象。"你都看准了？"魏强紧着问。

"我这两眼保准比照相机都准，没有错。"赵庆田肯定地说。

魏强知道赵庆田干个针尖大的事也细心得不行，所以对他的见解，多少要比对别人的见解更尊重。事不宜迟，他立即做了决定："放弃这个便宜，叫李东山回来，咱快走！"说完就扭头朝疏散隐蔽的队伍走来。【阅读能力点：武工队果断决定撤退。】脚步迈出不过十几步，辛凤鸣手持马步枪迎跑上来："小队长，左面棒子秸地里像有人朝咱屁股后面走动。"

"有人走动？"魏强稍愣神的工夫，刘太生也大猫腰端着马步枪快步走来："右面庄稼地里像有人在行动！"刘太生的话音刚落，贾正、李东山从后面跑上来："报告，三个弄机枪的，听对面庄稼地里唔的一声，有两个忙钻了进去，剩下的一个，正在手把壶地摆弄机枪，真奇怪！"

从眼下的情况看，魏强知道上了当。魏强左手揎掖右衩袖子，右手一挥驳壳枪，说："跟我来！"快步朝南走去。

事先在青纱帐里潜伏，这时正朝两翼运动的夜袭队，一发现钻到套里的武工队锣不敲、鼓不响地拨马而回，赶忙集中火力来截拦，于是，背后响起了机关枪声，枪弹在魏强他们头上啾啾乱叫，扫得庄稼叶子噼里啪啦地乱响、乱落；

"拿活的！""不能叫他们出去！""跑不了啦！"的声音，在周围叫嚷起来。显然，隐蔽在青纱帐里的敌人把他们包围了。【阅读能力点：夜袭队率先发起攻势，形势对武工队极其不利。】

常景春听到周围猫头鹰似的乱嗥叫，气得浑身乱抖动，右食指狠劲一钩歪把子的扳机，嘎嘎嘎咕咕咕！一串子弹朝嚷声最多的西南面横扫过去，敌人顿时变成了哑巴。

"走，朝正南突！"魏强指挥人们还击。敌人从两翼射来的枪弹更密集。背后，引逗他们上钩的那挺机关枪越扫越近了，枪弹直往他们的脚底下落。一个队员肩头负了伤，跟着，在魏强左边的刘连三，胸部连中数弹倒了下去。魏强弯腰伸出左臂刚要搀他，突然像块砖头打在左臂上，胳膊朝前一甩搭，袖筒立刻淌出鲜血来。【阅读能力点：武工队损失惨重，刘连三死亡，小队长魏强负伤。】

"你负伤了，小队长！"刘太生要去搀他，魏强将头一拨楞："没有！"枪朝腰间一插，扯下箍头的毛巾，牙齿帮助右手将伤口狠劲一煞，说："刘太生，你帮辛凤鸣背起连三哥的尸体，走！"

他们紧走，敌人紧截。枪弹稍一稀疏，他们就突几步；枪弹一紧密，他们就伏下。这时，突然有几声巨响从东南方——敌人背后传来，这是赵庆田他们突出去，绕到敌人背后干开了。

魏强朝常景春喊了声："端起来打！"常景春端起歪把子，像个怀抱水枪的消防队员，瞪眼挺胸的，朝响手榴弹的方向横扫起来。【写作借鉴点：将常景春比作消防队员，突出其勇猛的特点。】一阵猛打，立刻把敌人的火力压了下去，敌人筑垒的人墙被扫了一个大缺口。魏强他们顺着这个缺口，相互掩护着，像阵风似的朝东南方向突了出去！

一封急信从清苑县转过来。魏强按信上的指示，率领小队在黄昏的时候，当着老百姓的面，直奔西南出发了。"小队长，怎么咱今天明着干哪？"担任联络兵的辛凤鸣朝魏强问。魏强喷着脸说："你走吧，这不是你现在要知道的事！"辛凤鸣吐下舌头，转身朝前走去。

夜，降临了。魏强他们越过张保公路，朝向西南一头扎了去。之光县甩在背后，越甩越远了。

武工队离开之光县的消息，很快在群众中传开了。群众都像倒了靠山，失掉主心骨；人人紧锁眉头，个个吊胆提心，日日夜夜在防备着夜袭队。

敌人刚听到武工队撤走的消息，怕上了当，轻易不敢出来。后来觉得千真万确了，就像停上床板的僵尸，立即还了阳。夜袭队昼夜不分、七十二变地乱折腾。人们在这个时日里生活，都像在刀子尖上度命，巴望着武工队赶快回来。武工队到底上哪里去了？谁心里也是个猜不透的谜。【阅读能力点：武工队一走，百姓失去了主心骨，被敌人欺压得更惨了。】

武工队并没有走远，他们过了唐河，蹿出了六七十里地，秘密地隐藏在一个群众基础非常好的小村子里，一直待了半个月。

在一个伸手不见五指的黑夜，魏强率领他的小队作前卫，无声息地从唐河南岸博、蠡、清（博野、蠡县、清苑的简称）三角地区又蹿了回来，一直朝红光映天的保定附近奔了去。

"小队长，到了！"担任联络的辛凤鸣回来报告。魏强站住脚扭头朝后传："告诉队长，到了！"

队长杨子曾领着二小队队长蒋天祥赶到魏强跟前，认真地朝周围看了几眼，扭头朝队伍说："到地里去，伏下！"便和魏强、蒋天祥串着干了叶子的高粱、玉米秸地，朝大道旁的两个大土疙瘩走过去。

看了一遭地形，杨子曾蹲下来对魏强和蒋天祥说："这个地方在马池村的东南角，离保定南城根不到三里地。如果真像情报里说的那样，拂晓以前，敌人真会在这儿过，我们这个网就不会白撒。只要敌人不搜索，就要统一行动；敌人

要是搜索的话，搜索哪边，哪边就打。现在蒋天祥在东，魏强在西，开始布置吧！"【阅读能力点：武工队并没有放弃抗争，而是换个地方来埋伏夜袭队。】

分伏在东西土疙瘩上的人们，随着鸡的鸣叫，不知是紧张，还是高兴，心情马上激动起来，个个都睁大眼睛，顺着平坦的大道，朝东南的远方望着。

辛凤鸣凑近常景春，刚张嘴想问："怎么还看不见人影？"话没出嘴，让常景春用胳膊肘子捣了回去。

"来了！来了！"从魏强那边传来很微弱的这么两句。它像两只有力的巨掌，一下将人们的脸按得贴了地皮。

黑乎乎的一溜黑影慢腾腾地从东南方向走了来，脚步轻得像群夜游鬼。他们越走越近了，总共不过十来个人。魏强心里不由得嘀咕起来："难道就是这几个人？夜袭队不是四十几号人吗？那些个呢？"

来的这群人，走近西面的土疙瘩，像走到自家炕头上，一点儿也没搜索，有的坐，有的躺，乱七八糟地吸起烟来。【阅读能力点：说明夜袭队军纪差。】

伏在东面大土疙瘩上的二小队，突然响起了手榴弹，魏强他们立即将手榴弹甩到了土疙瘩下面的敌人群里。轰！轰！轰！一阵手榴弹响过，赵庆田、贾正、李东山……十几个人疾速扑了下去。一阵突如其来的手榴弹，打得夜袭队蒙头又转向。就在赵庆田他们猛扑下去的时候，土疙瘩西面的玉米秸地里突然窜出十几条黑影子。他们猫腰轻脚地朝土疙瘩跑来。这是又一股夜袭队。这股夜袭队既没走大路，也没走小道，他们捆押几个抓来的群众，从荒郊野地里走过来。他们本想钻出玉米秸地和先来一步的伙伴们会合休息一下。不料刚一露头，前面打开了。他们见到有人从土疙瘩上朝南面冲下去，便无声息地从土疙瘩后面朝顶上闯，想占领这个制高点。刚爬到顶，刘太生发觉了，他大喊了句："西面有敌人！"这时，三个夜袭队员已经蹿到他的跟前。刘太生举枪就打，子弹哑了火；甩手榴弹，距离又太近。一转眼，三人同时按住了刘太生。刘太生心一横，拉断了身上的一颗手榴弹弦,轰!敌人和他都趴下不动了。这时,魏强、辛凤鸣、常景春……都扭过头来。常景春抱起歪把子,调转枪口,横扫过去,像扫驴粪蛋子似的,把扑上来的敌人一股脑地扫下了土疙瘩,没有死的都钻进玉米秸地溃逃了。魏强跑到刘太生跟前,两手朝身子底下一抄,将刘太生扶坐起来。刘太生双目紧闭,脖颈软绵绵地一歪,扎到魏强的怀里,他的左手里还挽着那根不长的手榴弹弦。魏强扯下左臂系扎的白毛巾,揩掉刘太生脸上的鲜血,然后抱起来,像抱着一个睡熟的孩子,生怕惊醒他似的,一言不发地走下了土疙瘩。【阅读能力点:武工队埋伏夜袭队成功了,却也失去了一位革命同志——刘太生。】

为了民族解放事业,刘太生光荣、壮烈地牺牲了!

刘太生壮烈战死的消息传进每个人的耳鼓,人人心里就像锥扎刀绞似的那么难受。黑夜,虽然不能说话,大家都燃起了复仇的火焰,默默地在发誓:"要报仇!""要报仇!""继续找夜袭队报这个仇!"【阅读能力点:刘太生的牺牲激发了武工队员愤怒的火焰。】

密密的雨点从天空落下来,武工队抬着死去的战友刘太生,在黎明前最黑暗的时刻里,踏着泥泞的道路,消逝在秋末的原野上。

【学习要点】

本章主要叙述了武工队与夜袭队抗争的过程。刘太生牺牲时的场景以及他牺牲之后队员们的反应被描写得淋漓尽致,烘托出悲壮的气氛。

【读品悟】

　　刘太生同志的牺牲打动了我们的心，让我们知道了我们现在的幸福生活是先辈们用鲜血浇筑而成的，提醒我们和平的来之不易，我们要学会珍惜。

【思考探究】

1.武工队放弃抗争了吗？
2.刘太生是怎么牺牲的？

第十二章

名师导读

夜袭队伏击了刘文彬与赵庆田，洛耿为了保护武工队员而牺牲，武工队又受到了夜袭队的打击。刘文彬与赵庆田与敌人有着怎样的遭遇？洛耿又是怎样牺牲的？

自从在马池村狠狠地敲了夜袭队一家伙，武工队又像扎住根似的在保定附近活动起来。

天交半夜，刘文彬和赵庆田顺田间大路向马池村走去。忽然，保定车站的南边响起一阵枪声。他俩一愣，然后，警惕地提着手枪避开道路，漫踏荒地继续奔马池村来。他俩来这个村是想找秘密"关系"，了解一下敌人的情况。【阅读能力点：武工队出门打探敌情。】

这个"关系"家的人口不多，就是父子两个过日子。父亲叫郭洛耿，不到五十岁，跟前有个刚满十五周岁的儿子，叫小秃。爷儿俩是老的挑八股绳儿到城里卖蔬菜，小的提破面口袋子拣煤核儿、拾烂纸维持生活。爷儿俩赚多了，吃口稠的；挣得少了，喝点儿稀的。什么年那节的，从来没有过过。

别看家业穷，郭洛耿穷得非常有志气，从来不跟混洋事的人乱掺和。

郭洛耿为人耿直，不跟鬼子来往，在这一带是有名的。就为这个，早在夏天的时候，他就被武工队秘密地发展成了"关系"。从此，他确实做了不少抗日工作，武工队在马池村东土疙瘩上打夜袭队，就是洛耿和他儿子小秃在地里连蹲了半个多月，才把刘魁胜他们日来夜去的规律抓住的。

在路上，刘文彬和赵庆田将月白色的棉袄里子翻过来穿上，轻轻地迈动脚步，从马池村东北绕了个大弯，来到了西口。在场边上的一个秫秸垛跟前站住，听村里没有动静，才一前一后，十分警觉地钻进村西口，贴着墙根朝街里溜。他俩忽然发现一溜儿被雪刚刚蒙住的脚印。刘文彬扭脸望一下赵庆田，赵庆田也回头来瞅着他。两人心里都盘算："是谁三更半夜地到这村里来？为什么我们朝这边绕的时候，没有见到有人从东口走出村？"

刘文彬凑近赵庆田咬着耳朵地说："这些新脚印有点儿奇怪，我看小心没大差，先去一个人到老耿家看看，说不定……"

"让我先瞅他一眼去！"赵庆田从腰里拽出驳壳枪，放轻脚步朝洛耿家走去。路上，他看见乱七八糟的脚印都是和他走的一个方向，等他快接近洛耿家的院墙时，发现这些脚印，也多半是朝洛耿家走去的。"噫！这是怎么回事？"他脑子连打了两个转，身子比猴子还灵巧，朝北面一纵，蹿到洛耿家斜对门的一个黑梢门跟前。他怕里面有埋伏，双手用力轻轻地推了两推，跟着后背贴在门上，脸转向了郭洛耿家的栅栏门口。他借着秫秸寨篱门的空隙，朝院里望过去，心想："夜袭队难道又还了阳？难道他们发觉洛耿是我们的'关系'，想演出守株待兔的戏？要不，为什么有这么多的脚印？为什么脚印都是奔他家去？"

洛耿家的院里并没有什么动静。正猜疑中，忽听背靠的黑梢门响了一下。他朝旁边轻轻地跨了两步，端枪刚回过头来，黑梢门的小角门猛地敞开，一个手端驳壳枪的家伙，迈出了一只脚。赵庆田没容他探出头来，迎上去抓住对方的驳壳枪，一使劲，夺了过来。赵庆田的突然动作，吓呆了敌人。敌人狂叫着朝后退，赵庆田没容他动，啪！将他杵倒了。梢门里边一阵骚乱，枪弹隔着黑梢门，当当当地打了出来。同时，洛耿家院墙里面隐藏的敌人，也都探出头，猛烈地朝赵庆田射击。两边交叉对射，立刻构成个小火网。赵庆田不敢多停留，一个就地十八滚，从火网里滚出去。待他立起，刚窜回刘文彬的跟前，敌人像群饿狗似的，乱哄哄地喊叫着追过来。【阅读能力点：在洛耿家遭遇敌人，赵庆田与刘文彬被打了个措手不及。】刘文彬、赵庆田狠狠地撅出两条子弹，又贴着墙根顺原路溜出了村子。他俩刚跑到进村时站脚的那座秫秸垛的跟前，一条黑影，像只枪下逃出的小兔，不要命地朝东北方向跑了去。当时，把他俩跑愣了。

"这儿怎么又出来一个？"赵庆田惊疑地小声问。

"说不定是敌人的一只眼，捉住他！"刘文彬说着，便和赵庆田像两只展开翅膀飞腾的老鹰，朝前面跑的黑影子追扑过去。【阅读能力点：将刘文彬和赵庆田比作两只老鹰，形容其战斗时的快、准、狠。】

马池村东一仗，打得夜袭队好长时间不敢出城。刘魁胜在那次战斗里，左耳朵被手榴弹削去了少半块。虽说好了，却留下个挨打的记号。他天天发誓赌咒要为自己的耳朵报仇，要设法给武工队个样子看，长长夜袭队的脸。【阅读能力点：刘魁胜在上次战争中受伤，对武工队记恨在心。】

宪兵队长松田，虽然为武工队挺焦心，却没在脸上显出来。刘魁胜吃了败仗回去，他不光没斥责一句，反倒直劲地安抚："灰心的不行，跌倒了爬起来。你们《三国演义》里的曹操，八十三万大军统统的完蛋，还是照常哈哈大笑的！你的，小小的失败没关系！伤的，慢慢的养；枪的，人的，我的统统的给！"

刘魁胜对松田感激得真是涕泪交流，真想趴在地上磕个响头，叫上几声"亲爷爷"。有伤也不去医院养，天天研究如何外出活动，如何对付武工队。老松田还常亲自来给他们讲武装特务的活动办法。【阅读能力点：证明老松田抚慰军心有一套。】

夜袭队慢慢地恢复了元气。他们像群脱掉毛又长硬翅膀的老鸹，准备再次

飞到窝外去坑害人。

下雪的这天夜里，头起更的时候，郭洛耿、小秃爷儿俩的怀里各揣了一颗手榴弹，在指定的地点和过路的几个同志接上了头，由他爷儿俩领路，直奔五里铺村北铁桥走去。当一列票车在铁桥上面朝南开过去的时候，洛耿已经把几个去山里的同志平安无事地送过了铁路。

"爹，咱这又算做了件抗日工作吧？"小秃挨近洛耿，又天真又自得地问着。他右手习惯地伸向怀里，又去摸那光滑的手榴弹木把。

"是一件哪！全中国人要是都这样做抗日工作，鬼子保准得早两年完蛋！"洛耿意味深长地说完，拽拽头戴的破猴帽，盖住冻得发疼的耳朵，用耍圈儿的棉袄袖子把胡髭上的冰雪擦掉。"秃子，你是小孩，在前面奔金庄走，万一有个风吹草动的，咱好分开躲。"

小秃点点头，小腿紧蹬了几蹬，连颠带跑地一会儿把洛耿甩下一里多地。他正在五马三枪地走着，突然，在背后的道旁几十墩柳子里传来不大的声音："站住！"吓得他浑身一抖动。他扭头朝后一瞅，一个提驳壳枪、穿便衣的人从柳子后面走过来："你这边来。这么晚，上哪儿去啦？"

小秃朝柳子后面一望，还蹲着两三个人。他知道这是夜袭队，心不由得咚咚跳起来。他想起爹告诉的："遇事要长个心眼儿。"又想到走在后面的爹，脑子忙转了几转，跟着，满带哭腔地大声喊："我爹他在……"

"小点儿声，嚷什么！"走上来的夜袭队用枪朝他脑袋上一杵，就把小秃的大嗓门儿压了下去。

"我爹在车站上顶晚班，妈叫我给他送干粮去了！"小秃说着擦拭起眼泪来。夜袭队瞅瞅他个子不高，奶声奶气的，也就没再多盘问，脑瓜子朝东北角上一拨楞："朝止舫头绕着走！"

小秃走去工夫不大，夜袭队截住了郭洛耿。一个家伙像对待小秃一样，枪口对住郭洛耿的胸膛问道:"你是哪儿的?深更半夜胡串游什么?"

夜袭队一露头,郭洛耿就觉得事情不妙。"啊!先生。"说着掏出了"居民证","我是马池村的!坐刚才那趟票车从京里来。嘿嘿!"洛耿面前的夜袭队,左手按亮褪进袖子里的手电筒,比烧饼大一点儿的白光射照在洛耿手里的"居民证"上。他很认真地瞅瞅上面的相片、家乡住处、门牌号数和县公署的圆形钢戳记;随后又照向洛耿的脸,洛耿一直微笑着。从"居民证"上,他没找见丝毫的破绽;从脸上,他没看出一点儿可疑的神色,顿时打消了对洛耿的怀疑:"走你的,奔止舫头!"洛耿一听说叫走,呱嗒把心放下了。他认为自己是逃出狐狸嘴巴的一只鸡,连着答应几个"哎、哎、哎",踏着铺满白雪的野地,加快脚步朝东北角上走。走出不多远,听到背后影影绰绰地说:"……你怎么不搜他?"

"马池村的,刚从北京来,有什么搜头?"像是看"居民证"的那个家伙的声调。

"那也得搜!把他喊住,去几个人搜!"洛耿听到末了这句话,脚底下加快了,听到后面连喊几声"站住",立刻跑起来。他一跑,夜袭队也就不分点地朝他开了枪,一颗枪弹打中了他的左腿。在夜袭队挤着疙瘩蹿上来的时候,他知道怎么也是个死,忙掏出怀里的手榴弹,等两个夜袭队队员跑上来按他的工夫,猛地一拽弹弦,轰的一声巨响,手榴弹爆炸了……【阅读能力点:洛耿遭遇敌军盘查与追逐,与敌人同归于尽。】夜袭队从洛耿身上翻出那个"居民证",叽咕了一阵,小跑步地来到了马池村,按门牌号数找到了洛耿的家。悄悄地跳进院墙,捅开门一翻,任什么也没发现。他们盘问邻舍,知道洛耿家有个十五六岁的孩子。他们马上联想到路上遇见的那个自称上车站送干粮的孩子。另外,估计还会有人来取得联络,就偃旗息鼓地埋伏在洛耿家和对过儿的黑梢门洞里。赵庆田一接近黑梢门,夜袭队就发觉了。他们本想把赵庆田稳住,慢慢地开开角门,猛

扑上去擒活的,没料到,偷鸡不成蚀了把米,丢了枪,还死了人。

刘文彬他俩朝逃跑的黑影追了去。他俩越紧追,前面那条黑影子跑得越快;黑影子越跑得快,他俩就越拼命地追。保定南关乾义面粉公司洋楼顶上的两条巨大的探照灯的光柱,离他们越来越近了。雪,像绢罗筛出的面粉,唰唰地朝下落。刘文彬、赵庆田冒着满头大汗,踏蹚着没脚面的深雪,继续朝前追。

"你们再追,咱就一块死!"前面的黑影,突然站住了脚步,双手紧握一个看不清的东西,扭过脸来,任什么不怕地张嘴就骂。别看个头不太高,声音亮得好像那古庙里敲响的铜钟;态度非常严峻,活像个凶煞神。

从声音到体形,都引起刘文彬他俩的好大注意。刘文彬脚步站住,贸然地叫:"你,你是咱小秃?"

小秃稍一愣神,像迷路的孩子见到了亲人,迎着刘文彬他俩跑去,土坷垃一绊,跌倒了,哇的一声哭起来。【阅读能力点:小秃见到武工队,才露出孩子的本性。】

他俩凑到跟前一看,小秃手里紧握一颗盖子揭开、拽出弦来的手榴弹。"孩子,别哭!"刘文彬左手一扶,将小秃的上半截身子揽在怀里,"秃子,你爹呢?"

"我爹他,他……他准是在回来的道上,让夜袭队给打死了!"小秃哽咽地说完,将流满泪水的脸朝刘文彬胸前一扎,又抽抽搭搭地哭泣开了。

刘文彬右手擎着驳壳枪,用左臂将小秃抖动的身子往怀里紧紧一搂,闭紧嘴唇,眼望夜空里飘洒的雪花,纹丝不动;沉默了片刻,才叫小秃领着到洛耿牺牲的地点,把洛耿的尸首悄悄地掩埋上。这时,附近村庄已传来鸡啼,棉絮般的大雪,让风卷刮着,扑打扑打地降落下来,降落在辽阔的冀中大平原上。【写作借鉴点:环境描写,渲染悲凉的气氛。】平原裹在一片银白之中。刘文彬抚摸着小秃的脑袋说:"走!跟我去。咱们一起给你爹报这个仇。"

小秃回头瞅瞅父亲的坟头,拽住飞了花的棉袄袖子,狠劲抹去眼上的泪水,咬住下嘴唇,仰头望着刘文彬点点头。

【学习要点】

本章洛耿的死说明了抗战时并不是只有战士战死,普通的百姓们因为支援抗战也会遭到敌方的针对与屠杀,文中刘文彬得知洛耿牺牲时的环境描写,渲染了悲凉的气氛,恰到好处。

【读品悟】

洛耿的死令我们知道了抗战并不是一味胜利的,它的胜利是无数战士和群众的血与泪交织而成的,我们不仅要感谢那些冲杀在战场上的革命先辈,还要感谢这些在后方的无名的、默默奉献的人们。

【思考探究】

1.夜袭队怎么伏击到刘文彬与赵庆田的?
2.刘文彬与赵庆田追击的黑影是谁?

第十三章

名师导读

新的反派坂本少佐出现,同时武工队抓住了刘魁胜被猜忌的这一点,成功将其制裁。坂本少佐有着怎样的人物性格?刘魁胜又是怎样被制裁的呢?

"秃子,今天城里有什么新闻哪?"贾正见郭小秃向魏强汇报完情况,亲热地把小秃拽到自己跟前。

别看小秃十五六岁了,由于身子骨长得单薄,看来倒像个十二三岁的孩子。根据他这个不太显眼的孩子劲头,再加上他很熟悉保定的地形,就让他当了侦察员。【阅读能力点:小秃正式成为了武工队的侦察员。】今天,贾正一问,他咬了口烧红薯,像讲评书似的说开了:"我到南关车站上溜了一趟。在车站上,就听到一堆警务段们念叨,昨天晚上,刘魁胜可吃了个大亏。"

原来,这些日子,刘魁胜和一个刚由天津来的、名叫"贵妃"的妓女泡上了。"贵妃"年纪不大,道行却不小,再加上人才、口才都有,不论什么样的男人,只要一接近她,她就像一贴膏药似的把人粘住,想揭都揭不下来。【阅读能力点:说明了"贵妃"的魅力。】

刘魁胜包下了"贵妃",有些人很吃醋,但他是日本宪兵队长的大红人,手下又掌握一班杀人不眨眼的夜袭队,所以都只敢怒而不敢言。天长日久,有些人还是想办法要钻个空子去接近"贵妃"。

保定南关车站的站长是个日本人,名字叫小平次郎。他还兼着警务段长的职务。小平次郎在这一带是一霸,厉害得出奇。无论黑夜白日,他想到谁家就到谁家,他想干什么就干什么,从来就没有人敢拦挡。他这人喜欢吃顺（只喜欢听顺耳的,合心意的话）,车站里的人们也就投其所好,说话做事都顺他的竿子爬。每当有人给他脸上搽粉抹俊药（方言。吹捧,美化人）时,他眼镜后面的一对母狗眼,欢喜得立刻挤成一条缝,这时候,你求什么都好办。小平次郎手底下有个副段长,名叫万士顺。这是个帮虎吃食、百依百顺的坏家伙,什么事他都顺着小平次郎的意思来,同时也是个拼命抓钱的手。因为他过于贪色,夜夜滥嫖,尽管敲诈勒索得不少,剩在口袋里的倒不多,越剩得不多,越变着法地抓,倒霉的自然又是周围的老百姓。【阅读能力点：小平次郎纵容手下为非作歹,尤其是万士顺,做得极为过火。】

自从平康里来个"贵妃",万士顺就日夜地盘算找接近的机会。但是"贵妃"红,嫖客多,总靠不着边；又让刘魁胜一包占。后来他费尽九牛二虎之力,好不容易踏进了"贵妃"的房间,但还没容得张嘴说话,刘魁胜那熊掌般的大巴掌,左右开弓地扇了他个南北不认识。他双手捂着热乎燎辣的双颊,壮壮胆子地扬起脑袋来说道："有话好说,你干什么动手打人？"

"干什么？你装什么明白糊涂？打你！"刘魁胜额头暴凸青筋,狠瞪眼睛地说,"打你还是好的,你真要敢再来,老子就敢敲折了你的两条狗腿！"刘魁胜不知他打的人是干什么的,气势汹汹地一边说着,一边将袄袖子重新挽了挽,真有吃掉活人的劲头。

万士顺也不示弱地紧握拳头说："你凭什么不让我来？这个臭娘儿们是你姐姐还是妹妹？你知道我是干什么的？……"说着就朝前凑。

"你问我凭什么不叫你来,就是凭的这玩意儿。你是干什么的,老子没工夫管你；老子向来明人不做暗事,告诉你,我是夜袭队的,在西大街住,名字叫刘魁胜……"说着用驳壳枪口敲打着对方的脑壳。对方的脑袋上，转眼之间，出现了无数个红枣般的大疙瘩。

副段长万士顺一见眼前的这个阵势，马上来了个好汉不吃眼前亏，由硬变软，由老太爷一下变成三孙子。他点头哈腰，满脸赔笑地骂着自己："都怨我瞎眼，都怨我年轻不懂事，我太混蛋了，我跑到这里胡呲些什么，让刘队长生了这么大的气……"他开口责骂着自己，还举手啪啪地扇着自己的脸。刘魁胜见到副段长万士顺自骂自、自打自地那副熊样子，心里暗自好笑，肚子里头的火，一下灭掉了七分，像驱赶狗似的冲着万士顺骂道："滚吧！"就把万士顺从"贵妃"的屋里赶跑了。

副段长万士顺虽说逃出刘魁胜的枪口，逃出"贵妃"的住屋，心里却记死了刘魁胜。他回到南关车站上，天天跟他那一抹子人念叨，要他的盟兄把弟出主意，帮他报这个仇。万士顺挨窝受气的风，慢慢吹到小平次郎的耳朵里。【阅读能力点：万士顺将他与刘魁胜的矛盾引到小平次郎那里。】

一天下晚，小平次郎喝了不少白兰地，脸红红的，里倒歪斜地走出了餐室，一眼望到了万士顺正和几个警务人员叽叽咕咕地在念叨，两步三晃地走了过去，乜斜着醉眼，用僵硬的舌头问："你们，在这里，谈论什么的？"

万士顺带领人们慌忙敬了个举手礼，接着就吞吞吐吐、想说不说地把在平康里受侮辱的事，一五一十地说了出来。他像演戏的角儿，说着话，泪水直劲地朝眼外流，活像个向大人诉说在外面受了侮辱的小孩。他自己添油加醋地说着，别人在侧面扇火浇油地乱叨叨："咱是小平站长的警务哇！""他敢对待万副段长，当然也没把小平次郎段长放在眼里。""常说，打狗还得看主人哪！""这真是给咱站长眼里插棒槌。"……

小平次郎是个最喜人奉承的，不光自己愿意让人说好，对自己的部下，也不喜欢让人说孬。对他的部下不礼貌，简直就像对待他一样，他从心里不痛快。

今天，听过万士顺原原本本、有根有叶地一哭诉，再加上喝了不少的酒，像汽油遇上了炭火，轰地燃烧起来。他习惯地摘掉眼镜，用绒布揩了揩，说了声："准备，平康里的开路！"头也没回地朝城里走去。他来到平康里，副段长万士顺带领几个警务人员，携带着武器撵了上去，径直奔向"贵妃"的房间走来。【阅读能力点：小平次郎决定为万士顺出气。】

今天，刘魁胜扬扬得意地眯缝着眼睛，单手打着节拍地欣赏"贵妃"清唱"醉酒"，小平次郎满脸酒气地闯了进来，当时弄得刘魁胜一愣。平常他并没把日本兵放到眼里，今天一打量走进来的小平次郎，是一杠两花的军官，狗怕主人的本性立刻摆了出来，先立正，后又笑脸相迎地说："太君，你的请坐！"

"你的，叫什么名字？干什么活计？"小平次郎慢腾腾地走一步吐一字地问。他眼睛红红的，活像个饿肚三天的老狗熊。【阅读能力点：形容小平次郎的愤怒。】刘魁胜知道，不是假日逛窑子，是件犯纪律的事。在这个满身酒气的日本军官面前，他怕吐出真名实姓惹出乱子来，就撒谎地说："我买卖的干活，姓刘，叫……"

"你叫刘魁胜，买卖的不干活！"小平次郎话说完，人也走到刘魁胜的面前，双眼不眨一下地盯着刘魁胜，盯得刘魁胜牙齿打战，腿发抖，脸色灰白得像张窗户纸。【阅读能力点：刘魁胜的内心是极度害怕的。】他忙改换口气说："是，是，是，我叫刘魁胜，太君的认识，我的错误大大的！""刘魁胜，夜袭队队长说谎的不行，枪的拿来……"小平伸手逼着刘魁胜，刘魁胜老老实实地将驳壳枪抽出来，双手捧交过去。小平抓住枪把，后退一步，用枪逼住刘魁胜说："你的坏坏的有，人的来，三宾（日语：打嘴巴子）的给！"

万士顺领着一班人早在外面侍候着。一听小平次郎吆喝，呜地簇拥进来。在灯光下，抡圆巴掌，反哪正地朝刘魁胜的脸颊扇打起来，打得刘魁胜吱吱呀呀地抱头号叫。最后，刘魁胜七窍淌血地倒在地上，万士顺他们仍不歇手，皮鞋

踢，家具砸，砸踢得刘魁胜光哼哼不能动。

从此，夜袭队算和南关车站的人们拴上了仇，作上了对。宪兵队长松田亲自出马调停过几次，也没从根上解决问题。两边天天见面，见面就找茬儿、挑错；谁见谁都是"二饼"碰"八万"，斜不对眼！【阅读能力点：夜袭队与南关车站结了仇，为武工队提供了良好条件。】

听过铁杆汉奸刘魁胜和南关车站副段长为个妓女争风吃醋、打架斗殴的故事，人们并不觉得奇怪，也就左耳听、右耳冒，谁也没朝肚子里搁着。但是，魏强、刘文彬听过却不然。他俩好像在这件不值得一提的事情上看到了什么问题，都非常感兴趣，因而，也就当成一项极重要的情报吃到肚里，记在心坎上。为这个情报，两人曾掰开揉碎，翻来覆去地研究过几次。他俩怎么研究，都觉得敌人的现有矛盾是有隙可乘的，当然，也就要琢磨利用这一缝隙搞它个大名堂。【阅读能力点：魏强与刘文彬决定要利用夜袭队与南关车站的矛盾做事情。】

冬天，太阳的光和热本来就微弱，当它溜到西南天空，离地皮一竿子高的时候，耀眼的光芒一点儿也不存在了，活像个滚圆的大鸡蛋黄，吊挂在那儿。【写作借鉴点：环境描写，将太阳比喻成鸡蛋黄，起到了中间过渡的作用。】

就在这日落黄昏以前，九辆自行车像九匹脱缰的奔马，从范村方向沿着高保公路疾驶过来。

在接近一个小村子的时候，头前的一辆车子放慢了。头戴一顶烟色礼帽的贾正，扭过脸来压低了嗓门儿，冲着戴三块瓦皮帽子的魏强说："没在村边上见到他！"

"没见到就进村！"魏强将下巴颏朝村里一扬，贾正脚下用力紧蹬了几下，伴同当啷当啷的铃声钻进了村子；魏强他们紧跟在后面，朝村里驶去。

敌人的行动正如了魏强的心愿，刘魁胜他们仍按以往的规律，在一条岔道上朝北一拐，又要进东城门回窝去了。魏强望着敌人的背影，俏皮地说："回家等着吧，我们替你到车站上报仇去！"说罢，调头朝南关车站奔去。

　　太阳刚刚落下，天还不太黑，一切都还能看得清楚。南关车站越来越近了：铁轨那边的平坦站台、站台跟前的一排电灯闪闪的红房子，和房门前荷枪的卫兵，完全呈现在他们的眼前。

　　魏强见列车刚刚驶过，说了声："走！"人们照直地奔向平坦的站台走来。

　　"不行！不行！统统的下去！"站岗的日本兵摆晃左手，大声叫唤，意思是不让魏强他们推车子走上月台。

　　魏强他们根本没有理睬。他们刚走上月台，靠稳车子，一个说中国话、穿日本军服的人从站房里走了出来，豁着嗓门儿嚷叫："你们是哪部分？这又不是乡村，不是老百姓的家里，可以让你们胡糟！这是……"贾正没容他说完话，蒲扇般大的巴掌，呱唧打在他的脸上，打得那家伙两只眼睛冒金花，耳朵呜呜乱响。贾正气势汹汹地说："不认识吗？哪一部分？夜袭队！"在此同时，李东山像开玩笑似的抢过卫兵的枪。他熟练地卸下刺刀，摘掉枪栓，嘴里自言自语地叨叨："要这个玩意儿没有用！"一件又一件地朝站台下边的远方扔去。【阅读能力点：武工队模仿夜袭队模仿得淋漓尽致，将敌方打蒙了。】

　　"夜袭队！夜袭队就敢跑到站上来打人？走，找站长去！"被贾正打了耳光的敌人，见到红房子里簇拥出一大堆人，狗仗人势地揪住贾正的衣袖，喊冤叫屈地嚷叫。贾正狠劲甩了两下，也没有甩脱。

　　"副段长，你撒开他，他还能跑得了？"拥出来的一群人里闪出一个警务段的人，气势汹汹地边走边说。他的一句话，告诉了人们：贾正打的那个人正是副段长万士顺——刘魁胜的冤家对头。

　　车站上立刻纷乱起来。警务段所有人员像打惊的鸭子，闹哄哄地都朝背后的红房子里跑。敌人的行动，魏强一识就破。他狂喊了一声："都别动！冤有

头,债有主,不动没关系,谁动打死谁!打死由我刘魁胜负责任!"

一声吆喝,把大部分敌人镇吓住。敌人吓得个个腿颤身发抖,谁也不敢再移动一步了。

有两个日本兵,哪管这一套,拔腿继续跑他的。贾正知道他们要去拿枪,喊叫着:"叫你们跑!"抢枪当当就是两下,两个鬼子像倒塌的两堵墙,咕咚咕咚平摔在地上。

被抢了枪的日本卫兵和被吓傻眼的所有伪警务段人员,都被押解到赵庆田的跟前。赵庆田挺着胸脯,用驳壳枪点着俘虏们的头,气愤地说:"今天便宜了小平次郎那个王八蛋,不给你们个厉害,你们也不知夜袭队有几只眼。看看到底谁厉害?"

"老哥们,那天打刘队长我可没去!"贾正抓来的光脑袋,左手捂着血流不止的右臂,哭哭啼啼地跪在地上;日本卫兵膝盖一弯也跪下了;别的俘虏一见他俩的动作,也先后模仿起来,扑通扑通地都下起跪来,黑压压地跪满了一地。

【阅读能力点:武工队让敌方信以为真,以为真的是刘魁胜攻打了进来。】

"费那些唇舌干什么,一切我刘魁胜兜着,告诉他们,有本事到西大街找我姓刘的去!"魏强站在远处,望着这边训教俘虏的赵庆田,像天塌了都不怕的样子冷冷地说。

"听到了吗?告诉小平次郎,有本事,就找我们刘队长去!"贾正阴阳怪气地指指魏强。

车站上的搬运工人和附近的生意人,见夜袭队砸了车站,打死了人,都急忙躲散开,喧闹嘈杂的南关车站,几分钟内就变得异常冷清、沉寂。

宪兵队长松田去北平开会,家里一切事情都由副队长坂本少佐来管理。坂本少佐也是个中国通,中国话也说得非常流利。平常,他对刘魁胜他们的一举一动很不满意；不过夜袭队的事务都由松田一手承揽，自己想过问，也无法来插手。近来，他恍惚地听说，夜袭队里有人和武工队有勾结，到底是谁？

"他们一共几人？你的说。"坂本少佐沉思了一会儿，将脑袋一扭，很严肃地转向从南关车站跑来报告、右臂负伤的光脑袋，好像他很愿意从问话里找个破绽。【阅读能力点：坂本很想找出两者勾连的证据。】

"九个，一个不多，一个不少。骑的车子，穿的衣裳，带的武器，说话的神气，都和夜袭队刘队长中午带过去的那一班子人马一样。别看刘队长站在远处。一望他那穿戴、长相，就没有错。"光脑袋像放连珠炮似的当当当一气把话说完。"开枪打人，也是他下的命令。"和光脑袋一同来的一个伪警务段人员进一步证实，"人打死了，他还说他负责！枪没拣，东西没拿，骑上车子进了南关门。这些都是我亲眼见的。"【阅读能力点：光头将情报"如实"地汇报了上去。】

坂本少佐耳朵听着报告，脑子里一闪又一闪地在分析。

他突然抽出插在裤袋里的右手，指逼伪警务段人员的鼻尖问："你说，刘队长亲自指挥开枪的，我问你，刘队长的头部有什么特征？"

"他，他头戴大皮帽，嘴捂大口罩，再加上一副茶色眼镜，把脸捂了个严，即便有特征也看不出！"伪警务段人员一点儿也不犹豫地回答。

"不用看，那半个左耳朵就是证明，还有，听声音也能听出他是夜袭队长刘魁胜！"挎着伤胳膊的光脑袋也添油加醋地帮腔。

"少佐！"小平次郎走上一步提醒地说，"从整个情况听来，从刘魁胜的平素表现，肯定地说，是他干的！夜袭队为什么敢这样干？刘魁胜为什么敢胡闹八方，目无军纪？那是因为有人宠他，恐怕……这个，少佐会比我更明白！"小平次郎这几句话，挑动了坂本少佐的嫉妒心。他再也不朝别的地方想，他生怕夜长梦多（比喻时间一拖长，情况可能发生不利的变化），刘魁胜出了意外，匆忙地

扔掉还在传话的听筒，朝院里吼叫了一声："部队的集合！"怒冲冲地挎上战刀，三步两蹿地跳出明灯火仗的屋子。

他坐上小卧车，带领一中队红了眼的日本兵，风似的拥进了大西门，很快将夜袭队的队部包围起来。

虽说夜袭队外出了不少人，在家的还占多数。每次清剿讨伐回来，都得捡点"外饷"（敲诈百姓的财物），今天大家伙儿正呼你唤我地在交谈自己的"外饷"事，房顶上传来咯吱咯吱的走动声。一个愣家伙说了句"房上有人！"撒腿就朝屋外跑，接着在庭院里喊起来："房上有人啦！你们快出来看这些人是干什么的！"

屋里的特务们听说房上有人，你推我搡（形容人群混乱）地跑出屋门。就在这时候，站在房顶上的坂本少佐狠劲一挥亮闪闪的战刀，上下齿间崩出个"打！"九挺歪把子像刮风似的朝房下、朝屋里哗哗哗地扫射起来。谁想从这样密的枪弹底下不沾一点儿彩脱逃了，那可真是白想。一串枪弹，一溜火光，一阵浓烟，一座四合房的小院子，完全让这突来的烟火笼罩住。【阅读能力点：坂本队伍的火力之猛烈，是想彻底铲除夜袭队了。】

魏强听到城里骤然响起了开了锅般的枪声，高兴地从地上跳起来。他冲着刘文彬、赵庆田、贾正俏皮地说："火点着了，狗咬狗，让他们去咬吧！咱们走！"

【读品悟】

武工队巧施妙计，以假乱真，成功陷害了刘魁胜，使他被铲除，这也告诉我们不要做坏事，否则迟早会受惩罚。

【思考探究】

1.刘魁胜是怎么被陷害的?

2.武工队是如何模仿夜袭队的?

第十四章

名师导读

松田设诡计暗算武工队，使汪霞遭遇了危险，她是否会成功逃脱呢？让我们来仔细阅读吧。

坂本少佐瞎驴撞槽地忙了多半宿，待一切都造成了事实，他才察觉到自己上了武工队的当。这下肚子气得鼓鼓的，活像个癞蛤蟆，干瞪眼直劲搓手心，真是哑巴吃黄连，有苦难说。事情传到北平，老松田急得就像热锅里的螃蟹，心里蹿火，爪子紧抓挠。天没晌午，忙坐上急行车赶回保定城。被气得眼斜鼻子歪的老松田，进门一看见坂本少佐，开口就骂了一串"八格牙路"。坂本少佐明白自己错误的严重性，任什么话也不敢说。日子不多，日本华北驻屯军司令部将坂本由保定调走了。【阅读能力点：这次武工队真是大获全胜，用坂本的手铲除掉了夜袭队，并使得松田大怒，可谓一举两得。】

近来要防备敌人在青纱帐起来前进行清剿、剔抉，冀中到处在开展"三通"（指抗日战争时期冀中人民开展地道战的三种形式，即：地下通、房上通、户户通）工作。之光边缘区大部分村庄地洼水皮浅，不能开展。在金线河南的大部分村庄，只能做到房上通、户户通的"两通"工作。

刘文彬、汪霞今天看了看西王庄的"两通"工作，并和群众交谈，察觉到这里面存在些问题。"洛玉！"刘文彬把正和河套大娘逗闹的村治安员拽过来说："我们刚瞅过你村的'两通'工作，做得不错，干的劲头也挺足，不过，听说话，还像是有点儿意见。"

"有点儿意见？这可是没想到的事！"洛玉一时不能理解。"没想到，就告诉你。在咱们这地区，咱们这伙人，一天到晚光盘算打鬼子的事，对生产的领导常常忽略了。【阅读能力点：武工队不仅要重视对敌，还要重视生产。】刚才我和汪霞到掏墙搭桥那儿看了看，个个都是年轻人。他们说，'半个月了，没有下过一天地，一个壮壮的身子，光干这个！'这四句话不多，你仔细咂咂滋味，真是话里有话。小黄庄黄玉文他们安排得就不错，白天下地干活儿，晚上搞'两通'；第二天，上年岁的人一检查，没弄好的找补找补；搞好的拿东西堵盖上……"

刘文彬的话语给了李洛玉很大启示。他直愣着眼睛一想，对，是没把对敌斗争和搞生产安排好。他接受了刘文彬的意见："是这么回子事，群众说得有道理。我们应该向小黄庄学习，今天黑夜开个会，好好把工作、生产重新做一下安排。""洛玉，你们的联络员回来了没有？"魏强见人们坐稳，话谈完，忙打听情况。

"我就是为这个事来的！"洛玉像个抽水机似的哗哗地说起来，【写作借鉴点：将洛玉说话比作抽水机，形容其滔滔不绝的样子。】"联络员回来说，大冉村住的老鬼子走了以后，昨天又添了一拨从黄河南换来的鬼子兵。他听说，保定周围都是换的这个。还有，重组的夜袭队经过这些日子休整，今天拂晓又开始探头伸爪了。队长还是铁杆汉奸刘魁胜。"

夜袭队也真像条气命大的红眼狗，砸死了，醒过来；再砸死，又醒过来。夜袭队的又一次还阳出动，在魏强听来还属于一个新的情报。他刨根儿问："这个联络员是听谁说的？可靠不？"

"联络员是咱自己人，没问题。"洛玉说得很肯定，"这事是黄庄的联络员对俺村联络员说的。傍明子，几十个伪军坐两辆汽车到了黄庄据点。里头有个叫梁邦的，他偷着和黄庄联络员说，他是梁家桥的，拜托联络员偷着给田家桥他姐夫田常兴捎个口信，说他还活着，在夜袭队里混事呢！让他姐夫抽空去告诉他老娘一声。这一来，人们才知道那伙子伪军都是夜袭队装扮的。至于田家桥有没有这么个叫田常兴的人，就是另一回事了。"

"有这么个田常兴，我知道。"汪霞把醉枣朝桌上一撂，离开大娘凑过来。大娘一见人们谈起正事，挪脚就走了。"这个人'五一'扫荡以前是咱游击小组的成员。他媳妇叫梁玉环，也是村妇救会的干部，夫妇到现在还净偷着做抗日工作。梁玉环他娘家在梁家桥，刚说的那个姓梁的，就是她的亲兄弟，在前年'五一'扫荡时叫鬼子抓去当了伪军。为这事，梁玉环几次问我该怎么办好，他那寡妇老娘为想梁邦都想出病来了。没想到怎么又干上了夜袭队！这事要传到梁玉环的耳朵里，她那爱面子好强劲，不知又得哭多少天！"【阅读能力点：引出人物梁玉环，又介绍了一遍夜袭队的罪行。】

"在这种地区，净是想不到的事。有这么个情况告诉你们就算啦！"李洛玉不像旁人那么关心这件事，他关心的是本村游击组，"魏小队长，俺村成立秘密游击小组有多半年了，上个冉村集才领来十几个手榴弹，还有两支独撅枪，一颗石门造。家伙有了，人们光摆弄都不知道怎么使唤。天黑你们派两个老师去教教，看行不？"

魏强说："你干什么说话绕脖子？干脆说'给俺们几粒子弹'不就完了。赵庆田，你给洛玉三排六五子弹，过后再自己调剂。"

李洛玉接过光上光、亮又亮的三排子弹，粒粒都是三道眉、红脖圆的日本炸子。他好奇地一粒粒地从弹夹上摘下来，又一颗颗挨个儿排排上，孩子般地数着数："十五粒，加上九粒，一共二十四粒。二十四粒刨去两个臭的，还有二十二粒。二十二粒也不算少啦，可要是再……"他朝人们身上缠绕着的鼓鼓囊囊的子弹袋瞟了一眼，自知再张嘴有点儿太不知足，望魏强难为情地笑了。【阅读能力点：描写出李洛玉对于物资的"贪婪"，也从侧面体现出他对抗战的积极性。】

谁当上游击组的负责人，都愿意将游击组整得好好的。洛玉也不例外。虽然没说话，魏强从神色上一看，就知道他还在想什么，便取笑说："人哪，不宜给好，你要开开门让他进来，他就又想上炕了！赵庆田，再拿十粒子弹给他吧！"魏强的话说乐了人们，也说到李洛玉的心坎上。李洛玉高兴得一蹦老高。他再次接过子弹，连看都没看，稀里哗啦都装在紫花布的衣袋里，右手五指并拢，举到右额角上，胸脯挺起，说了一句："敬礼！"乐呵呵地跑了出去。

夜袭队还阳的消息传到保定四乡，四乡的人们像听到恶性瘟疫即将到来似的，心头又布上了一层愁云，家家都在日夜防范着夜袭队的突然袭击。

夜袭队再一次网罗了一批亡命徒，经过好长时间的特务训练，又像恶鬼、妖魔般地张牙舞爪了。

这一次出来活动，他们不论走到哪个村，都是冠冕堂皇地讲："我们是哪里丢了哪里找，和老百姓没关系！""夜袭队出来是找的武工队，武工队是夜袭队的死对头！"

夜袭队舌头嚼烂了，唾沫耗干了，软的办法使尽了，始终也没得到武工队住在哪里的情报。武工队的活动，似乎比早先更神速、更诡秘了许多。【阅读能力点：武工队在夜袭队眼里极其神秘，不可捉摸。】

老松田倒背双手、叼着香烟在屋子里来来回回地走着方步，对站在房子里的刘魁胜，他好像根本就没有看见。"捞不到武工队驻扎在哪里的情报，那武工队是走了？没有！没有又在什么地方呢？就在保定周围的村庄里，掩蔽在刁顽的老百姓的家里。这样长时期地掩蔽着，为什么就不知道呢？显然是村里的'眼睛'不管事。现在各村的'眼睛'还有多少？"老松田沉思到这儿，摇摇头。他

知道，各村的'眼睛'被武工队处决的处决，逮捕的逮捕了，即便剩下几个，也吓得不敢再干了。"否则撒出去的'眼睛'为什么看不见武工队呢？是撒得不远呢？是布置得不当呢？还是这些人不可靠呢？"松田在绞着脑汁思考着。刘魁胜见到松田这种样子，吓得连大气都不敢出。他立在一边，眼珠子随着松田的走动来回转。

"要这么干，要到黄庄渡口附近去干！"老松田挥动长满黑毛的双手，果决地嚷叫，"人不要多，要精。我和你们一起去，一起去蹲他几天，或者……"

【阅读能力点：老松田想好了对付武工队的策略。】

今日，汪霞在范村住了一夜零多半天。

汪霞根据敌人一天没出动的情形，估计天黑不会再有意外的情况发生，即便发生了意外的情况，现在已是麦子没过膝，春苗罩住地，也可躲躲藏藏了。就凭这两点根据，她决定头擦黑过金线河，到小黄庄去。

黄庄据点的炮楼子愈来愈近了。她看到炮楼子，立刻想到炮楼里住的哈巴狗，神经一紧张，下意识地揭开了竹篮上的苫布。她瞅瞅里面平放的撸子枪，心情又平和下来。最近她的枪里添了七粒绿屁股门的新子弹，那是魏强在马池村东伏击夜袭队缴获后送她的。前面，不到三十几步远的地方走着两个背草筐的中年妇女。她紧迈几步问讯："借光，大嫂子，上小张村，是不是在这儿过河？我这道走得对不？"

汪霞的口音、穿戴、做派，都地地道道地像个没出过远门的本地年轻媳妇。两个中年妇女止住脚步，朝她连瞟了几眼，也就不见外地开了腔："对，没错！过了河，奔小黄庄，贴小黄庄南边走，到村东头，朝里手（指左边）一拐，就瞧见那眼紧挨小柳树的大砖井，那儿就是奔小张村去的道。上了那条道，你闭着眼就走到街里了。"

"噢噢，沾光了！"汪霞在她俩停下指路的时候，紧走两步和她俩并了肩。妇女们到一块儿，三句话过后就熟了。从闲谈里，汪霞知道她俩是到堤根背草去。

三个人越说越近乎，越谈越热闹，叽叽嘎嘎、嘻嘻哈哈，陈谷子烂芝麻地摆列开。三个人一直说到快上河堤，才分开了。两个背草筐的妇女眼瞅汪霞一步步地上着河堤，还大声地嘱咐："她大姐，从娘家回来，你可要进村到我家去歇歇脚哇！"

三人剩一人，一阵欢笑变沉寂。她刚要朝前迈脚下堤，背后，突然传来轻贱的两声："哎哎哎，小娘儿们，你过河到哪里去？""这么年轻俊气的小媳妇，怎么一个人走路？你站下，我俩和你做伴走！"【阅读能力点：汪霞遇到了敌人。】

好刺耳的声音！汪霞听到，猛着惊愣一下，心想："要糟！"她下意识地将右手伸进左胳膊挎的竹篮里，抓住子弹上膛的手枪，暗思摸："不是遇见特务，就是跟上坏人了。要真的是坏人，那可是他们有眼无珠了。"她转身朝后面用眼一扫，两个庄稼人打扮的家伙，直愣愣地望着她，蹚着麦子踩着春苗，斜着奔堤坡走来。她的脸色一唝，说："你们家没有大男小女，怎么说话那么轻浮？真少失调教！"

"嘿嘿嘿，跟咱说这个啦！你站住，问你个话再走。"一个家伙说着话爬到堤半腰。

"你过来，你过来，小娘儿们！"另一个家伙在堤下也喊叫起来。

汪霞听话音，看面容，知道碰上了敌人。先下手为强。她伸手拽出了撸子枪，照着先上来的那个当的一家伙，咕咚！那家伙被撂倒了，跟着，像球似的朝堤下滚了去。后边的家伙原地趴下，当当当！向汪霞开了枪。突然，像有人用棍子朝她的大腿打了一下，她朝后一仰栽倒了。她知道大腿受了伤。但，她没管流血的伤口，一翻身爬坐起来，再次瞄准对方，继续射击。就在这时，堤下面的麦田里，呼啦站起好多人，个个都平端手枪，朝她头顶盖过来，嘴里喊着："别打死她，留着逮活的！""女八路，快把枪扔掉！"说着紧朝堤上跑。

敌人越上来越多了。他们气喘吁吁地爬到堤顶上，个个心里敬佩松田队长指挥的英明，庆贺这几天没有白蹲，终于抓到了猎物。他们欢跳着嚷叫："这个女八路真捣蛋！""秋后的蚂蚱，还能有几天蹦跶？""不用按住，她也跑不了！""看！把这朵鲜花搓成什么样子啦！"……【阅读能力点：汪霞遭遇到了敌人，虽先发制人，但也无济于事，情况危在旦夕……】

【学习要点】

本章主要描写了夜袭队想办法对付武工队，松田下命令去埋伏，正巧被汪霞碰到，汪霞的情况危在旦夕，到最后留下了一丝悬念，汪霞最终的结果是好是坏？这种设置悬念的方法值得我们学习。

【思考探究】

1. 松田想了什么办法去对付武工队？
2. 是谁碰上了夜袭队设下的陷阱？

第十五章

名师导读

本章主要描写了小秃这一人物，对他的性格进行了着重的描写，武工队派他混入敌方队伍必然有着重要的原因。小秃能否胜任这个任务呢？

没有不透风的墙。不管老松田怎样诡计多端，也不管夜袭队的行动多么诡秘，一遭两遭可以不暴露，再来三遭四遭就会露出马脚来。

"黄庄村东的渡口两旁，有三三两两可疑的人在溜达！""常有成伙的人在堤北麦地里趴着睡觉！""今天，又有两起生人在堤西坡砍草。"这类情报，接二连三地送到魏强那里。"怎么，难道夜袭队最近要学学七十二变的孙猴？"魏强天天思摸这些情况，也天天对这些情况进行判断、分析。

汪霞住在范村的当天，魏强他们正住在靠金线河南岸的小黄庄。

早饭后，到河北黄庄据点报告"平安无事"的小黄庄联络员，因有闲事进了趟保定城，直到过晌午才回来。他到家就找保长黄玉文报告："河那边的外堤坡又有了砍草的生人。"黄玉文急忙将这个消息偷偷地告诉给魏强，魏强立刻把小秃派了出去。【阅读能力点：武工队发现了外堤坡的端倪。】

时间不允许小秃做更多的逗留，任务要他尽快地将堤那边的情况侦察清楚。他蹚出麦田，爬上了大堤。在堤顶上，用犀利的眼睛，扇子面地搜寻起来，只见堤下面有三个砍草的庄稼人。"难道小黄庄的联络员就是指他们说的？"小秃想，"既来了就得弄个究竟。"他光着两只脚丫子走下了堤，筐子一撂，腰一猫，小镰刀一挥，芦草锥、马辫芽……一墩墩一撮撮地砍起来，一会儿一满把，一会儿一满把，不到吃两顿饭的工夫，他屁股后头一把一把地撂下一大溜。他越砍越离草筐远，越砍越离三个砍草的庄稼人近。别看他低头猫腰砍着草，眼角却不住地偷扫那三个人。"嘿！砍草的庄稼人怎么舍得抽这么贵的烟卷？"小秃见一个人拿出盒绿炮台烟卷，三个人抽起来，心里暗自琢磨。他又连续砍了几把，将小镰刀朝背后的腰间一别，一把把地往回敛起草来。【阅读能力点：描写出了小秃的聪明机敏。】

"来来来，到这儿歇歇！"那个掏出绿炮台烟的家伙朝小秃招手吆喝，"瞧，你这小孩比俺们大人都干得棒！俺们刚砍了一筐头，你就砍了那么多，真行。哪村的？"

"马池的！"小秃歪着脑袋回答。

"马池的，怎么到这儿砍草来？"因为小秃是个孩子，他们没经心地随便问起来。【阅读能力点：小秃的形象让他们放下了警惕。】

"干脆凑到你们跟前，看看你们到底是个什么玩意儿变的吧！"小秃把怀里的草就地一撂，满不在乎地朝那三人走来，"家是马池，我这是到亲戚家'揎忙'来啦！"

"那你家里呢？"另一个吸烟的家伙问。

"我家？"小秃在他们仨对面一坐，小镰刀抽出，拿在手里，低头剜着土坑胡编起来。

他正要想法探探，忽听见麦地里传来几声布谷鸟"布谷，布谷"的连续叫唤声。一听叫声，和小秃坐在一起的三个家伙，爬起来，草筐一背，说了声："走！砍草去！"头也不回地朝麦地中间的坟地里走去了。

小秃望着他们仨的背影，狠狠吐了一口唾沫，骂道："哪国的布谷鸟在地里叫唤，见鬼！"他敛巴敛巴砍倒的青草，装了多半筐，背上就往回返了。一想："到底来了多少敌人？"不到黄河不死心的郭小秃，转身朝麦地里走去。他一瞅麦田都是南北垄，心想："你就是变成兔子、老鼠藏在麦垄里，我也能看得见！"他唰唰地横穿麦地走着，朝左一看，一个家伙像狗似的顺麦垄横趴着。"一个！"跟着，又发现一个！发现一个！一个……再望望右边坟圈里，也有五六个人。他快走近黄庄，看到的敌人也不过十多个。【阅读能力点：小秃通过跟踪发现了十几个敌人。】

小秃把敌人看到眼里，记在心上。他像个出征凯旋的勇士，背上给自己当护身皮的多半筐青草，高兴得三蹿两蹦地绕道返回了小黄庄。

小秃浑身流汗，嘴喘粗气地赶到住地，太阳已经溜到了大西边。他将看到的情况，从根到梢原原本本地一说，魏强心里就思前想后地盘算开了："可以肯定，就是夜袭队。这两天，他们老不离黄庄渡口左右，是想干什么？想在这里逮人？能不能逮住，那就是两方面的事。一是看我们警惕性怎么样，再就是他们的行动是否诡秘。不过，从小秃的报告和这两天的情况看，敌人把戏演漏了。"搞军事工作的人，多会儿都是掐摸敌人，衡量自己，遇到力量弱于自己的敌人，马上就琢磨吃一块还是全吃掉的法门。他盘算来盘算去，觉得要是敌人黄昏时不走，就可以过河上堤设伏，再派两三个人绕到背后去轰他，即便吃不掉，把他赶跑了也有好处。他将意见和刘文彬一商量，刘文彬一百个赞成。

事情决定，立刻执行。在汪霞离开范村的时候，魏强他们也走出了小黄庄。当打扮成新媳妇模样的汪霞刚来到堤顶上，用眼朝河套里张望时，魏强他们正装成砍草的、看地的，疏散着朝堤坡上运动。以往，虽说都是在一个锅里抡马勺，今天，由于事前没联系，再加上彼此化装化得特别好，距离也远些，一边当成是走道串亲的年轻妇女，一边当成看地砍草的庄稼人，谁也没把谁看出来。等汪霞在堤上当地放了一枪，魏强这才悟察到堤上的妇女是自家人，同时也联想到十有八九是汪霞。他一挥左臂，喊了声："上！"就纵身上了堤顶。就在敌人爬上堤顶庆幸自己获得胜利，准备捕捉汪霞的一刹那，魏强大吼了一声："开火！"顿时响起不分点的、急剧的枪声。枪弹扫得敌人互不相顾，乱滚乱爬，各自奔逃了。魏强带领赵庆田、贾正，还有怀抱歪把子机枪的常景春，一阵风似的冲了过去，和汪霞厮打的那个敌人松开手，刚扭头撒腿跑出三五步，魏强吆喝了一声："你朝哪儿走！"一甩驳壳枪，把他打了个嘴啃地。【阅读能力点：魏强指挥武工队救援汪霞，把敌人打得落花流水。】

几场渗地雨下过，春苗像气吹似的长起来，不几日，一年一度的青纱帐又出现了。这时，魏强他们像鱼得了水，在保定跟前，在公路附近翻江倒海地活动起来。他们时聚时散，时东时西，时而据点里，时而公路上。在每次进行拉网清剿时，日军都盼望一下找到武工队，一举把武工队歼灭掉。但是事情总不随心愿：腿跑细了，腰累弯了，费力巴结地翻遍了村庄，蹚遍了青纱帐，始终也没望到武工队个影。在松田、刘魁胜的眼睛里，已经把魏强他们看成一伙子极神秘的人物了。【阅读能力点：日军根本摸不透武工队的行踪，被耍得团团转。】

难道武工队的人都会奇门遁甲？都能七十二变？不是！就在老松田领着一班庞大的人马进行拉网式的清剿时，魏强他们不但没离开松田他们的家门——保定城附近，反倒闯进大门，和敌人来了个大换防，到保定南关歇腿来了。

今天，他们又在保定南关铁路工人金汉生家中住下了。

天色接近黄昏，屋里光线逐渐暗下来。关闭了一天的窗户、门都打开，西南风飕飕地吹进来，吹散了屋里燥热的空气，人们的心房也稍稍得到了放松。赵庆田从瓮里舀了盆凉水，轻轻地撂在炕上；贾正怀抱枪，一声不吭地拿出带来的干巴饼子吃起来；其他人也都不声不响地喝着凉水、吃着饼子。吃得真香啊！

【阅读能力点：描写了武工队平常、简单但充实、快乐的生活。】

嗒嗒嗒！嘀嗒嗒！嘀嘀嗒！……一阵尖利、凄怆的号声，在屋子的后面——第七防卫警备中队部的一个抱角楼顶上吹响了。

魏强隔窗户望着黑暗蒙盖起来的院落，侧耳听着敌人的阵阵号声在沉思。

吱扭！大门轻轻地开了一条缝，跟着挤进两条模糊的人影，不言不语地朝屋子走来。

"老刘，小黄庄来人啦！"声不大，嗓音洪亮。这是房子的主人——金汉生，后面是小黄庄的保长黄玉文。

"别看小秃人小，心里可灵了，十个大人也比不了，真是秤砣小，能吊千斤！"黄玉文一进门先把小秃夸了一通，跟着就一五一十地念叨起来。

原来，近些日子，魏强给了小秃一个极特殊的任务。小秃按照魏强的指示，离队来到黄庄据点。

凭他的年岁小，个儿矬，鬼头蛤蟆眼的精灵劲，又是保定城边上的人，再经他当家子哥哥——在据点里担任中士班长的郭庆生一保荐，立刻补了个吃饭不领饷的名，干起斟茶倒水、划火点烟的打杂勾当来。

小秃自从成了武工队的一员，事事都留心学，可是和别人比起来，事事都觉得自己差得远。步枪、手枪自己都会使了，但等到一遇上事，就不如别人沉得住气，提到张嘴作宣传，就更不如别人。【阅读能力点：小秃对自己的能力感到不自信。】如今，魏强把小秃派到这里来，要小秃完成这个特殊任务，在小秃说来，还是大姑娘嫁人——头一遭的事。所以从来到据点里，他处处加小心，生怕自己露了馅。头两天，他光低着头做这干那不说话地乱忙活。两天过后，跟警备队员们混熟了，也就随便乱窜地活动开了。

小秃知道他的远当家子哥哥郭庆生，是去年头麦熟时，在张保公路上，黑夜押运民夫叫武工队俘虏后释放出来的一个人，就准备按魏强的指示对他做工作，争取他，以便来个里应外合，活擒哈巴狗和警备队长王一瓶。小黄庄保长黄

玉文是每天进据点明送东西暗和他取得联系的。小秃将情况告诉他,他却说:"外面鬼子正组织拉网式的清剿,咱们的人不知到哪里去了!"

小秃乍一听到这个消息,好像失去了主心骨,真是急得抓耳挠腮。这里的一切他看够了,他恨不得一下离开这伙子牲口般的人们,走出这座囚笼似的据点。转头一想,自己是八路军的战士,八路军的战士就得服从命令听指挥,三大纪律八项注意的头一条就是它。凡是上级要自己待在什么地方,不管上级在不在面前,都应该踏踏实实地工作,一直待他个钉糟木烂。"是,不能随便离开!"小秃告诫着自己。他再也不朝离开的道上想了。

这一天,黄玉文又送东西来了,同时也悄悄地告诉小秃"武工队派人和他取得联系"的消息。小秃听到部队派人来找自己的消息,真像离娘多日的孩子听到母亲的唤声,心里十分痛快。他急忙把这里的枪支、弹药都在炮楼二层上集中,白天吊桥里有个卫兵和炮楼顶上有个瞭望哨等情况及自己安排的计划都告诉给黄玉文,并催着黄玉文要赶快跟取得联络的人一起去报告魏强。【阅读能力点:小秃听到了武工队的消息,特别兴奋,已经迫不及待要行动了。】

黄玉文把这些和魏强一念叨,魏强心里好不高兴,心里越发看重小秃。他和刘文彬商量商量,赶忙拉过黄玉文来,用极低的声音说:"你回去告诉小秃,这么办……"

嘟嘟嘟!嘟嘟嘟!一阵急剧的哨音把小秃从床上叫醒了。他和往常一样,轻轻地走进哈巴狗和王一瓶的住屋,先为他们各打了一盆洗脸水,跟着,将清水注满漱口盂子,挤出的牙膏抹在蘸湿的牙刷上,等哈巴狗和王一瓶从床上爬起来,他又忙着擦桌扫地,整理床铺,洗涮痰筒。

早饭过后,他又将两架驳壳枪分左右地挎起来,不过今天他像个久上疆场的老战士,把子弹压进弹槽,推上枪膛,耐心地等下去。他知道,只要今天来人,保准就有任务到,任务能不能完成,自己的行动将会起很重要的作用。想到这儿，他心里有点儿怕，怕自己一不小心，影响任务的完成。"要真的那样，我这一块肉不是弄个满锅腥！"又一想自己是个武工队员，于是又有了十足的信心，怕的念头立刻打消了。

天刚到小晌午，黄玉文快步地来到了。他背着个筐头，一步一颤地走过吊桥，朝小秃大声招呼："啊啊，郭先生！昨天你不是说，所长、队长想要吃鸡吗？我送来了，还给王队长送来一瓶二锅头。"说着回手从筐头里把满当当的一瓶烧酒拿出来。他递给小秃时，小声地说："都来啦，魏小队长说，歇晌的时候看你的信号行动，信号是……"黄玉文嘟嘟囔囔地说着，小秃哼哼唧唧地答应。正事说完了，黄玉文高声嚷道："把筐撂在你这儿，我上街买点儿东西去，回头再来拿！"

"好吧，到时候不拿，筐子剁剁烧火了！"小秃取笑地说着把筐子接过来。

吃罢午饭，小秃的心情越来越紧张了。他到底还是个十几岁的孩子，没有见过大阵势。今天，千斤重担放在他的肩上，这还是第一次。他身上的驳壳枪没卸掉，饭也没心思吃。午睡时，他见哈巴狗脱了衣服睡在床上，又去看了看鼾声如雷的王一瓶。不管警备队员睡不睡晌觉，他快步地朝炮楼里走去。一层、二层……一直上到了炮楼顶上。虽说是灼热的五黄六月，楼顶上让飕飕的小风一吹，比秋天还凉爽。

"在这上头站岗，可真是蛮舒服！"小秃身上挎着两支驳壳枪，喘着粗气地朝放瞭望哨的王四喜说。

"舒服？真是谁不养孩子，就不知道肚子疼！"王四喜正让大便憋得没好气，一见小秃就先抱怨了两句，但又不敢贸然让小秃代替，央求地说："劳驾，你找个人来替替我，我得到茅房大便一下。"

真是来早了不如碰巧了！这机会小秃觉得打灯笼也难找，忙伸手抓过王四

喜手里的枪,说道:"我来替你站。""好兄弟,先谢谢你。"王四喜下楼去了。小秃估摸他已下到炮楼的底层,便三脚两步地下到放武器的二层楼上,扣上门鼻子,咔嚓!用一把拳头大的铁锁锁上了。赶忙又噔噔地爬上了楼顶,凑到旗杆跟前,唰唰唰,将那面青天白日满地红外加条黄三角的汉奸旗子降下来。他知道,就这一下,立刻要引起一阵骚动。果然,在小秃降下汉奸旗的时候,吊桥跟前那个卫兵的枪,已经让假装取筐子的黄玉文用支独撅给抢了过去。这时,魏强带领赵庆田、贾正、李东山……像一阵风似的窜过吊桥进了据点。由黄玉文和被俘虏的卫兵指引,照直地朝哈巴狗和王一瓶的住屋走去。

小秃在炮楼顶上朝下一望,见到哈巴狗和王一瓶还没来得及穿上军服就当了俘虏,倒剪二臂,耷拉脑袋被押出屋时,才放心大胆地在炮楼顶上一窜一蹦地叫喊起来:"小队长,我在这儿哪!赶快叫人进炮楼吧!"

赵庆田和贾正"小秃!""小秃!"地喊着朝炮楼跟前跑来,小秃也在上面蹦跳着朝人们乱吆喝。哈巴狗和王一瓶偷偷地拿眼角扫下楼顶上的小秃,心里完全明白了:倒霉就倒在这个年轻的贴身小随从身上。哈巴狗深知自己罪大恶极,那秃脑袋慢慢地低垂到胸前。从走下吊桥,走出据点,一直没有力量把它再抬起来!

【学习要点】

本章主要描写了小秃混入敌军队伍,为武工队提供方便的进攻条件,从而生擒哈巴狗的故事,对小秃的描写极为详尽,最多的是心理描写,突出了他人小鬼大的特点。

【读品悟】

小秃人虽小,但却为革命敢于斗争,不顾危险地深入到敌军队伍中,这种无私奉献的精神值得我们学习。

【思考探究】

1. 小秃是怎么进入敌军队伍的?
2. 武工队为什么派小秃去混入敌军?

第十六章

名师导读

本章主要描写了武工队抓住机会，策反了梁邦同志，梁邦本性是好是坏？他是否会为武工队一心一意地办事？

一年一度的秋收季节又到了，庄稼人天天起五更睡半夜地忙起来。看来，今年的年景要比去年好。

在之、高、安（之光、离阳、安新三县的简称）三角地区田家桥村梁玉环家休养的汪霞，虽因天热伤口化过一次脓，但由于没有伤筋动骨，慢慢地封口结了痂。

没等到伤好利落，汪霞就想回到工作岗位上去。因为没和刘文彬、魏强他们取上联系，干着急也不能迈腿就走，只好天天帮助房东刷锅洗碗、推碾子捣磨地干些家务事。

太阳刚出来一竿子高，汪霞给梁玉环搭帮手做熟了早饭，等玉环反锁门朝地里送饭的时候，她胡乱地吃饱了肚子，找了个小板凳，在新收的玉米堆跟前坐下，剥起叶子来。

梁家桥坐落在高保公路北面，和公路肉贴骨头地紧挨着。因为它处在之、高、安三角地区，又在保定东面，是清苑管辖的一个大村子，所以"五一"扫荡以后，鬼子在这村村南，贴公路安了个据点，据点里修了个七截高的大炮楼子。这个据点从修好的那天起，就没断过鬼子，最多驻过一个中队，最少也是一个班。另外，伪军们也有个几十号人。总之，算是个不小的据点。【阅读能力点：介绍了鬼子的主要驻地——梁家桥。】

现在梁家桥据点住着一个班鬼子兵。这个班的鬼子兵也是去年从河南打败汤恩伯以后换过来的。乍一来到，都还带着胜利者的劲头，什么也不在乎，天长日久，碰过几次小钉子，再加上伪军们常念叨念叨八路军武工队的厉害，也就处处小心戒备起来了。

日本人怕八路军夜间来偷袭他们，就给据点周围村庄下了一道"命令"：日没以后，田野、街巷不准有人行走或干活儿，违者开枪射击，打死勿论。

就在日本人下达"命令"的当天夜里，玉环她老娘正睡到半夜时分，一阵鸡叫，把这个老人从梦里叫醒了。常说：老太太三宗宝：闺女、外孙、老母鸡！这一点儿不假。玉环她娘一听老母鸡的叫声，褂子没披，鞋子没穿，光着脚下地就点灯，端起来就朝屋外跑。她刚端灯要过二门槛，炮楼上叭一声枪响，将她打倒在地上。一直到第二天吃早饭的时候，才有人发现她死了。庆叔赶紧给住在田家桥的玉环送信来。

"……娘啊，你做了一辈子活儿，受了一辈子苦，想不到落这么个下场……"玉环闻讯赶回家，坐在地下低声哭诉着，真有点儿上气难接下气。躲在屋里的汪霞生怕玉环的哭声传出去，引来更多看热闹的人，在屋里急得直搓手心。抬头见到蒲囤子顶上撂个板升子，顺手一拨拉，呱嗒！板升子掉在地上。这声音传到正哭泣的玉环耳里，她稍一愣神，立刻压住了啼哭，变成低声地抽泣。

送信来的庆叔以为屋里的响动是猫踢蹬下什么物件来，根本就没理会，瞅见玉环光掉泪不出声，他忙上前劝说："人死如灯灭，她怎么死，在哪里死，这都是命里注定的事，由不得人，你哭坏身子还是自己吃亏。咱得赶快商量安置后事要紧。我来的时候,村里也派人给小邦送信去啦!人们琢磨只要不告诉你娘是被枪打死的,凭他那个孝顺劲会回来的,他们队上也会让他来。只要回来,今晚就能赶到家。"

给梁邦送信去了,这是个意外的消息。汪霞从这意外的消息上,忽地想起前两天来这里躲情况的同志的谈话:近来清剿的敌人像长了眼,不用人指,就照直朝"关系"家里闯。能趁机抓住这个夜袭队的特务梁邦,不是就能把敌人在各村安的所谓"暗眼"都找出来吗?"是,是得利用这个机会捕住他!"她开始考虑起捕梁邦的办法。

玉环听到这个消息,又勾起她的心事来。她把母亲的惨死和兄弟在夜袭队干不名誉的事情加到一起,真是要多伤心有多伤心,要多难过有多难过,于是哭得就更厉害了。但是,她堵住鼻子捂住嘴,尽量不把声音放出来。

又哭了一阵,才强抑制住。

梁玉环把报丧的人打发走,急忙跑进屋,她一头扎到汪霞的怀里,叫着:"大妹子,你救不了死的,救救活的吧!我兄弟今天要回来,你想个法子救他出了这火坑吧!别看他当了特务,可还是个好孩子……"她哭诉着,央求着。【阅读能力点:梁玉环真心希望自己的兄弟能够改邪归正,所以央求汪霞。】

玉环她兄弟梁邦到底是个什么样的人呢?这个,汪霞的心里像明镜似的。

梁邦在村里的确不是个嘎七马八的人。他五岁就没了爹,姐姐比他大五岁,都跟着寡妇娘过日子。他从小就像大人一样地干庄稼活儿。事变后,各地组织游击队,各村成立抗日团体,他也在"青抗先"(青年抗日先锋队的简称,它是当年党领导下的一个青年组织)里干过一个时期。不过,"五一"扫荡的时候,他被鬼子抓进了保定城,后又送到老炮队受了六个月的训练,发了一身军装,就扛枪当上了伪军。【阅读能力点:主要介绍了梁邦的经历。】

在警备队里不光天天学跪下、卧倒、瞄准、射击,还要学打拳。早年,梁

160

家桥有一班子少林会，梁邦小时候在少林会里还学会了几套拳术。物以稀为贵，警备队的头子苏沛霖听说手下有这么一个人才，立即提拔他当了个武术教官。夜袭队被坂本少佐打了以后，由老松田亲自出马指名点姓地到处要人。不知谁朝刘魁胜通了下消息，说梁邦能蹿房越脊，武艺高强，身板灵活，手脚快，一般的平房，小跑步一拧身子就能上去。刘魁胜在老松田耳朵底下一嘀咕，没过一天，梁邦被调到了夜袭队，干起武装特务来。

"是的，我应该想办法，应该帮助你。你别急，容我再想想。"汪霞很理解玉环内心的痛苦，同情地安慰、劝解她。到底要想个什么办法，她思前想后地思量了好半天，也没思量出个眉目来。她决定找魏强、刘文彬去。她向头发散乱、两眼红肿的梁玉环说："嫂子，你给我打点个衣裳包，我去找人想办法！"

梁玉环知道汪霞出去要为自己办事，心里说不上来的感激。她用袄袖抹下脸上的泪水，二话没说便朝自己屋里走去。等她手提一个红色的小衣裳包再出来时，汪霞已把假盘头梳好了。

"你在家等着听信儿吧！"汪霞接过小包袱，把撸子枪朝包袱里一掖，安抚了玉环一句，"放心，我一定把事情办妥当！"迈步走出门去。

魏强他们拿下了黄庄据点后，没敢多停留，一把火点着了炮楼子，带上缴获的枪支弹药，押着俘虏，申着淹没头顶的秋庄稼，迅速地朝正东转移了。受环境所迫，他们不能带上俘虏进村，更不敢带上俘虏到堡垒户家里住。只好在一块高粱地里停下来，分头来对俘虏做调查登记，进行教育。直到日落西山，才把几十名俘虏按照回家路程的远近，发给路费释放了。【阅读能力点：武工队对待俘虏都如此善良，真是一队仁义之师。】末后，单剩下穿着短衣短裤，胖得像只脱毛猪的哈巴狗。哈巴狗知道武工队不问也不放他的原因，眯着眼默不作声，心里暗暗地打着脱逃的算盘。

在刘文彬召唤魏强的时候，魏强冲贾正努下嘴："去，给他打扮打扮！"

贾正明白这是什么意思，拿起一面肮脏的汉奸旗，走近哈巴狗，嘴里说着："秋天，蚊子多，咬肿了你这没头发的光脑袋，可有点儿吃罪不起！"像包篮球似的把哈巴狗的整个脑袋严严地包起来。李东山帮着他架只胳膊，呼呼地原地转了十好几个圈，从此，哈巴狗再也辨别不出东西南北来了。

哈巴狗虽说是个血债累累的铁杆汉奸，但如何处治他，得由政府决定，武工队并没怎么难为他。将他关进黑咕隆咚的牲口房里，摘掉包裹他脑袋的汉奸旗。刘文彬腿没歇，亲自出马寻找县政府去请示这件事了。

天快亮的时候，赵庆田到牲口房对过儿的西厢房来替换掩在门后、隔着门缝负责看押哈巴狗的贾正："哈巴狗怎么样？闹了没有？"

"闹不闹的干什么？还不是等个时候了！他正倚在牲口槽上，闭着眼睛念佛呢！"贾正扬颏回答赵庆田。

"这家伙是条狼，捆着他也不会老实！"一贯心细的赵庆田，没为贾正的爽快回答而放松了检查。他转身匆忙朝押放哈巴狗的东厢牲口房走去。他进去得慢，出来得快，脸绷着，眼睛瞪圆，一把抓住贾正，气喘话急地问："哈巴狗呢？！"不在战场上，从没见赵庆田这么严肃过。贾正知道他不是开玩笑，没顾回答，箭般地钻进喂牲口的东厢房，只见屋里就有小毛驴嘴巴扎在槽里，安详地嚼着青草。哪还有什么哈巴狗？窗户没动门没开，哈巴狗哪儿去了？莫非他会隐身术？真见鬼！哈巴狗今天的逃遁，明天，也或许是今天就要给这个村，给这一家招来天大的灾祸。想到这儿，贾正不由得凉汗出遍全身，心里感到阵阵的绞痛。"都怨我！"他捶着自己脑袋，右脚狠劲一跺，咚！吓得毛驴后退了好几步。哈巴狗的逃遁，在武工队里引起了一阵骚动。人们七言八语，胡乱猜测得就像搅翻了江。魏强认为窗没动门未开，哈巴狗逃掉是件极不可能的事。但他又深知贾正，虽说脾气暴，说话粗，却是个恪尽职守的好队员。【阅读能力点：哈巴狗的逃脱让赵庆田和贾正很慌乱，尤其是贾正，内心特别愧疚。】

到底哈巴狗怎么逃遁的？人们，连魏强在内，一时都猜不透。

汪霞手提着个不大的小衣裳包，走得很快。天傍小晌午，她已走了八里多路，来到这个小村庄。用手巾擦下脸上的汗，然后才从包袱里将手枪拿出来。正想往腰间掖的时候，就听身旁的柴草垛哗啦哗啦直响。她不由得一哆嗦，立刻警惕地抓起手枪来，身子轻轻地朝柴草垛跟前一贴，眼睛盯住发出响动的地方。"是什么东西待在柴草垛里？"她正在疑惑，忽听柴草垛又哗啦哗啦响起来，跟着，一颗油光闪亮的大秃脑壳顶着杂乱的柴草从垛里钻露出来。

"不准动！干什么的？"汪霞用手枪一指，压低嗓子喝道。柴草垛里的那个家伙身子颤颤抖抖地说："是，是，是，不动！不动！"同时，两只手战战兢兢地举了起来。

汪霞继续用枪逼住对方，命令着："快给我出来！"对方连连答应"是，是，是"，他像个在泥粥里打滚的母猪，鼓蠕了好半天，才从柴草垛里钻了出来。

汪霞上下打量站在面前的人，心里说："这是个干什么的家伙？"的确，对方的长相、神情……样样看起来都不顺眼：长得像个地魔，胖得像个猪，浑身是泥，满脸是土，一双狡狯的小三角眼安在螃蟹盖似的脸上，上身穿着衬衣，下身穿着小裤衩；双腿颤抖，龇着牙"嘿嘿"了两声，这更叫汪霞犯了猜疑。怎么瞅，她也觉得眼前这个家伙不像个好人。

这家伙就不是个好人，他就是从盛牲口的东厢房里逃遁的哈巴狗。他到底怎么逃的？原来，押放哈巴狗的牲口房里的牲口槽旁，有个新挖好的地道口，房东大哥放哨去时，因为忙乱，只用草把洞口苫盖好，却忘了告诉武工队。一会儿，盖在洞口的草叫毛驴踢开，被哈巴狗发现了。他常听警备队员们说："凡是有洞口的就有地道，地道大多能通村外。"这个发现在他说来是个意外，就利用槽腿的棱角来磨捆绑手腕的麻绳。只要功夫深，房梁磨绣针，一会儿就磨断了。

他轻轻地跳进了地道。他怕留下痕迹易被发觉，又伸出手去归拢柴草，将洞口原封堵挡上。【阅读能力点：哈巴狗逃脱武工队束缚的真正原因。】

哈巴狗跳进地道后，连滚带爬、跌跌撞撞地摸索着朝前跑，恨不得一下跑到另一个洞口，钻出村外去。当他的脑袋突然碰到软乎乎的柴草时，忽然一丝丝光亮透过来。这下他高兴得心都要跳出来。"这真是上苍有眼，天不灭曹！"他再不顾一切了，双手紧扒柴草，身子朝外钻。头刚露出来，猛听尖脆地叫了一声："不准动！"这一声，可把哈巴狗的苦胆吓破了。他以为没逃脱武工队的手心，忙举起双手，服服帖帖地连说："是、是、是！"等从草垛里爬出来一瞅，是一个拿手枪的女人，脑子一转："妇女？昨天没见武工队里有妇女呀？"再一回味刚才吆喝中的一句"干什么的？"更觉得这个妇女和武工队是两回事，于是像吃了颗定心丸，立刻由惊恐转为坦然，马上指手画脚地胡诌起来："同志，你这一声，胆小的真得吓破胆，我当是炮楼上下来的伪军发现我了呢，瞧我出的这汗！"他眼角扫着汪霞端平的手枪，低头朝前凑，心想来个冷不防，将汪霞的手枪踢飞，然后再夺过来。

汪霞的警惕性提得比天都高。她退了两步，立眉瞪眼地用手枪朝哈巴狗一点："你别动！"

"哎哎，我不动！"哈巴狗一瞅眼前这个女八路有点儿不太好斗，忙赔上一副笑脸，"同志，当然这也难怪你。不过可别拿我当成坏人。我是……一提你保准知道，我是城里裕丰酱菜园的掌柜。孩子暑假里偷着进山当了八路，宪兵队知道了，非要抓我去顶账，不得已我这才跑出来。刚才望到了伙伪军，怕他们把兜里的钱弄去，就藏到这里了……"哈巴狗嘴里漫天扯谎，眼睛却不时地察看周围。他知道这里不是久站之处，恨不得一下溜进身旁七八丈远的高粱地里去。但是，眼前汪霞的这支枪在威胁着他，同时也吸引着他。他觉得，凭自己的经验，只要能接近，就能把对方的手枪夺过来，转头一想，又觉得立即离开是上策。

"对，好汉子报仇，十年不晚！留着青山在，怕它没柴烧？"他这才果决地放弃了夺枪的打算，一心一意在选择机会准备溜逃。他很坦然地和汪霞说着，忽然，变貌失色地朝远处庄稼地那边一指："哎呀！同志！你看，警备队！"就在汪霞扭头寻瞧的一刹那，他像条黏滑的泥鳅，刺溜，钻进了茂密的高粱地。【阅读能力点：突出了哈巴狗的狡诈、阴险之处，就连汪霞都被骗过去了。】

受了骗的汪霞有心去追，又觉得单人钻入青纱帐，就像鱼儿跳进水，想再捞上来可不那么容易。"这个胖家伙是干什么的？敌人的密探？要是敌人的密探，这村就要出问题！"她背倚柴草垛，瞅望对面的高粱地在琢磨。一阵急促的脚步声从垛后传来："是谁又到这里来了？"她扭头一望，高兴地喊了句："魏强！"兴冲冲地迎上去，魏强张口就问："你没见到这柴草垛里钻出个人来？"

从魏强、贾正、赵庆田、李东山等人严肃的神色上，她明白了刚才在自己面前溜走的不是个一般的人，忙说："看见了，他已经钻庄稼地跑了。"

"跑了多大会儿？冲哪个方向跑的？"

汪霞手指前面的高粱地："就从这儿跑的，时间不长。"贾正二话不说，就带着几个人追下去了。

魏强告诉她逃跑的那个人就是"哈巴狗"。

汪霞悔恨自己不认识这个哈巴狗，也羞愧不该让这个自己已经看出的坏人，在枪下逃脱了。愧悔交加，她的心里像洒上了一层胡椒面，又火、又麻，辣乎乎地疼痛。【阅读能力点：表达了汪霞知道自己放走了哈巴狗之后羞愧难当的心情。】

贾正他们分头在庄稼地里追了半天，也没有追着哈巴狗。哈巴狗的逃走，确实给魏强带来了好大的不安。他知道，哈巴狗逃回据点，只用一个电话，就能从保定把大批的敌人，连老松田在内给勾引出来。为了早做提防，先把情况告诉了村干部，并通知群众做好一切准备；同时他也将部队拉出村，钻进了一眼望不到尽头的青纱帐里。

不过，汪霞送来的这份关于梁邦的情报，却引起了他好大的兴趣。

起晌以后，刘文彬戴顶窝头式的破草帽，裤腿卷过膝盖，褂子在脊梁后头披着，肩背筐，手拿镰，跟在送水人的后边，串着庄稼地走了来，【阅读能力点：通过刘文彬的打扮可以看出，武工队平时的穿着都是极为谨慎的。】见到了汪霞忙问："你的伤口怎么样？看让敌人追的，工作忙的，快三月啦，就没去看过你一眼，真——"他把"真"字的尾音拉长，话也就结束了。

刘文彬是接到哈巴狗逃跑的报告以后赶来的。哈巴狗跑到哪里去了？刘文彬花了整整的一个晌午，派人到各据点里探听，终于探听到了。原来，哈巴狗串着庄稼地一气跑到了梁家桥，到了梁家桥据点里。他吓得再也不敢动弹了。想搭由高阳去保定的汽车回城里，可当天的班车过去了，他只好等待明天。

这个情况，更增加了魏强要在梁家桥上大做文章的决心。刘文彬听了魏强考虑的计划，很满意，又低声细语地补充了一些意见，然后就分头去进行准备工作。

汪霞返回田家桥梁玉环家。玉环和她的丈夫田常兴正瞪大眼睛盼她来呢！

满肚子心事的玉环，见到汪霞像见到救苦救难的活菩萨，攥住她的双手："大妹子，为俺家的事可辛苦了你，你找见了吗？"【阅读能力点：表达了玉环对汪霞的期盼与依赖。】

"找见了，都找见了！"汪霞说着，接过田常兴递给的一碗凉开水，呷了两口，"听到你老娘不幸的消息，上级都挺生气。我又把你的想法一说，都认为你看得远，做得对，愿意尽一切力量帮你们的忙，问题就在你兄弟梁邦那里了！""在他那儿？"玉环一时琢磨不透，两眼傻愣愣地瞅着汪霞。"是在他那儿！"汪霞扳着手指头说，"一来，你兄弟是不是一准回家料理老娘的后事？"

"这个，他是会来的。他不是那种没老没少、忘恩负义的人。"玉环十分有把握地说。

"再一说，他即使来了，咱八路军可该用什么办法接近他呢？即使接近了，能用什么办法把他规劝得弃暗投明，用真心来帮助咱八路军抗日？"

"这个，你更不用担心。我自己当面锣对面鼓地去和他说。俺俩是一奶同胞，他的脾气、秉性我摸得最透。他从小就听我的话。"在这一点上，玉环似乎把握更大。

"玉环姐，你别把事情看得那么简单了。他既不是你背着抱着时候的小兄弟，也不是在家里的梁邦了。他人大心大了。俗话说，跟着啥人学啥人，跟着巫婆会跳神！天天和特务们花天酒地地鬼混，就是成佛做祖的人，也难说他不变心。当然，从他跟夜袭队的几次清剿看来，他还不是那么罪恶深重，所以……"

梁玉环没等汪霞说完，赶忙接过话茬儿来："他呀！别看在夜袭队里应个名，他的心怎么着也变不成块黑炭。大妹子，你虽没见过我兄弟，总有个耳闻，他可不是那钻了脑袋不顾屁股的人！"【阅读能力点：表述了玉环对自家兄弟的信任。】

"就是因为这样，上级才让我找你来共同想办法，把他争取过来。如果能把他劝说得真的改邪归了正，不光他自己跳出火坑，摘掉夜袭队的特务帽子，八路军还要尽力帮助他，给你们死去的老娘报冤仇。"

汪霞在这儿养了三个月的伤，对他们夫妇是摸透了的，也就照直地说："现在中心问题是把你兄弟的工作做好，只要把你兄弟的工作做好，下几步棋就好走了。我跟你一块儿到梁家桥去，咱们共同和你兄弟梁邦见上一面，看看他的态度再考虑怎么做工作。千万别鲁莽了！"

就在汪霞她们出村的时候，梁邦骑着车子，挎着盒子枪，跟着送信的人出了保定城，朝别离两年多的家乡——梁家桥急匆匆地走了来。

还好，今天由于夜袭队没有外出清剿，送信的人一去就找见了梁邦。送信

的人怕老松田和刘魁胜心里起疑,不让梁邦回来,假说梁邦的老娘是黑夜得暴病死的,根本没提让炮楼上鬼子打死的事。

梁邦听到老娘死的信儿,真像有人在头上浇瓢凉水,强压着自己悲痛的感情,到刘魁胜面前去请假。别看刘魁胜是夜袭队长,却不敢做这个主,他忙跑到松田跟前去请示。由于这几个月的清剿,公路上的封锁沟加深了,防务增强了,老松田看看地图,又知道梁家桥紧挨着据点,靠近公路,为了收买人心,就准了梁邦三天假归家治丧,还送了些东西发了笔埋葬费,并且一再嘱咐梁邦,要像模像样地料理丧事。梁邦和他姐姐玉环还没到,家里就热闹起来,不过出来进去的都是些伪乡公所里的人。

去保定送信儿的是梁邦近房里的叔叔。当他陪伴梁邦来到离村三里远的地方,才告诉梁邦他娘死的真实情况。梁邦听说,立刻蹲在公路上大哭起来,一边哭啼,一边责骂:"都怨我,怨我这个混蛋儿子不孝顺,让老娘落了那么个下场。我家去拿什么脸见那街坊四邻?见我的姐姐?……"他近房叔叔好说歹劝,劝了一大会儿才算劝住了。

梁邦从地上跳起,擦擦眼泪,顺公路朝东望去:梁家桥村南据点里的炮楼子,像个高大的望乡台。就是这座炮楼子里的日本人,用枪弹夺去了他母亲的生命。他低头看看腰间的枪,恨不得立刻去报仇。【阅读能力点:梁邦在心里埋下了对日本人仇恨的种子。】

玉环领着汪霞,抛开村南的据点,绕过公路,"娘啊,娘啊"长一声短一声地跟在他男人的背后,啼哭着进了村。汪霞用块羊肚手巾捂住脸,挽住玉环的右臂,也"婶子""婶子"地哭起来。两人互相搀架着一直哭到梁邦家的院里。梁邦鼻涕眼泪地跪迎出来,向汪霞和他姐夫田常兴各磕了个孝子头,而后,陪同着来到他母亲的尸体跟前,又唔哇唔哇地大哭了一场。【阅读能力点:兄妹两人对母亲的死极为心痛,痛哭流涕。】

天黑下来，里间屋的窗户挡上，点上了油灯，帮忙办事的人都回了家。不大的屋子，只剩下四个人：梁邦、玉环、田常兴和汪霞。

汪霞瞅瞅哭丧着脸背靠墙坐在炕边上的梁邦。他中等身材，身子板很结实，古铜色的四方脸上，一双有神的大眼睛，并不带有那种贼溜溜、立眉横眼的特务样。【写作借鉴点：通过描写梁邦的外貌特征，可以看出他是一个正直的人。】外形不能说明内心。汪霞叮咛自己说："不能这样看人。"

"娘的死，你是知道的。六十多岁的人啦，落了这么个下场，你看怎么办吧？"玉环扯起衣襟擦擦滚流不止的泪水，抽抽搭搭地说。

梁邦听了姐姐不凉不酸的这么几句阴阳话，心里像吃了几颗蒺藜豆，扎扎刺刺地疼。他睁大眼睛没奈何地说："怎么办？我又有什么办法呢？"

"你有什么办法？这就看你的心意了。在城里你混着有权有势的差事，谁见了都怕三分。娘拉扯大了你，没沾过你的光，得过你的济，难道有你这样的儿子，平白无故被人家打死了，就一声不吭地两杠子一夹、抬出去埋了算拉倒？要那样，你这做儿的心里过得去？"

"我心里过不去，可又该怎么办？"

汪霞怕墙里说话墙外听，忙朝田常兴丢了个眼色。田常兴立刻朝院里走去。接着，她提醒姐弟俩说："自己家里人说话，将声放小点儿，万一说走了嘴，讲个犯病的话也不要紧。"屋里沉静了好半天，梁邦心里七上八下地乱翻个子。他一根连一根地吸着呛人的纸烟，烟雾塞满了昏暗的小屋。【阅读能力点：表达了梁邦内心的矛盾之情。】"姐，实话告诉你吧，"梁邦将甩到屁股后头的驳壳枪拽到胸前说，"大霞妹子也不是外人，当时我真想钻进炮楼子揳死他几个，给娘报这个仇。可是……"他眼睛一转，问，"我姐夫呢？"

"他到院里去了，有什么话你只管讲吧。"梁玉环说。梁邦摇摇头，出了口长气，坐在炕沿边上自言自语地说："干我这个差事，人不是人，鬼不是鬼，

叫个什么！"汪霞觉得这个时机应该张嘴说话了，欠欠身子，略向前一挪："既然邦哥没把我当成外人，我就插一句。说实在的，俺们村凡认识你的人，都知道你是孝子，如今你又在城里混着有名气的事，要是我婶子这么不声不响地掩埋了，别说亲戚朋友看不下去，就是我，也觉得大不应该。"【阅读能力点：汪霞进行第一步的试探性劝导。】

"看怎么个不应该呢！"玉环接过来说，"你要真的不声不响地掩埋了屈死的老娘，得让街坊四邻笑掉了大牙，当家族门点你的脊梁骨，就是你姐姐我，也难出门见人……"

梁邦烟不离嘴地狠劲吸，两个人的话语像利剑戳着他的心，让他疼痛难忍。今天见到母亲死得这么惨，他确实想上炮楼去拼一家伙。但是，拼了以后，是不是还能出得来？即使是能出来，自己又能到哪里去呢？他朝八路军这边想过，又觉得八路军不会原谅他这样当特务的人，即使原谅他，又怎能立竿见影，拿据点、杀鬼子地替他报冤仇？就说行，又在哪里去找见这八路军？要不等把娘的后事办完，找找村里的洛群。洛群在头"五一"是村农会主任。虽说现在村里有据点，他一定还会偷着和八路军联系的。不过偷着的事，别人很难知道。要是我这样当特务的人去问，保准人家脑袋一摇，说出一百个"不知道"。要不，进炮楼撂倒几个鬼子再去找他？可是，撂倒几个鬼子以后，我……【阅读能力点：通过对梁邦的心理描写，突出了他有向八路军靠拢的心。】

梁邦心里正像走马灯似的不停止地瞎想着，玉环火上浇油地说："看你这五尺高的大男子汉，还在府里混'官'事呢，怎么就掏不出办法来呢？……"

梁邦像挨了一鞭子那样疼。他眨眨眼，很坦白地说："姐，我不是不想办法，我也不是就瞪眼瞅着老娘这么死，可我总觉得我想的办法做不到。你是我亲姐，有什么好办法就尽管说，保准你说到哪儿，我会做到哪儿。"

根据以往梁邦听话的劲头，玉环就想摊牌。她刚要开口："要我说，"汪霞伸手一捅她，她假装嗓子眼儿里有痰，连连咳了几声。汪霞把话接过来："指望妇道人家说可不行，邦哥。主意还是你自己拿，别人参谋参谋倒可以。你不是说你想的办法都觉得做不到吗？你净想了些什么办法！拿出来给家里人念叨念叨有什么关系？"她扭脸又对玉环说："你说呢？嫂子。"

"霞妹说的是呀！你说给我们听听。"

梁邦两眼稍稍一眯，随后，蓦地站到地上。他探头望望黑咕隆咚、没声没响的外间屋，朝他姐姐走近两步，说："要想给娘报冤仇，只有一条道，投八路去。不过，我也为投奔八路犯着愁：一、谁知那八路军在哪儿？二、即便知道了，找了去，人家八路军是否相信我这种当特务的人？……"【阅读能力点：梁邦表达了自己的真实心意。】

梁邦的声音很低，但是，每个字在汪霞听来，都很清楚。于是，对他的担心马上打消了。

"小邦，要是按你的想法，姐我真给你找见八路军，让你为娘报仇投过去，你是不是真愿意？"玉环又向实处砸了一句。"姐，只要八路军信任我，我就投过去！我是个武装特务、夜袭队的人，可我没杀过人、害过命、狠劲地坑害老百姓，我能重新做人，戴罪立功！"梁邦像已经投奔了八路军，他的思想完全在汪霞面前剖白开。

"好，那就实话对你说了吧。"汪霞觉得时机已到，手枪拽出，朝炕上一拍，"我就是八路军。就是为帮助你俩给死去的老人报仇，上级才派我来的。你刚才说的要是假的，那就……"

随姐姐来的这位年轻而稳重的霞妹子，一眨眼就变成个端庄、严峻的女八路，一下把梁邦惊愣住。随后，他又眉舒眼展地笑了。他照旧叫着大霞妹子："我要有一点儿假意，就让我死在你的枪下。"

"我们是为了你，也知道你是真心。等人来了再商量给你娘报仇的事。你

在外头站会儿岗，叫你姐夫屋里来。"汪霞打发梁邦出去，田常兴马上来到汪霞跟前。

"你到木匠洛群家去，告诉刘文彬同志说，这儿的工作一切都顺利，请他来。去了，召唤的信号是……"汪霞说。田常兴说了个"好吧"，扭头走了出去。

在梁家桥，梁洛群是个精明强干（机灵聪明，办事能力强）、心灵手巧的人。庄稼活儿上，耕、耨、锄、耪样样会；春前秋后抹房、垒灶、糊顶棚……件件通。他没有拜师学过木匠活儿，凭自己心钻手勤，学会了做各种木器家具。

虽说洛群是个少言寡语的人，做工作确实有办法。别的不提，就说梁家桥据点里的几个可靠的"关系"，都是他去据点里做木器活儿时发展的；到现在他还在按照上级的指示教育和掌握着他们。【阅读能力点：介绍了洛群的优秀，以及其发挥的作用。】

一切要做的工作安置就绪，天也渐渐地黑了下来。刘文彬和据点里的"关系"——"南山"在约定的地点接上头，任务布置好，来到洛群家。听洛群说，梁邦、梁邦的姐姐、姐夫和一个近门的小姑子也赶来了。他明白汪霞第一步工作做成功了！心里想：如果第二步工作——教育、争取梁邦投诚过来，也做得那么如意就更好了。【阅读能力点：武工队的初步计划已经完成。】

"你看这棺材咱该怎么操持？"洛群盛过了一碗菜粥递给了刘文彬。

"无论怎么着，装殓梁邦他娘的那口棺材不能含糊！"

"要那样，干脆把给我做的那口六寸厚的柏木棺材抬去吧！"梁洛群话是那么说，心里并不真愿意。他觉得用这么上好的棺材装殓特务的老娘，简直是毛驴备上银鞍鞴，有点儿不配。于是不愉快地闹了句："不过，要争取不过梁邦来，给他娘这个棺材就是有点儿冤！"【阅读能力点：表达了洛群对身为特务身份的梁邦瞧不起的心理。】

梁洛群的心情，刘文彬很能够理解，所以也就没再说什么。

吃罢晚饭，筷子一撂碗一推，大门外有人压着声音叫："洛群哥，楼腿修好了没有？"洛群答应着："修理好了！"忙走出屋。工夫不大将梁邦的姐夫——田常兴领进来。

"老刘，汪霞让你过去！小邦的思想和咱一致了！"田常兴兴致勃勃（**兴致：兴趣；勃勃：旺盛的样子。形容兴头很足**）地说。"他呀，只能走这条道！"

在洛群这儿该办的事情办妥了，汪霞在梁邦家里又把工作做得挺应手，刘文彬非常高兴。他扭头吩咐赵庆田："你跟洛群到村南去，把魏小队长他们叫到梁邦家来。"等赵庆田走后，他跟随田常兴急忙朝梁邦家走去。

刘文彬刚到，魏强率领一部分队员也赶到了梁邦家。院子不大，挤满了默默不语的人们。魏强走进屋子，第一眼瞧见的就是身挎盒子枪，面有愧色的梁邦。经汪霞一介绍，他安抚地说："别不好意思，投过来就是一家人。你有困难，政府会帮助你解决；有冤仇，八路军会帮助你报。咱哪儿丢了哪儿找，一定帮你为老娘报了冤仇。"【**阅读能力点：魏强真心又贴心的话语，使人非常感动。**】

魏强的一席话，梁邦听来又亲又甜，心里又感激又惭愧。他朝后退了两步，在地上一趴，咕咚磕了一个头，接着就说："八路军待我恩重如山，我要有个三心二意，让我死无葬身之地！队长，请你指派我工作吧！"说着话，热泪又流落下来。"这样，你才叫尽忠尽孝呢！起来，咱谈谈替老娘报仇的办法。"刘文彬说着一弯腰把梁邦搀起来。

"夜深了，为了遮挡敌人的眼目，你还是带枪到据点里睡觉去。借这机会也可以了解一下情况。假如情况没有变化，你明早八点就回来，咱出殡。家里的大小事情都交给我们吧。请放心，你家的事就是我们的事，决不能有半点儿含糊。保证将老人打点得黄金入柜，入土为安。再说，有玉环姐在场指拨，有不合适的地方也能改。"魏强的话语一丝不苟，梁邦听了只有百依百顺。

梁邦他姐姐玉环，听了魏强的话领情不过地说："你们为俺们家里事，费这么大的心，别说俺姐弟俩，就是死去的老娘，也会在地下感恩知情的。"

田常兴手指梁邦插了嘴："就凭八路军给咱家热心办事的劲头，你更该做出个样子来报答。"

梁邦走了以后，魏强、刘文彬、汪霞、玉环夫妇、老农会主任梁洛群、武工队员们，还有几个抗日积极分子，都锣不敲鼓不响地忙碌起来……

吃过早饭，梁邦挎着他那支盒子枪，蔫蔫地走进自己的家门，由于他跳出了火坑，思想上减去了多年的重担；由于有了给母亲报仇的希望，昨晚那种悲痛、愁闷的阴影，已经在他脸上消退了。他第一眼看到的是停架在院里的棺材。棺材让油漆漆得黑中透亮。围着棺材有不少人，有的戴着白布做成的孝帽子；有的还穿着肥大的孝袍子。昨晚随姐姐来的那个女八路，白布箍头，白衣罩身，穿了身重孝。他们，这些陌生的孝子们都用亲昵的眼光瞅望自己。他和人们点点头，就朝上房里奔。他姐姐玉环右手托着麻冠，左臂抱着个孝袍子走出来："给你，把它穿上！"

梁邦穿起孝袍子，玉环把麻冠戴在他的头上。玉环手里拿针在给他戴的麻冠上缝缀枣大的棉花球时，低声说："昨晚刚过半夜，咱娘就入殓了。棺材是八个头的柏木材，铺的、盖的、穿的、戴的样样我看了个遍，都很好……"

梁邦听他姐姐的口气，对母亲的后事处理很满意，自己也就赞同地说："只要姐姐看着好，那就好！"

姐儿俩正喃喃地说着，魏强穿件又脏又肥的孝袍子走近了梁邦，头戴孝帽的刘文彬也相随着走过来，他将一大张裹着炒鸡蛋的白面饼递给梁邦："吃着说，情况有什么变化？""到我来时，情况没变化。"梁邦咬口大饼，边嚼边说：“昨天从你们手里逃走的那个姓苟的伪警察所长也在。他今天还要陪日本曹长出来路祭呢！”【阅读能力点：梁邦向武工队透露敌军情况。】

站在魏强右侧，也穿件大孝袍子的贾正，听到哈巴狗也要陪着出来，还参加路祭，高兴得真想跳一跳。

"他要路祭，咱欢迎！这倒省得咱闯到里边挨个地寻找呢！"魏强冲刘文彬刚说完这两句逗趣的话，梁洛群声色不动地溜了进来。他将魏强、刘文彬拽到一边："我刚从据点里面来，人们都准备好了，'南山'要我对你们说，鬼子今天要出来路祭小邦他娘，愿你们借这个好机会动手……"

"夜长梦多，现在就行动！"一声命令如山倒。魏强挥动拳头，刚将话说出口，人们立刻忙碌起来。

噼里啪啦，一阵鞭炮响过，十六个头顶孝帽子的小伙子一齐呐喊："起！上肩！"连棺带罩齐抬起来。虽然在秋收农忙的季节里，看出殡的人还不少，大男小女、老人孩子背贴东西山墙挤挤插插站了个满上满，老农会主任梁洛群也挤在看热闹的人群里。

有些多嘴多舌的人，眼里望着嘴里叨咕："梁邦家这么个大事，怎么村里撺忙的没有一个？"

"名声挺坏的，谁愿意帮这个忙！"年轻人回答。【阅读能力点：村民们对梁邦的印象很差。】

"这些送殡、抬杠、搀孝子、撒纸钱的都是哪儿的？"老太太瞅望这起给梁邦家撺忙的生人，小声地问他身旁的儿媳妇。儿媳妇用轻蔑的语气告诉她："鱼找鱼，虾找虾，都是梁邦他那一抹子的呗！"

刚出村南口，搀扶梁邦的魏强故意放慢了脚步，斜着眼睛望望据点东北面的出入口，出入口处高悬的吊桥，像个撒把的辘轳，哗啦哗啦地摆放下来。一个穿日本军服说中国话的人，站在吊桥上连连摆手吆喝："请站站！我们的太君就来路祭。"一个徒手的日本人,领着个穿绿军装的伪警备队长,一个穿黑制服的伪警长,低头垂手,脚步轻轻地走上吊桥。在他们仨的背后,簇拥着一大群不挎刀不拿枪,身着黄、绿、黑色制服的伪军警。他们走近吊桥,都高高地站在桥内防护沟沿上,就像群看热闹的,在看着上司们的路祭及出殡的行列。

贾正斜眼朝吊桥上一瞅,见一个日本人背后有个穿黑制服的紧跟着,断定他就是哈巴狗,不禁心里怦怦直跳。

见日本人走过吊桥,魏强、贾正和梁邦低一声、高一声呜呜哭叫得更欢了。他们的右手都伸到了腰间。日本曹长由伪警备队长和伪警长陪同走近祭桌,恭恭敬敬地刚要冲棺材猫腰行礼,居于中间的梁邦把引魂幡一扔,拽出盒子枪朝日本曹长一点,啪!打他个仰面大朝天。魏强、贾正用枪弹也把陪祭的两个家伙都撂了个大跟斗,躺在地上不动了。

枪声就像信号,砰的一声,棺材头打开了。趴伏在棺材里的常景春,歪把子瞄准了站在吊桥里面沟沿上的鬼子和伪军们,嘎嘎嘎、咕咕咕地扫射开。抬杠的、送殡的、撒纸钱的、赶大车的,都从腰间拽出枪来,参加到战斗里。常景春两斗子子弹射过,爬出棺材,枪背带朝肩头一挎,两手一抱歪把子,眼珠瞪圆,像个金刚似的跟在魏强的背后,随着冲过吊桥的人群冲进了据点。【阅读能力点:武工队率先发起进攻,将敌人打得措手不及。】

敌人被追撵得到处乱钻、乱跑、乱躲藏。有两个鬼子跑去拿枪,刚走近炮楼门,让迎面走来的一个左臂箍白毛巾、身穿警备队服装的,我们的"关系"——"南山"一梭子冲锋枪弹点了名。一心要想捉哈巴狗的贾正,抓住了一个"黑狗",用枪点着他的脑袋问:"你说,快说,哈巴狗在哪儿?""哈巴狗?"被俘虏的这个"黑狗",一下被贾正给问愣了。他露出莫名其妙的眼神,困惑不解地问:"长官,什么哈巴狗呀?我真的没见过呀!"

"胡说,他昨天跑来的,你怎么没见过?"

贾正话说得狠，手头又揪得紧，一下将俘房吓毛了脚。俘房央求地问："长官，我不是跟你撒谎，确实不知道。你告诉我，昨天跑来的哈巴狗是黑的是白的，还是花的，我好跟你一块儿再找去！"

一句话提醒梦中人，贾正这时才恍然大悟。也难怪俘房不知道，一则，哈巴狗不是这个据点的；再则，哈巴狗这个外号，是四乡里群众背地奉送的，他们自己人又怎能知道呢？不知者不怪。贾正撒开俘房说："我说的哈巴狗，是个人的外号，这个人就是黄庄据点的伪警察所长苟润田，他不是昨天跑来的吗？"

"他，他在八点钟路祭以前，坐高阳来的汽车回保定了！""回保定啦？"贾正知道，俘房在这节骨眼儿上不敢撒谎，头上像浇了一桶冷水，心想："好啊，今天又算他交了好运，脱逃了……"

巧妙的战斗，获得不小的胜利。枪支弹药堆成垛，其他的物资算也算不过来。老农会主任梁洛群指挥好多辆大车朝外拉。

人马到齐，胜利品刚运清，高保公路上的东西两头叮当响起了枪声，增援的敌人出来了。

魏强望望浓烟卷裹烈火的炮楼子，率领部队迅速地离开了。【阅读能力点：武工队在本次战斗中大获全胜，收获了不少的战利品，并且及时地撤了出来。】

【学习要点】

本章主要描述了武工队策反梁邦为他们所用，并且对敌人发动了一次战斗，虽然哈巴狗逃脱，但收获颇丰，文中对梁邦的心理描写和动作描写都尤为突出，刻画出了这个人物的内心和情感的变化。

【读品悟】

梁邦为了给母亲报仇而加入八路军，并且不顾一切地为八路军提供敌方情报使武工队大获全胜。我们在生活中如果发现自己犯了错也要及时改正。

【思考探究】

1.梁邦为何弃暗投明？
2.哈巴狗是怎样巧合地逃过武工队的追捕的？

第十七章

名师导读

武工队面对敌人的进攻险象环生,他们是否能突破敌人的包围呢?又是怎样进行反攻令敌人措手不及的?

如果不是高阳开来一辆去保定的汽车,哈巴狗想从梁家桥再次逃出武工队的手掌,势比登天都难。哪知,这辆车救了他的命。等他得知在他离开梁家桥不远,武工队就把梁家桥拿下的消息,吓得头皮连炸了几炸。依他自己说:"这又是上苍有眼,天不灭曹!"

魏强听说哈巴狗回到保定,干上了夜袭队,并不觉得稀奇。不过,他知道哈巴狗当了夜袭队,对保定东南乡,却是个很大的祸害。

"要消灭他,要在他没有发挥作用施展本领以前,想尽各种办法,通过各种'关系'将他消灭掉。"魏强自己默默地寻思着。他扭脸瞧一下靠墙静思的刘文彬。刘文彬的脑子也围绕着哈巴狗在转。他特别想到哈巴狗借地道逃遁的那个小村子,认为那个小村子早晚是哈巴狗立功建勋的一个目标。迟早有一天,哈巴狗会领着夜袭队突袭一家伙。防洪造林、防水筑堤,要防备夜袭队的突然袭击,必须在青纱帐撂倒以前,将小村子的积极分子动员起来,秘密地修改地道;特别是哈巴狗走过的那条线路,出入口都要改,并且要马上改。【阅读能力点:哈巴狗加入夜袭队的这一消息,让武工队立即重视了起来,并开展防范措施。】

他俩交换了意见。在谈到消灭哈巴狗的办法时，魏强磕掉烟灰说道："要能够借刀杀人（比喻自己不出面，借别人的手去害人），指挥敌人自己干掉他，倒省我们好多事。"

"借刀杀人？"与魏强相处一年多的刘文彬，深知他是个智囊，不过，一时还摸不清他要借谁的刀。他睁大期待的眼睛瞅着魏强，意思是让他继续说下去。魏强笑了一下，说出了自己的打算。两人凑近，细声细语地又商量了老半天。

梁家桥是高保公路上的一个重要地方，在武工队端掉据点的第二天，敌人又动手在原地修起炮楼子来。

近来，因为接二连三地打了几个胜仗，战利品获得不少。根据战斗的需要，经杨子曾批准，缴获鬼子的一块带保险壳的夜光表由魏强使用。戴手表，在魏强说来是大姑娘坐花轿，头一遭的事。他一会儿听听机器嚓嚓嚓的响声，一会儿看看秒针突突突地飞快行走。对手表的喜爱，并不亚于对驳壳枪和那支装在浅绿色笔套里的橘黄色的钢笔。

"小队长，我回来了。"门帘一挑，贾正从外面走进来，张嘴就报告，"今天，我见到队长了。前天张保公路上枪响，那是二小队把卧马庄的炮楼子端了。八个'黑狗'，二十一个警备队员，都乖乖地做了俘虏。他们这次战斗，不但得了武器弹药，还得了一匹膘满肉肥的枣红色大洋马。"魏强接过贾正手里的信，贾正抽着一支烟卷，继续对人们说他的见闻。

"……咱缴的那挺小歪把，二小队使了使，可得呢！哎，赵庆田、李东山，你俩上回在梁家桥捉的那两个日本俘虏，眼下还跟着队长他们哪！他俩见了我，准是有那一面之交（只见过一面的交情。比喻交情很浅），还冲我点点头。"

赵庆田对两个俘虏的未能及时送走，感到很惊讶："噫！怎么队长还老带着这俩家伙，说个话也不方便。"

"说话倒不用发愁，眼下有两个翻译跟着呢！一个是韩干事，他又从分区回来了；还有一个日本朋友，说是反战同盟支部的，叫小林，也是才从分区来的。有他俩跟日本俘虏做伴谈话，队长也就不用操心了。听说，经过这些日子的教育，两个俘虏大有转变，开始反对侵略战争，咒骂他们的长官了。"【阅读能力点：两位日本俘虏被成功策反。】

魏强脸上挂着笑容，自言自语地说："这一来，咱又多了两个同情咱们抗战的日本朋友！"

"是呀！他俩一个是旗语兵，一个是机枪射手。那个机枪射手天天热心地教二小队的祝文华射击技术。咱是正义战争，即便是敌人，只要能利用一切有利条件做思想工作，同样能攻动对方的心。现在继续谈咱执行的任务。这趟任务关系到冀中八百万军民吃饭、穿衣和对敌斗争的问题。执行当中要行动诡秘，动作迅速，遇事沉着。咱们今天路途不远，拾掇好，过张保公路，到之光县田家桥西南你们经常存放东西的那个小村子上宿营。到了那村，把你们去年缴获的日本军服取出一部分来。一人穿一套在里头，一来，天气越来越冷，大家穿上遮遮寒；二来，剧社的路社长在上月来信说，他知道咱打了几个胜仗，如有可能，在胜利品里挑些鬼子军服给他们演戏用。回分区，咱换上冬装，就将鬼子军服给剧社撂下好了！"

别看魏强不是文艺人，对剧社却有深厚的感情。今天听说剧社想要东西，从心里愿意尽力帮忙。他毫不悭吝（一点儿也不小气）地说："要么着，把那战刀、长筒皮靴都给他们捎着，那一堆皮鞋、钢盔、绑腿，还有装行李的大牛皮背包，也给挑点儿带着。"

熟路熟村，魏强的小队担任前卫，刚过半夜就赶到了上次哈巴狗借地道逃跑的那个小村子上。

这个小村子，从哈巴狗借地道逃跑以后，就根据区委的通知，很快将地道的路线、出口、入口做了修改。

敌人在平汉线上确实集结了重兵，要对路西的一、三、四分区搞一次扫荡。进山扫荡以前，为了清除背后八路军的骚扰、牵制，再加上宪兵队长老松田的请求，就秘密地调集兵力，对高保公路以南、张保公路以东的之光边缘地区来了一次突袭性的大清剿。【阅读能力点：日军发起了新一轮的攻势。】

这次规模不小的清剿、扫荡，是分东、南两路来的。夜袭队这次也分成了东、南两路来配合。南路敌人，由宪兵队长松田少佐率领，坐汽车到大冉村，而后由刘魁胜带路直突西王庄；东路敌人夜间出动，闭上汽车灯光顺高保公路来到梁家桥，再由哈巴狗和几个夜袭队员领路奔袭小村子上。要哈巴狗跟随这一路来，任务是破坏小村子的地道。哈巴狗觉得破坏小村子的地道是个蛮有把握的事，也就自告奋勇地来了。

对哈巴狗，老松田开始是十分赏识的。是他提议对武工队要缓、软、硬兼用；黄庄村东渡口设伏被打，是他领人接济的。老松田总觉得哈巴狗经验多、阅历广，是个胆大、有办法的人。尤其是能借八路军的地道逃跑，更觉得他真有点儿了不起。【阅读能力点：松田很看好哈巴狗。】可是，后来一连接到几个有关哈巴狗的秘密情报，都是关于哈巴狗怎样逃回保定的内容。有的说："哈巴狗是武工队暗放明逃的！"有的说："他是接受武工队的任务回来的。"有的说："放他回来的目的是来搞反间计！"这些情报，就是刘文彬和魏强的"借刀杀人"之计。情报一份连一份，闹得老松田也就逐渐怀疑起来："难道他真的有鬼？要不，为什么情报都这样说？""他能借地道逃走，地道的秘密他怎么会知道？""武工队个个像人精，从他们眼下逃出，那不是猴嘴里掏枣，虎口内走人？""他怎么就能逃出这个老虎嘴？""为什么在梁家桥陷落的前十几分钟，他像知道似的又离开那危险境地？"一个问号连一个问号，个个问号他都没有找出个答案。"有鬼！有鬼！"在他的心里初步得出这么个结论。【阅读能力点：魏强和刘文彬的计策起了初步成效，松田开始怀疑哈巴狗。】为了要证实他的这个结论，他准备在实践里看看这个浑身带有"鬼"气的哈巴狗，怎样和武工队勾串一起来捣"鬼"。他处处留心，连根汗毛都没动他的。

这次突袭性的大清剿，老松田想试试哈巴狗，又怕在"试"的当中上了当。在这种想吃怕烫的矛盾心情下，就分配哈巴狗给东路清剿部队带路，直奔小村子去破坏地道。

哈巴狗当然不知道松田肚里的鬼胎。他所知道的只是这次要跟随上千名皇军，还有警备队的两中队人马，一齐到自己借地道逃跑的那小村子去清剿、去破坏地道。他认为这是旗开得胜、马到成功的事，所以一路上都是高兴得咧着嘴笑。

一个八路军的战士，必须具备"举枪能打、端饭能吃、拔腿能走、躺倒能睡"四个条件。魏强和他的战友们都是这一类的人。他们正睡得香甜，哗哗两把沙土撒到了纸糊的、漆黑的窗户上。这个不太大的响动立即震醒梦乡里的人们。人们敏捷地、一声没出地从炕上爬起来。魏强这时已溜出了大门，爬到哨兵据守的高房上。

"小队长，你听村外像有动静！"哨兵轻声地说。

魏强没言语，趴在房顶上，瞪大眼睛地注意空旷、沉寂、黑纱遮盖的野外，那儿并没让他察觉出一点点秘密。眼睛没能察看到，耳朵却听到了。在村外极远极远的地方，隐隐地传来一阵忽有忽无的音响，这音响忽而从东传来，忽而在西出现。好像四面八方都有，又好像开玩笑似的消散在四面八方。【写作借鉴点：通过描写一丝声响渲染可疑的气氛，像暴风雨之前的宁静一样紧张。】

"去，快去报告队长！"魏强眼珠射向漆黑的远方，小声地命令身旁的哨兵。

队长杨子曾轻轻地爬上房顶。魏强在他耳根下叽咕了几句，他也默默地察看远方，判断情况。

一个刚派出的侦察员回来了，急忙向杨子曾报告："队长，是敌人，敌人把村北的有利地形都占了！"

又一个侦察员来向杨子曾报告情况："我爬着溜出村东口，发现场边的坯垛、草垛后面有鬼子叽叽哇哇乱说话。"去南面、去西面侦察的人员，也都先后跑来报告发现了敌人。

从听见的音响到侦察来的实情，都说明小村子面临着危难，武工队被敌人团团包围了。【阅读能力点：武工队发现敌人已经包围了自己，形势非常危急。】

严重的情况像磨扇般地压放在人们的心头，人们的视力都集中在队长杨子曾的身上。杨子曾的心情自然比旁人沉重。他的面孔一时严峻得像尊神，沉吟了一下，闪动着两只发亮的黑眼珠小声地说："都到房下去！"

屋顶上，只留下一个哨兵，继续监视四方的动静。

屋檐下，杨子曾对魏强、蒋天祥说："敌人来了，看样子力量不小。"说到这儿，二小队长蒋天祥插了两嘴："那就执行我们的后一个方案，不敲锣不打鼓，趁天不明钻进地道溜出去！"

"不，根据眼下的情况，我不同意这样做。"魏强摇晃着脑袋表示自己的态度。

"为什么？"蒋天祥有点儿不解。

"看样子敌人的兵力是不小。敌人为什么要用偌大的兵力来这村？我认为不单是为了我们，还为了破毁这村的地道，对付这村的群众。哈巴狗在这村借地道逃跑以后，我们就估计会有这一天，但没料到，敌人筹划那么长时间。眼下，我们不能抛下正在睡梦中的群众，借地道偷偷溜走。要争取在天亮以前，通过地道将全村的人都输送出村，然后我们再走。这是我们的责任，我们必须这样做。不然，就要犯罪。"【阅读能力点：武工队在危难关头还在想着保护百姓，这种无私的精神令人感动。】

蒋天祥没有作声，只瞅杨子曾，意思是说："队长，你的意见呢？"

听过魏强对情况的分析，杨子曾认为在艰苦斗争中，魏强已经锻炼成了一个有远见、有判断、有分析能力的年轻指挥员了，心里自然高兴异常，立刻表示态度："就按魏强同志的意见处理。"他手指魏强："你带上两个人赶快喊起村干部，通过他们召唤群众下地道，由你负责带出去。等掩护群众出去后我们再走。事情要在天亮以前妥善地做完。"

魏强带上赵庆田、贾正走后，杨子曾立刻带起队伍，静悄悄地借着"三通"的上、中通，绕到临街的一座高大的、有女儿墙的砖平房上。这座房子是能俯瞰全村的一个顶好的制高点。

魏强、赵庆田、贾正分头叫起村干部，赶忙利用"三通"的中通，串家走院地通知熟睡的群众赶快下地道。一传十、十传百，在生死关头上，群众不声不响地抱孩子、搀老人地由地上迅速地转移到了地道里。一盏盏小豆油灯都在地道的要冲处点着。人们都紧绷着脸蹲在地道里，大气不出地等待干部们的命令。为了宽慰人们，魏强神态放得非常缓和。他笑着和人们说："别怕，蹚道的人们一回来，咱们就走！有我们在不会出错。"【阅读能力点：魏强稳定人心，让群众安心。】

赵庆田和一个年过五十的村干部，大猫腰地走到魏强跟前，"小队长，西面的洞口没指望了，敌人已经……"赵庆田生怕群众听到更不安，凑到魏强耳朵底下说，"……已经在洞口周围布上了好多岗哨！"

魏强心头不自主地抽搐了一下。他两眼瞪圆，嘴唇抖动着，没言语。【阅读能力点：通过对魏强的神态描写，突出他此时内心也非常紧张。】

眼前，唯一能走出去的是东面假坟丘那儿的洞口了！片刻，贾正匆匆从东面跑来。

"小队长，你带上人跟我快走！"贾正扯拽衣袖抹下头上的汗，"我拽开地道口朝四外看看，黑咕隆咚的什么也没有！"魏强冲背后呆坐静望他的村干部说："朝后转，大伙儿不要说话，跟着走！"

"这个地道口和哈巴狗钻出的那个地道不一样，出去朝南，就是东西大道沟。"贾正边走边给魏强介绍。一个坡坎挡住路，贾正说："到了！你站下，小队长。我再上去瞧瞧！小心没大差。"他爬近地道口，轻手轻脚地拽开安在假坟丘子东墙上的小四方门，慢慢地伸出头去张望。当他眼瞅到北面，像触了电般地赶忙将头缩回来。右手飞快地拔出腰间的驳壳枪。"怎么一眨眼给布上个岗？这……"借拽开的门缝朝东望去，启明星悬挂在高空，天，这就要亮了！

贾正懂得：当前最宝贵的莫过时间。责任心促使他再次将头探出去，见一个全副武装的鬼子兵，正紧贴假坟丘子的北墙根，头西脚东像条张嘴等着噬人的鳄鱼，端枪趴伏在地上。贾正小心地环视一下周围，附近并没有另外的鬼子兵。"贾正，时间不允许。没有情况就快……"魏强带领群众爬上来催促。

贾正心头一哆嗦。他将钢牙一咬，脑袋点着说了声："好！"将驳壳枪朝腰间一插，像只狸猫，敏捷地跳出地道口，没容鬼子兵扭过头来，他的屁股早骑坐在背上，同时，钢爪般的十根手指，狠劲地掐住鬼子兵的脖颈。由于用力过猛，鬼子兵手刨脚蹬用力挣扎了几下，眼睛、鼻子里冒出血来，再也不动了。

【阅读能力点：形容贾正的战斗本能极好，对敌人毫不手软。】贾正喘了一口粗气，回头望去，见魏强正蹲伏在地上指挥着群众不声不响地走出地道口，又向南拐进多半人深的东西道沟里。

贾正拽过死鬼子的步枪，纵跳到魏强跟前："赵庆田呢？""他叫队伍去了！"魏强用焦急的眼神送走了最后一个逃出敌人包围的群众，望着出现鱼肚白色的东方，恨不得队伍马上出现。【阅读能力点：表达了魏强对队伍的担忧之情，怕队伍陷于危险的境地。】他出了口长气，说："贾正，来！把死鬼子架到丘子里去！"死鬼子被架进丘子，他又忙对贾正说："我再去趟，你守在这儿，防止暴露，不到万不得已（表示无可奈何，不得不如此）不要打枪！"他说完，跳进地道走了。

贾正弯腰摸瞎地解下鬼子身上的弹盒，急忙扎在自己腰间。丘子外边传进"哇啦哇啦"鬼子的叫唤声。"鬼子们来了，看脚印会发觉！"他想到天将亮，脚印多，知道要出事，忙朝地道的深处走了走。刚走进几丈远，叽里咣啷的拆砖刨瓦声在贾正背后传来。

鬼子拆毁了假坟丘子。部队再想从这里走出去，已经不可能了。

一股难闻的、辛辣的味道钻进贾正的鼻孔，贾正不自主地咳嗽起来，脑袋发胀，眼泪滚出。"毒瓦斯！"贾正敏感意识到这点。顺手扯掉箍头的毛巾，快速地掖进裤裆里，撒上小便。跟着，又拿出热乎乎、湿漉漉的毛巾捂在嘴和鼻子上。【阅读能力点：证明贾正的经验丰富，分辨出毒瓦斯后立即做出反应。】

"喀喀喀！喀喀喀！谁？"对面传来急促的咳嗽和简短的询问声，是魏强。

"小队长，"贾正跑过去，一眼瞧见杨子曾也在，忙说，"地道口被敌人发觉堵住了，还放了毒瓦斯！"

"走！朝回返！回到村里想办法！"队长杨子曾果断地把手一挥。

人们抛开地道，再次爬上村里唯一的制高点——临街的那处有女儿墙的砖平房上。

天亮了。

"瞧，敌人的信号！"魏强望到西面的天空，升起颗贼亮的火球，指点着说。他的话音刚落，枪声像刮风般地在村子的四周叭叭叭地响起来。分辨不出点来的枪声里，时而夹着几颗小炮弹。一阵剧烈的、较长时间的枪声响过，刹那

间，又化为一片沉寂。沉寂得让人浑身抽搐，心头颤抖。【写作借鉴点：进行环境气氛的渲染，凸显了战争的紧张气氛。】

"从敌人的包围形势看，像是发觉了我们；从刚才的火力侦察上看，又像是不知道我们在这村。即便知道，由于我们一枪没还，他们也不知道我们在哪个角落里！"【阅读能力点：杨子曾以自己丰富的经验判断敌人的行动来进行分析。】杨子曾伏在房顶上判断着敌人的行动，接着，低声地传："大家注意，敌人沉静一会儿，恐怕就要进村搜索！"

果然，杨子曾看对了。三个一群，五个一伙，敌人组织了冲锋小集团，从东、西、南三面，端着上有刺刀的步枪，猫腰快步地奔村里走来。进了街，有的仰脸侦察房上，有的伸脖窥探胡同，有的操操老乡紧闭的大门。东、西、南三面进村的敌人，慢腾腾地在村子的十字路口会合了。大约有一百多个，都是鬼子。

隐蔽在女儿墙后面的武工队员们，枪口瞄向在街中心会合的敌人，都盼望队长杨子曾尽快发出射击的命令。队长杨子曾却像等待着什么，仍沉住气地东瞅西望，迟迟不开口。一个大背枪的鬼子，一手举着一面红白各半的小旗，面向北，上下左右地摆了几摆。杨子曾望到这，紧喊："请小林同志、韩干事和那两个日本俘虏快上来！"【阅读能力点：杨子曾想到了对敌的策略。】

反战同盟支部的小林、敌工科的韩干事，带着在梁家桥捉的两个日本俘虏，爬上房顶。"什么事，队长？"韩干事问。"请你告诉那位会旗语的日本朋友，让他看看下面敌人摇晃旗子的意思是什么。"日语流利、年轻健谈的韩干事，把话翻译过去。会旗语的日本俘虏，眼睛立刻盯住了十字路口摇摆旗子的敌人。待敌人又打过一阵旗语，他忙扭头对韩干事说了一阵。韩干事对杨子曾说："他说，那个打旗语的敌人，是在召唤北面所有的日本军队都到这里集合。"

杨子曾刚把视线移到北面，在高高的金线河堤上，立刻出现了一个摆着两面同样小旗子的敌人。

会旗语的日本兵又说了一串日语,韩干事翻译道:"河堤上的敌人回答:防务移交给警备队,马上就来会合!"

杨子曾眼望着北面,心里思摸:"看来,北面的敌人剩下的都是伪军了……"【阅读能力点:杨子曾通过翻译的旗语判断战场的形势。】

一个中队的鬼子兵,走成三路纵队,打着一面膏药旗,耀武扬威地跑步来到村北口,脚没站,步没停,一直走进了村。大皮鞋吭吭吭的声音,比牲口刨槽的劲头都大。敌人越走越接近常景春那歪把子的射击圈,他就越按捺不住了,低哑嗓门儿地问杨子曾:"打不?这回要打,一扫一溜胡同!"

杨子曾没言语。

"队长,东面窑疙瘩上的敌人也看清楚啦,有机枪,有掷弹筒,抠他两炮吧!"胡启明手握八八式,也不耐烦了。他低声向杨子曾请求。

杨子曾抬头朝东面瞥了一眼,照旧没有吱声。

李东山用肩膀撞了一下身旁的贾正,意思是让他张嘴来个第三次请求。贾正偷瞧杨子曾一眼,杨子曾的严肃神态,吓得他舌头一裹,滚到唇边的话咽回肚里去了。【阅读能力点:突出了杨子曾的领导能力,不怒自威。】

"魏强,你领十个人,都带上集束手榴弹,要快,秘密地移动到那边!"杨子曾不慌不忙,半蹲半坐的,指着南面靠近十字路口的一座小平房,"听到枪响,猛朝敌人甩手榴弹!"

魏强率领十个人,像闪电般地朝杨子曾手指的方向蹿了过去。杨子曾向胡启明说:"对准窑疙瘩上的敌人,你要用两发炮弹打中他!"

从村北来的敌人,没受一点儿阻拦,在武工队的几十支枪口下趾高气扬地走了过去,走到十字路口和先到的部队会合了。

在房上运动的魏强他们,也未露形迹地来到十字路口的上方。

十字路口,疙疙瘩瘩地挤了一大群鬼子兵。他们个个立正、扬颔地听一个站在碌碡上身穿草绿色呢衣的军官讲话。"你俩给我瞄准那个军官!"杨子曾向贾正、李东山说。他俩的枪口立刻瞄向了鬼子军官的脑壳。

杨子曾手掌狠劲地朝下一按,高喊了声:"打!"

随着焦脆的啪啪两声枪响,鬼子军官一头攥在了地上。当鬼子们扭头想要察看的一刹那,魏强他们很大方地甩出了集束手榴弹。集束手榴弹的咚咚爆炸声,震得村里房颤屋抖,炸得鬼子兵血肉横飞。

常景春和二小队的机枪射手祝文华,随着集束手榴弹的爆炸,两挺歪把子嘎嘎嘎咕咕咕地叫起来。鬼子一片片地倒下去。

敌人遭到这样猛烈的火力打击,知道遇上了劲敌,忙撤到村外,稍将部队一整理,立刻开始反击。顿时,像火药库在爆炸,又像刮起了狂风,炮弹一颗又一颗地朝武工队的阵地轰击,密集的子弹啾啾地嘶叫着横扫武工队的前沿。【阅读能力点:敌人发起了猛烈的反攻,真正的战斗现在才开始。】

激烈的战斗开始了!

刚才,让一层轻纱般的薄雾笼罩的小村子,现在,又覆盖一层浓烈的烟火。百十户人家的小村子,到处充满了呛人的火药气,它完全让浓烟烈火吞噬了!湮没了!

环境不让人,时间更不让人。杨子曾明白部队所处环境的险恶。这里,离保定不到二十里;这里,过河五七里地就是高保公路;这里,让敌人包围了个严丝合缝;这里,敌众我寡兵力太悬殊;这里……他一面指挥战斗,一面盘算突围走脱的办法:突围,硬拼着朝外突,敌人的火力强,会造成很大的伤亡;不硬突,又怎么办呢?……一阵冷风吹来,掀起几个队员的衣裳角,露出了穿在里面准备回分区后交给剧社的鬼子黄色军服。他见到军服,双眉一皱,心头立刻出现一条妙计。他决定要在这军服上做一篇从没做过的文章。他摆手把通信员小铁叫过来,在他耳根下咕哝了两句,小铁蹦蹦跳跳地奔向了魏强的阵地。杨子曾回头又和二小队长蒋天祥谈了谈,立刻带领着两个日本俘虏走下了房,反战同盟支部的小林和韩干事也都急忙地跟了下来。他面对韩干事、小林说:"眼下的情况很严重,为了免受伤亡,安全地突出去,我决定采取这样的行动……"杨子曾将自己的决定摊亮告诉了他们,末后,他手指一个日本俘虏继续说下去:"能不能成功,这位懂旗语的日本朋友起着决定性作用!你们将我们的行动告诉他,看他有什么意见?这事不仅关系到我们的安全,也关系到他们两个的生命。"

韩干事像连珠炮般地将杨子曾的意图全部告诉给小林和两个日本俘虏,再加上小林同志在旁边帮助解释、鼓励,两个俘虏连连点头,并伸着拇指,吐着生硬的中国话:"杨队长的办法顶好!""我的旗语蛮会,一定按照队长的命令做!"

小林同志仔细地检查过人们的化装,也向杨子曾提议:"走出去,一定得打起一面太阳旗!"

联络旗、太阳旗,以往人们缴获了,都当成破布片子扔掉,有谁来保存它?今天,它却成为化装突围中两宗极不可缺少的重要工具。

四外,枪声、炮声施放得就像火山崩;军号声、呐喊声,也从村子的四外传过来。显然,敌人又准备发起冲锋了。在这危急的时刻,杨子曾一眼瞅见了李东山,立刻想到他是个什么东西都愿意收藏、保存的人。听人们说,在他的"万宝囊"里能找见许多稀奇古怪的物件,难道联络旗、鬼子的膏药旗子他也能收藏起来?时间不等人,忙叫道:"李东山,你收藏着日本旗和打旗语用的红白两色旗子了吗?"

"收藏着啦!"李东山把话说完,就从他的"万宝囊"里把两宗物件——联络旗、太阳旗拿了出来。【阅读能力点:李东山的收藏癖好起到了重要作用。】

没打算到的偏做到了。杨子曾一见自己刚才犯愁的事,没费一点儿力气,

191

就让李东山解决了,真是又高兴又感激,赶上去忙和李东山握握手,当时,把李东山闹了个大红脸。

两面红白各半的联络旗子,又回到会打旗语的日本俘虏手里,他找了两根棍棍穿绑上,巴望杨子曾开口,下达命令。"你告诉他……"杨子曾向韩干事低声说了几句,韩干事用日语马上告诉了日本俘虏,日本俘虏点点头,立刻和韩干事再次爬上了四面受敌的砖平房。他将钢盔朝眼眉下戴戴,立刻左右上下冲东、西、南三面敌人摇摆起手里的小旗子。一边摇摆,一边还用日语"哇哩哇哩"地高声呐喊。他的这一行动,对敌人简直就像是发布的号令,四周的枪声由激烈逐渐稀疏下来,而后,完全停止了;跟着,敌人便断续地嗥叫起来。他又大声地用日语说了几句,忙和韩干事下了房。会打旗语的日本俘虏在房顶上的大声叫喊,杨子曾确实有点儿不放心,等他俩跳下了梯子,紧问韩干事:"他在房顶上喊叫的是什么?"

"他说,这个制高点被控制了,八路军被赶到了村子的南头,请迅速包围、搜索、歼灭掉!"韩干事说。

"敌人嚷叫的是什么?"

"敌人回答:'知道了,马上执行!'"

"敌人南头搜索,咱在北头出村!把房上的几个人都撤下来!"杨子曾怕人们不小心,遇上敌人露了马脚,叮嘱,"我们现在要冒充鬼子混出去,只要我们混过了金线河,越过了高保公路,就什么也不怕了。遇上敌人要沉着、警惕,谁也不准说话,一切都由韩干事和日本朋友们联系。魏强,你们担任前卫,马上出发!"

魏强将贾正清晨在地道出口缴获的那支三八大盖哗啦一声,推上了顶膛火。贾正将李东山当包袱皮用的那面三尺见方的太阳旗展开,绑在马步枪上,连枪带旗朝肩头一扛,朝下按按钢盔,和赵庆田、魏强并肩走出这家砖平房的大门。他们仨的背后是韩干事、会打旗语的日本俘虏。部队也都肩扛三八步枪,迈动穿有日本军皮鞋的两只笨脚,吭噔吭噔走出来。身体衰弱的杨子曾假充日本军官,骑着在卧马庄缴来的准备送给分区首长的枣红色的大洋马,气魄挺足地夹在部队中间,小林同志、张司务长、通信员小铁、卫生员小魏,还有小秃,都排成队走在杨子曾马前。武工队这一变,已成为一支地地道道的"大日本皇军"军队。不知底细,不去交谈,休想一下识破。顺着弯曲的小胡同,他们刚走到村东口,村东窑疙瘩上的敌人立即用红白各半的联络旗子发出询问的信号。魏强朝后给会旗语的俘虏丢了个眼色,日本俘虏纯熟地将手里的小旗轻轻一摆,真比吃仙丹妙药都灵,窑疙瘩上的敌人再也不理睬了。【阅读能力点:武工队员们集体冒充鬼子,混淆敌军视线,以假乱真地混了出去。】

贴着村东的一溜东山墙,他们大摇大摆地来到村北面,一直朝正北——金线河堤蹽过去。他们头上戴的钢盔,安在枪上的刺刀,让升起来的太阳照得一闪一闪地反着光。绑在贾正枪上的那面太阳旗,让越刮越大的西北风吹得啪啦啪啦响。金线河的河堤离他们越来越近,小村子离他们愈来愈远了。

魏强紧迈脚步,盯住河堤。他估计河堤上一定伏有敌人,也为应付敌人做着准备。果然,离河堤二百米远的地方,两面红白各半的联络旗子在迎面的河堤上摇摆起来。"这可需要在敌人的面前通过了!"魏强心里思摸。会打旗语的日本俘虏顺手又摇摆两下小旗。就这么两下,伏在堤坡上的敌人不但不再过问,反而大放宽心地站起来。大约有百十号人,都是警备队员。

真是真,假是假。大家一见这么多手持武器的敌人站在居高临下的河堤上,心里又像绷紧了弦。个个精神紧张地握紧了枪把,食指贴住扳机,大有甩枪就打的劲头。

大家的这种紧张心情,杨子曾在马上一眼就看透了,他低声前后传:"镇静,这是伪军,好对付!"他的话,好像一副镇静剂,立刻赶走了大家的不安,

个个又都泰然自若、旁若无人地挺起胸脯，大步地走起来。

　　骑在马上的杨子曾神态非常傲慢，对站在堤顶上行举手礼的警备队长，连瞅都没瞅就过去了。【阅读能力点：形容杨子曾模仿日本军官非常像。】警备队长见到"皇军"不言不语地走了过去，想问什么，又有些不敢；不问又怕担责任。末后，还是硬着头皮跑着跟在杨子曾马屁股后面，吞吞吐吐地问："太……太、太君，你们这是到哪里去？"杨子曾装作听不懂的样子，朝前面喊了两句："韩，你的！"韩干事扭头望下杨子曾的表情，顿时领悟他的意思，立刻充作"翻译官"，朝警备队长说："奉上级令，我们这是到河那边执行一个紧急任务去。太君说，叫你们好好在这儿监视村子，防备有什么变化。"说完，点点头随大队人马走下河堤。警备队长本想再问一下执行什么紧急任务，又见在自己面前走过去的这一队皇军，是那么威严，自知再问也不会有什么作用，说不定惹起了日本人的火气，还会遭到一顿训斥，因此，要开的口也就闭上了。他像个缺心眼儿的傻子，瞪着灰暗、无神的眼睛呆望着，一直望着魏强他们蹚过了金线河，爬过了对岸的堤顶。

　　负责到小村子上清剿的这一路鬼子的指挥官龟尾少佐，来前，以为不费吹灰之力就能彻底破坏了地道，抓捕大批的青壮年，圆满地完成上司安排的任务；没料到，如意算盘打错了，让伏在村里的武工队没头没脑地揍了一顿。这一顿狠揍，不光部下死伤了四五十名，他在金线河堤根的指挥所，也吃了一颗炮弹，自己也被炸断了左臂，心里好不窝火。过去，他对武工队并不了解，但是，他觉得今天和他对抗的这部分八路军，火力如此猛，斗志如此强，是他在河南打遍了汤恩伯的军队一次也没有见过的。【阅读能力点：从敌人眼中侧面烘托出武工队的神勇和骁勇善战。】而今，偏偏在"确保治安"区里，在保定的大门跟前碰上了。这是怎么回事？他挖空脑子也没琢磨透。

　　"武工队！"哈巴狗喊了一嗓子。龟尾少佐一听到"武工队"三字，老松田告诉他的什么"武工队给他个暗放明跑""是让他逃回使反间计来的"等话语，都重新在他的耳边响起来。"管你什么反间计，眼下用你先实现我肚里的计！"他将牙齿一错，装模作样地逼问："武工队，你的清楚？你怎么知道他们是武工队？他们用什么信号告诉的你？你的快说！"

"哎呀，太君，我怎么能知道他……他……他们的信号……"哈巴狗察觉到龟尾少佐在没错找错，朝中国人身上撒气，又不敢大声申辩，只得笑脸相迎地答解，"是我多年和武工队打交道知道的！嘻嘻嘻！"心里却生怕出意外。

"什么信号的不知道？打什么交道知道的？今天，你的事情我的统统明白。是你，和武工队勾结到一起；是你，让村里的老百姓统统地秘密逃走了；是你，让皇军大大的不够本；是你，让我受了伤，是你……"【阅读能力点：表明龟尾已经相信哈巴狗与武工队勾结在一起了。】龟尾少佐每说一句，朝前迈进一步；他每朝前迈步，哈巴狗就浑身颤抖地朝后退。从龟尾少佐青筋暴露的前额上看，哈巴狗知道他确实发了大脾气，吓得浑身发抖、语无伦次："太君，不，不，不，你说的是，是，是，是我……我，我，我不敢……"

哈巴狗生怕面前的这位龟尾少佐拔刀、抽枪，他的两眼始终没离开对方的两只手。

突然，村里——武工队控制的制高点上出现了一个旗语兵报告："八路军被赶到村子南头，这里占领了……"龟尾少佐一见，心里好不高兴，他立即命令所有部队朝村庄南头运动。各路部队诚惶诚恐、战战兢兢地来到村子南头，费尽九牛二虎之力，把砖头瓦块都查尽搜遍，也没发现八路军的影。

【学习要点】

本章主要叙述了日军围剿武工队，武工队不仅利用自己的聪明才智逃脱了出来，而且保护了人民群众的生命安全。战斗场面描写得紧张、激烈，让人看得酣畅淋漓，叹为观止。

【读品悟】

武工队在绝境之中也不放弃希望，急中生智，伪装成敌人成功突围出去。我们在任何绝境中也不要放弃希望，车到山前必有路。

【思考探究】

1.武工队通过什么办法逃过敌人的追捕？

2.日军觉得谁跟武工队勾结在一起？

第十八章

名师导读

　　武工队的一部分人员被敌人包围，村民们因为不愿出卖武工队而遭到敌人屠戮。但是汪霞与刘文彬还是遗憾被捕。敌人是怎样抓捕到汪霞与刘文彬的？村民们对武工队员们进行了怎样的掩护呢？

　　武工队被鬼子包围在小村子的那天拂晓，老松田带领几百名鬼子，还有一大部分夜袭队，也将西王庄严严地包围起来。

　　敌人这次袭击的规模较大，行动突然、诡秘，有目的地先奔袭、后清剿，确实给之光边缘区的人们来了个防不胜防。和魏强分手，来西王庄召开会议、布置工作的刘文彬和汪霞，一切安排妥当，将人们打发走，决定稍眯缝下眼，然后朝东王庄转移。

　　鸡唱三遍，天近微明。刘文彬轻轻地在外间屋咳嗽了几声，河套大娘急忙推醒了在身旁沉睡的汪霞。

　　这是个发生情况的时候。大娘很不放心，跟在汪霞背后走出住屋，不断地嘱咐他俩："走黑道，你俩也别大意。耳朵、眼睛要多管些事，出村进村，周围左右要听听，身前背后多看看。"【阅读能力点：河套大娘对武工队员们的安危极其关心。】刘文彬他俩嘴里哼着，手里的枪都推上子弹。

　　他俩敏捷得像两只狸猫，没一点儿响动地走出去。待大娘用眼追望时，已经没有影子了。

村外突然传来啪啪啪的几声枪响，跟着，传来一阵咕咚咕咚的跑步声。"看你往哪儿跑？站住！""还跑？把他们截住！""截住他！"纷乱、嘈杂的呐喊，也从村头上、街上送过来。大娘的心像烙饼般地翻了个个，"莫非鬼子包围了村？""莫非老刘他俩出了事？"

老两口子急得光搓擦手心，来回地在屋里转悠，谁也不知该怎么办好。大娘心里憋闷得慌："我到街上看看去！"赵河套大伯怕出事，双手一拦："老天爷，你出去不是找死！"天色麻麻亮，街里吵吵得更凶，嚷嚷得更乱，西王庄就像一大锅泛白冒泡、上下翻腾的滚开水。【写作借鉴点：通过环境气氛的渲染，烘托出一种嘈杂、人心惶惶的气氛。】一会儿，东面传来"妈个×的"粗野的叫骂；一会儿，西面传来叮吭的乱砸声。河套大伯的大门在乱吵吵的声音里，也被砸开了。几个拿手枪的夜袭队员闯进来，骂骂咧咧、推推搡搡地将两位老人押送到村西的大场里。大场里已经挤满了各色衣着，各类年岁的人。他们都是在西王庄出生、成长的人们，个个眼睛喷射怒火地瞅着端枪圈围他们的鬼子兵。除了吃奶的孩子偶尔啼叫两声，谁也不言不语不示弱地挺胸屹立着。【阅读能力点：凸显了西王庄人们的气节。】

心头沉重的大娘，脚步一接近聚满人的场边，两眼立刻瞅见了头箍毛巾的刘文彬和脑后梳起盘头的汪霞，浑身不由得打了个寒战。"哎呀，你们没逃脱呀！"她心里说着，像母亲看到亲生的儿女，生怕在这里有人给他俩委屈，任什么不顾地走进人群，挤到刘文彬和汪霞的跟前，用自己单薄、干瘦的身子把他俩遮挡住。

"乡亲们，让你们担惊受怕了！"杀人不眨眼的刘魁胜，今天装作一个拿念珠、诵佛经的善良人，缓声和气地凑到挤抱在一起的人们跟前，【阅读能力点：刘魁胜一改之前的作风，想要以和善的面目从百姓口中套出话。】"今天，我们到咱西王庄来，是为武工队和为县、区干部来的。你们都是把家做活儿的好老百姓，皇军绝不糟扰你们！可是有一条，你们必须得把挤在你们群里的武工队和县、区干部指出来。这个，我想你们会指的！"

人们回答他的是一大阵沉默，沉默得好像周围空气都凝结住了。

"哈哈哈……"刘魁胜瞅望着人们，不知为什么来了一阵奸诈的狂笑，笑得使人浑身发噤，脖颈上起鸡皮疙瘩，"你们应该放明白些，我的话都是为的你们。我敢担保，你们人群里就有武工队和县、区干部，只要皇军出头稍一查看，就能挑出来！"他又朝人们走近两步，双手摇晃着嚷叫，"你们别闷头待着，都回头察看察看！看谁不是你们村里的！"

老松田缓慢地走近两步，摸摸鼻下的一撮黑毛，笑吟吟地说："你们刚才看了看，里边到底有没有！"

"没有！"人们像一张嘴在回答。

"县、区干部有没有？指出来的没关系！"

"也没有！"

"也没有？"松田脑袋摇晃着，用不相信的眼神质问着他面前的这伙子人。跟着"嘿嘿嘿"地从腔子里发出一阵冷笑。【阅读能力点：描绘松田阴险、狡诈的形象。】他阴险地笑着逼近人们。人们都向他投来蔑视、仇恨的目光，好像说："武工队和县、区干部就在里边，偏不告诉你！有能耐你就施展吧！"

松田猛一转身，"来，问去！"他猛地一喊，吓得刘魁胜一哆嗦，立即走到人群面前。

"真是给你们脸不要脸，一把把地朝下撕。看，把松田队长都惹生气啦！其实你们装糊涂我也知道。常说，撒谎难瞒当乡人。我，不用介绍，你们早就认识。你们把武工队和县、区干部都说成没有，这个并没有人信，因为天傍明，就有两个干部想出村，让我们用枪子给截回来了！你们村地洼水浅，不能挖地道。

想走,没走了。你说他是钻天了,还是入地了?假若真有钻天入地的本事,那我也就……"没容得刘魁胜说完话,松田用军刀戳着脚下的地皮喊叫:"说的,关系的没有;不说,统统的死了死了!"看样子,他真的蹿了火,嘴唇抖动得非常厉害。

老松田本来就贼火上升,人们的默默无言,又像给他浇了桶汽油。他迈动大步杈子跳近人群,没选择地拽出一个老太婆,用力一搡,搡了她个仰巴跤。狗跟主人跑,刘魁胜手枪一掖,一个箭步蹿上,左手抓住脖领子一使劲,又把老太婆提起来,跟着左右开弓地扇了老太婆一顿嘴巴子,打得老太婆蒙蒙腾腾地顺着嘴角子滴答滴答直流血。

"你伸手给我指,谁是武工队?谁是县、区干部?"刘魁胜左手揪住老太婆的后衣领,右手却用驳壳枪敲打她的脊梁骨。人们一见揪出去的老太婆是快嘴二婶,心里都捏了一大把汗,个个喘气都不匀了。特别当快嘴二婶睁大眼睛在人群里搜寻时,凡是靠近刘文彬和汪霞的人,都尽量设法用自己的身子来遮挡。

以往肚里存不住话的快嘴二婶,今天却和往日大不相同。虽然她来回地搜寻几遍人群,可是,叽里呱啦爱说的嘴巴,如今好像贴上封条,一声也不吭。她每次目光瞅准刘文彬、汪霞,都迅速滑过去,好像他俩没在场。死亡靠近了她,她并没有让死亡吓得想出卖良心。【阅读能力点:在关键时刻,快嘴二婶一改以往的风格,没有出卖武工队。】

"谁是武工队?谁是县、区干部?你快给我指!"刘魁胜嗓子撕裂地嗥叫。

快嘴二婶给予刘魁胜的回答,是眼睛一白,头一摇。"你——"刘魁胜转身用枪口逼住快嘴二婶的胸,疯狗似的捣了一家伙。

"我——"二婶只从齿间崩出一个字,往下不言语了。"去你的吧!"刘魁胜枪弹打中了二婶的胸膛,二婶子栽倒了。快嘴二婶被击倒,立即引起人群里

一阵哗乱,周围的鬼子啪啪啪地一放枪,才把人们镇唬住。【阅读能力点:快嘴二婶为保护武工队牺牲了。】

"再乱!再乱!再乱都叫你们学了她!"刘魁胜右手用枪逼着人们,左手指点快嘴二婶的尸体,喷着唾沫星子叫,"快说,哪个是武工队?是县、区干部?"

人们屏着呼吸,仍不言语。

"不能让群众为我们无辜地死!"刘文彬想到这儿就往前挤,汪霞紧跟着也朝前移动。在他俩面前,遮挡他俩的河套大娘和别人,像筑起的一道人的长城。【写作借鉴点:将群众比作长城,突出他们众志成城、团结一心保护武工队的样子。】他俩想挤,挤不动;想过,过不去。他俩的背后,却有好几张嘴在小声地劝阻:"别动!""动不得!""你不暴露,没人说!"

"老兔崽子,你出来给我指!"刘魁胜伸手一拽,将房东河套大伯拽离开人群。

"老大爷,你的大大的良民,我的明白。你告诉我,武工队来过没有?"老松田眯缝着笑眼,乐呵呵地问。

大伯被刘魁胜朝外一拽,就像有刀在剜刮大娘的心。要不是人们挤架着她,当时她就会晕倒了。她知道在这种场合被鬼子拽出去,不出卖自家人,想着不沾刀、不挨枪地活着回来,是不可能的事。但是她宁愿自己的丈夫不活着回来,也不愿意他出卖自己人。她身上一个劲地出燥汗,强支撑身子,表示自己心里很坦然,眼瞅着大伯在听他如何回答。大伯并没有把老松田放在眼里。他横白了松田两眼,很随便地说:"谁知道五(武)工队、六工队是什么样?反正我没见过!"

"你没见过,那今天早晨让皇军顶堵回来的是什么人?""我在家里睡觉,我哪知道是什么人?我要是诸葛亮,或许在被窝里能掐算出来!"

老松田知道面前的这个老人在戏弄、耍笑着他。他强按住火性，不笑强笑地说："那你回头看看的，看看这堆人里谁不是你们村庄的？"

"不用看，这堆人我都认识，都是西王庄的娃娃，西王庄生的，西王庄长大的！"大伯根本就没朝人群里瞅。

"一个外村的也没有？"老松田盯住大伯。

大伯**斩钉截铁**（形容说话或行动坚决果断，毫不犹豫）地说："有哇！还不少呢！"

"好，好，那请你把外村的人都指出来！"松田从老大伯的话语间觉得找出点儿缝隙，满脸赔笑地往下追。

"还用指？这不是一大堆！"河套大伯伸手指点端步枪的鬼子和提手枪的夜袭队员们嘲讽地说道，"像刘魁胜他们，都不是俺们西王庄的，像你们，"他指着老松田，"不光不是西王庄的，也不是俺们中国人！"他回手再次指点刘魁胜和一伙子夜袭队员，"他们虽说都是中国人，因为黑了心肠，忘记了祖宗三代，所以连一点儿中国人味也都闻不到了！"【阅读能力点：河套大伯的话义愤填膺，痛斥汉奸们叛国的罪行。】

赵河套大伯的话音刚落，跳过来的刘魁胜一巴掌搨在了大伯的脸上！跟着，"娘"啊、"老子"地骂起来。

巴掌扇在大伯脸上，疼在大娘心里。刘文彬、汪霞见到这种情景，真是怒火烧胸，气炸了肺。他俩干着急，就是不能动转。要动转，也就违背了人民的意愿。

大巴掌扇肿了大伯的脸，扇得大伯热火燎辣的疼痛。刘魁胜的扇、骂，也真把耿直、倔强的大伯扇骂急了，他举起颤抖的右手，切齿地点骂刘魁胜："你打吧，姓刘的！"他又咬牙地冲老松田："鬼子，你们糟吧！你们是兔子的尾巴——长不了，有一天，八路军会找你们算账的……"

敌后武工队

　　骄横凶狠的老松田，没想到在这里挨了一顿臭骂，气得眼斜鼻子歪。他没容得老大伯讲完话，拔枪射出了子弹。刚强、正直的赵河套老人倒下了！他到合眼以前，都一直怒视着敌人。【阅读能力点：河套大伯的一席话激怒了松田，随后在松田的枪下壮烈牺牲了。】

　　老松田挥舞着军刀，脸色涨红地喊叫："限你们三分钟，把武工队，把县、区干部给我指出来！要不，统统的死了！"稍停，他将亮闪闪的军刀朝下一按，拉长声音喊叫："一——分——钟！"工夫不大，他又朝下一按军刀，"两——分——钟！"他睁大眼睛，奇怪地瞅望这群视死如归（把死看得像回家一样平常。形容不怕牺牲生命）的人。人们站在一起，平静得就像一池子水。他像火烧着屁股，蹦跳着发着警告："现在是最后的一分钟！还剩四十五秒，还剩三十秒！还剩二十秒，最后还剩……"

　　这是千钧一发（比喻情况万分危急）的时候，死神步步逼近了群众。

　　猛然，像晴天打了个霹雳，刘文彬挥动铁拳，大吼了一声："不准开枪，我是武工队！"

　　铜钟般的声音，震得地动山摇，震得松田将脖颈儿一缩。待他刚要探头查寻呐喊的人，人群里举起无数的铁拳，张开无数的海口："我是武工队！""我是武工队！""我是……""我……"男的、女的、老的、少的，一致呐喊，一致高呼！激昂的吼声，像海啸，像山崩，它震惊了端平武器的一群刽子手，也震呆了杀人的魔王、头山满（日本黑龙会创办者）的徒孙、日本宪兵队队长松田少佐。【阅读能力点：群众为掩护武工队形成的壮烈场面，震惊了所有人。】在这巨雷般的喊声里，他像只受惊的饿狼，狠盯住人们，一时不知所措。在他头脑稍清醒，挥刀刚要开口下达射击的命令时，一匹栗色洋马，颠颠颠地跑到他跟前。一个头戴瓜皮小帽的夜袭队员跳下马背，叽里呱啦朝松田简短地说了一阵日本话。松田听后不仅脸上充满得意的神色，而且不自禁地仰面"哈哈哈……"狂笑

203

起来。跟着，摆手朝端平步枪的鬼子们吆喝了一大声，他们立即将枪戳到地上。是什么让老松田抛掉大屠杀的念头？是什么又让老松田这样得意忘形？刘文彬望了汪霞一眼，汪霞的眼珠正滴溜滴溜地转个不停。显然，他俩都在琢磨着、判断着。的确，老松田急转直下的行动，也真让被围的人们有些莫名其妙。

　　从面容上看，松田像是有了主心骨，刚才的那种红头涨脸、发火嗥叫的疯狂劲儿都看不见了。【写作借鉴点：描写了松田得意忘形，胸有成竹的样子。】他龇着牙得意卖谝："你们的不说，有人会说的！不用你们，武工队和县、区干部，我能统统地抓住！"说到这儿，他将伸展的五个左手指使劲地回攥，握成个团团。"不信，你们看！"他将毛茸茸的右手朝东北角上一指，人们的视线都转向了他指的方向。

　　一群夜袭队的特务押着一个双臂倒捆，脑袋耷拉到胸前的人走了来。距离越走越近，那人的脑袋也越垂越低，是什么样的长相？人们很难看清楚。等他走近了，人们才看清他那剃得光溜溜的脑袋上有一条孩子嘴似的血口子，血口子周围凝结着黑紫色的血迹。显然，这是被鬼子、特务们打的。这个被鬼子捕住的人一钻进汪霞的眼里，她随着一震，伸手暗暗捅了刘文彬一下，怕他没看清楚，小声说："马鸣！"刘文彬身不动，膀不摇，整个人像长在地里。他愤怒得两只眼睛瞪得滚圆，一眨不眨地盯住马鸣，盯着马鸣从自己的面前走过去，靠拢了松田、刘魁胜。

　　马鸣也是晚上米西王庄开会的一员，会议开过之后，他独自一人回了白家庄，找了个财主亲戚家，脱了个溜光大睡了。直到鬼子包围了村庄，他还放着头睡呢！天明，鬼子挨门要搜索，他才傻了眼，想躲藏也来不及了。但是，他还是慌忙穿好衣服准备去躲。他把文件朝灶膛里边一扔，把驳壳枪朝柴草堆的深处一插，打算利用最近开展的"两通"，房串房地溜逃出去。没料到，刚串了两套宅院，就让迎面来的几个夜袭队特务用手枪逼堵住。他被捕了。【阅读能力点：阐

述了马鸣的被捕过程。】

鬼子、特务一瞅他那干净利落的样子，就觉得他不是个地道的庄稼人；再加上他自己胆小心虚沉不住气，更让敌人发生了怀疑。于是，敌人棍子打、皮鞋踢地毒打拷问起来。直打得他鼻青眼肿、脑袋破，打得他破了的脑袋哗哗冒鲜血。打得他实在难以忍耐了，他只好向敌人道出自己的身份来。得寸进尺的敌人，抓住一个就要俩。再一次毒打，又把马鸣的驳壳枪、文件包以及刘文彬他们住宿的地点打出来。马鸣就是在这种情况下变节的。

松田一见马鸣，立刻伸手给他松了绑，掏出手绢给他沾沾头上的血，随后又将他的驳壳枪给他挎背在身上。

刘魁胜扬扬得意地指着马鸣，冲着挤挤插插的人群，使出吃奶的劲来嚷叫："你们认识他吧？"问过，便"嘿嘿"地奸笑了一阵。接着，又像显宝似的介绍："你们要不认识，我就来介绍，他是你们之光边缘区的教育助理员——马鸣。他……"

马鸣痴呆呆地望望人群，而后，才一步挪不了四指地走过来。有几个手提驳壳枪的夜袭队员紧紧跟随着他。

对马鸣，人们投以鄙夷、蔑视的眼光。他像那播撒病毒的瘟神，不论走近谁，谁都厌恶地扭过脸去。【阅读能力点：形容人们对马鸣的厌恶。】隔着河套大娘，马鸣看到了刘文彬和汪霞，不知为什么，他像发疟疾似的浑身哆嗦开，两条腿变成了面条。本想再瞅上一眼，眼皮刚撩起来，刘文彬、汪霞眼里射出的四道寒光，逼迫得他扑通瘫坐在地上。他的胆吓裂了，骨头吓酥了。

刘文彬、汪霞被敌人发觉了，一群手拿武器的鬼子、夜袭队特务簇拥到他俩的跟前。

刘文彬、汪霞被捕了！

【学习要点】

本章主要描写了刘文彬和汪霞的被捕过程,描述了群众掩护武工队员时众志成城、团结一心的情景,令人感动,表现了群众视死如归、衷心爱戴革命志士的心情。

【思考探究】

1.本章中有哪几位同志为掩护武工队而牺牲?
2.最后汪霞与刘文彬被发现了吗?

第十九章

名师导读

本章描写了八路军为攻下刘守庙据点而找到了甄友新，让他作为武工队的内应，甄友新是怎样改邪归正的？武工队是否给予了他信任呢？

在1944年最末月份的一个风吹雪撒的夜里，作为先遣部队的武工队，像鹰似的从分区飞了回来。魏强他们和队长杨子曾分了手，决定第一夜就住在西王庄。

魏强他们对西王庄，就像自己的家一样熟悉。他们黑夜闭上眼睛进村，只要摸到门就知是谁家。今天，一接近村边，深深感到这村的变化太大了，给人一种忧伤、郁闷的感觉。以往场里的那些密匝匝的秫秸码、干草垛，现在不见了，处处都是空荡荡的。他们刚走进村，一种沉闷、陌生的气氛朝他们袭来：左看，左边的大门被摘掉，一个没齿的破耙堵挡着；右瞅，右边的房子掀了顶，只剩下个空壳壳。到处是砖头瓦块，到处都破烂不堪。"这村难道遭受了意外的灾害？要不，为什么展现了一片凄惨、荒凉的劫后景象？"魏强推测着继续朝前走，他恨不得一下走进他的老房东——赵河套家问个究竟。

河套大娘隔窗听清是魏强的语音，没顾得系好衣服纽扣，赶忙开开二门迎出来。在漆黑的夜里，她像熟悉她家的宝生那样，一眼就看准了魏强，话没说出口，身子扑过去，热泪跟着涌出了眼眶，一直流过了两腮，滴在魏强的衣襟上。

她肩头抖动，哽哽咽咽地哭泣着，好像憋闷已久的痛苦，只有在今天，在看到魏强他们，才能一下子倾倒出来。【阅读能力点：河套大娘像见到了自己的亲人一样，情绪开始控制不住了。】

从大娘过于激动的表情上看，她是积郁了天大的委屈，忍受了难诉的痛苦。什么痛苦和委屈？魏强眼下是不知道的。他搀住大娘低声地劝解着："大娘，有话到屋里去说！"紧接着，自己的鼻子一酸，眼圈也随大娘的悲切而湿润起来。

他们搀扶大娘进到以往常住的北屋东头。贾正点着豆油灯，灯光映在大娘泪水没擦干净的脸上。大娘的脸色比早先憔悴了许多，眼神也迟钝了，额前的条条皱纹更深了。

"孩儿们哪，你们可来了！"大娘不错眼珠地瞅着人们，眼睛里充满了无限的爱，语气里流露着一种让人难以描绘的感情。她伸手将小秃揽到胸前，嘴唇刚一动，泪珠又滚落下来。"你们哪知道，你们和刘文彬、汪霞他俩分开的第二天早晨，鬼子就把这村包围了。在这村，他们糟了个够……"

赵河套大娘把当时鬼子和夜袭队横暴、凶残的情况，一五一十地说了一遍。

魏强以往就不大爱说话，眼下，他更显得寡言少语了。悲痛，叹惜，咒骂，仇恨，笼罩着每个队员的心……

魏强他们返回之光边缘区，通过好多"关系"，费了好大力量来搞刘文彬、汪霞被捕后的情报，但是，靠得住的情报，可以说一份也没有抓到手。

贾正像吃喜鹊蛋似的乐呵呵地跳进了屋子，栗色毡帽从脑袋上摘下，朝炕上一摔，脑袋顶上还腾腾地直劲冒热气。"小队长，给你！"他忙从怀里掏出个纸叠的物件，递给了魏强。接着又说："今天，在联络站碰上二十四团的侦察员啦，听他们说，最近咱要干个大任务。二十四团的几个连这会儿……"他笑逐颜开地，正要比比画画大声地继续朝下说，没想到，让魏强冰冷的白眼珠一瞪，瞪他个大红脸。他紧闭嘴巴蔫蔫地溜到了赵庆田和辛凤鸣的两夹空里。

"……在分区，出发前队长不是说，上级要咱们当先遣部队急速回来吗？当时我捉摸，武工队什么时候都是先遣部队，队长不说，谁心里也像个明镜，哪知，这是四扇屏里卷灶王——画（话）里有画（话）。我说咱们队长这些天对情报抓得那么紧呢，三天两头派人进据点侦察，有时还亲自出马，闹半天是在做准备，准备撒大网，逮些大鱼吃！听说，昨天夜里咱们的老参谋长就带领着主力部队驻防在于八、万安、杨各庄啦，估计今天会赶来。他们一来，还不把这一带敌人打个野鸡不下蛋！扫他个精光……"【阅读能力点：武工队要有新的行动了。】

"这就叫一还一报！"辛凤鸣等贾正说完，高兴地把大腿一拍，喝彩似的说："上俩月，敌人在这儿清剿个烂虾酱。上级这是要趁他扫荡山区的空隙，在他背后戳一家伙！"

"这一戳，起码得横扫一溜胡同！"

"横扫八溜胡同也应该，我愿意马上行动！"

魏强全神贯注（指一心注意）在贾正带来的信上，对人们的话语、行动根本没理睬。区长吴英民在他身旁手擎小烟袋，慢悠悠地吸着烟，眼神也集中到魏强手里的几页写满字的白纸上。

魏强回到之光边缘地区的第二天夜晚，县委就将刚养好病的吴英民派到武工队来。他俩虽说没长期在一起工作过，却是一对老相识。一遭生，两遭熟，十响半月一过，脾气秉性一摸透，也就无话不谈了。

吴英民很理解魏强的心情。自从刘文彬、汪霞被敌人捕去，他的心情和魏强同等沉重。开头的几天，痛苦得都不愿意咽饭。他被捕过，亲身尝试过鬼子非

人道的待遇。现在回忆起种种酷刑，就像刚发生的事情一样。当时捕他的也是老特务松田和铁杆汉奸刘魁胜。

印在他脑海里最深的是刚被捕的时光和第一次过堂审讯。

枪弹打完，不幸被捕之后，吴英民这时只求一死。但是敌人偏偏不处死他。刘魁胜手提驳壳枪走到他的面前，瞪着一对贼眼奸笑地说："你可打呀！你可跑呀！就冲你这连打带跑，皇军也要请你吃顿'劈柴炖肉！'然后再让你'坐坐飞机'！"

好个"劈柴炖肉"！好个"坐坐飞机"！不消半个钟头，他都尝到了。原来所谓"劈柴炖肉"，是七八个身高体胖、膀阔腰圆的鬼子，个个手握一根杯口粗、二尺半长的木棍朝他圈围上来，只听一声"呔咳！"棍子像雨点般地落在他胸前、脊背、肩膀、大腿……一转眼，打了他个皮开肉绽，鲜血淋淋。

鬼子刚在他身上演了一出"劈柴炖肉"，跟着，松田又指使五个便衣特务搀架着他，硬塞到一条刚能装盛一个人的麻袋里。他被打得浑身无力，只好听从摆布。麻袋口儿一扎，四个特务各扯一角地抬架起来，就听见一声："一——二！"装在麻袋里的吴英民，好像个篮球，腾地被抛掷了一人多高，而后，又像块石头，咕咚掉在地上。没过三五次，吴英民被摔得天旋地转，七窍流血，很快就不省人事了。

号称车轴汉子的吴英民，经过鬼子打、摔这么两场折磨，如同生了一场大病，浑身像抽掉筋般地那么酸软，每根骨头像用锉锉似的那么疼痛。

鬼子哪管吴英民这些，晚间，照旧提出过堂审讯。

美其名是过堂审讯，实际上是要拿吴英民试验一下各种残酷的刑具。桌后坐的老松田恼怒地问："你叫什么名字？在八路军里什么的干活？"

吴英民白了松田一眼，没有言语。

"你快说！说！"松田手拍桌子嚷叫。

松田、刘魁胜的厉声厉色，在吴英民看来，简直就像半夜里走黑道，突然碰到嗷嗷狗叫，根本就没放在眼里，照旧坦然无事地静立着。严峻的眼神，却狠逼着松田，时而扫一下凶气满脸的刘魁胜，意思是："有本事就施展吧！要从我嘴里掏出一个字去，那是妄想，根本就办不到！"【阅读能力点：吴英民在敌人面前毫不妥协，英勇无比。】

一大阵沉默过后，松田一挤眼，跟着送给吴英民一大堆常人所受不了的酷刑：坐老虎凳、灌辣椒水、烙铁烙……酷刑一种挨一种，拷问一夜连一夜。铁打的人也经不起这么折磨，吴英民却都熬忍住。虽说最后从虎口里胜利地逃脱出来，以往身强力壮的吴英民，现在变得瘦弱不堪了。说一句话三吭吭的毛病，也是鬼子灌辣椒水糟害的。【阅读能力点：吴英民在敌人的折磨下落下了后遗症。】

吴英民常用自己经受的酷刑，去联想在鬼子魔窟里的刘文彬和汪霞。有时，他暗问自己："那常人难挨的酷刑，在他俩身上施用，他俩能经得住？即便刘文彬吃得住，汪霞，这个刚满二十岁的姑娘，能熬得起？"尝过苦痛的人，知道苦痛如何钻心。他常和魏强商量：怎么先弄清情况，怎么找个机会设法救出他俩来。可是情况怎么弄清？机会和办法在哪里？他俩费尽了心机，至今，连刘文彬他俩的准确下落也没搞出来。

魏强看过贾正带来的信件，递给了吴英民："今天盼，明天盼，眼下总算把这一天盼来了，咱们操持的工作也总算没有白做！"

"这不是说干就……吭吭，"来信也让吴英民激动起来，他孩子似的在炕上一立，"吭吭"了好大一会儿，才接下去说，"就要下手干起来！那我……吭吭，得再检查一下工作。这一回，吭吭，还不得来个秋风扫落叶，让人们好好地出一出上次清剿里受的那些个窝囊气！"

冷清的冬夜，个个村头上都拥满了人。这些人，多是老人、妇女，再有就

是麻雀般跳跃的孩子。他们个个聚精会神睁大眼睛地等待着,像正月十五等待灯会、放焰火那样,等待夜半好戏的来临。

夜深了,之清边缘地区,猛地响起暴风雨般的枪声、沉雷般的炮声。张保公路上的枪声紧上紧,高保公路上的枪声急又急;一片闪电似的火光,一声沉雷般的爆炸音;一阵激厉的号声,一片听不清的呐喊。全地区的战斗,在一刹那,都进入了白热化。人们的心,被这声声巨响、片片火光激动得大有要朝嗓子眼儿外跳的劲头。有些人忘掉这是黑夜,这是保定附近,这是敌人明天就会来的地区,任什么也不顾地,豁着嗓门儿叫嚷开。

"看,着火的地方准是阮庄据点!"一个老人举起拐棍,遥指着东北方向,无数的眼睛顺拐棍望过去。

不知谁又发现了新的迹象,冒失地嚷:"喂喂喂!石桥的炮楼那不也点了天灯!"这两句话又把人们的视线从东北角拽到西北上来。

"快瞧,大冉村的两个炮楼那不也起了火?"

"嘿,活像点着的两个大灯台?看着真过瘾!"

"过瘾的还在后头呢!这才是个小闹。"

"小闹?那什么时候大闹?"

"反攻呗!到大反攻的时候,那看起来才过瘾呢!"村头上的人们,通过据点、炮楼的起火冒烟,在推敲战况的进展。哪里炮楼火光越大,他们谈论的劲头就越足;哪里没有升起火光,他们也知道,这是个战斗极不顺利的地方,也真从心眼儿里着急。

魏强跟随的一个步兵连,进攻刘守庙就发生了这种情形。刘守庙据点,并没有多大兵力防守,但是,它离保定非常近。朝西奔南门,至多过不去三里地;要进东门,走那条小抄道,就更近了。

十点钟以前,部队就把刘守庙这个据点严丝合缝(指缝隙严密闭合)地包围了。部队悄悄地包围起据点,想通过据点里的"关系",无声息地将据点的一半拿下来。一个倒背马拐子的通信员跑了来。通信员身后跟着个穿大棉袍、戴三块瓦皮帽的人。通信员刚把"魏小队长"叫出口,那人就脚步紧迈地走到面前,亲切地去拉魏强的手。

"啊!是你!梁邦!"魏强看出了来人,忙将右手伸过去,"你这是从哪儿来?"

"我刚从县里赶到这儿!你……"梁邦像小弟弟碰见思念好久的大哥哥,乐得不知该从哪儿把话说开头,愣了好半天,才咂顺嘴巴,腼腆地诉说,"从和你们离开,我就被送到分区学习去了,在那儿可长了不少见识。学习期满,回来就在县委敌工部里工作。上级、同志们都对我挺好,有时我闲下来回想起以往的宗宗事情,觉得要不是抗日政府、共产党,还有你们,老娘的大仇报不了不说,我自己还不知落得个什么下场……"

"事情过去就算啦,以后好好工作吧!"魏强悄悄地安慰下梁邦,忙将话扯过来,"在敌工部里工作,那好!以后咱就常打交道了。哎,你怎么知道我在这儿?"

"我哪知道!我光知道今夜十二点钟,咱们要在之清边缘地区大大地教训敌人一家伙。掌灯以后,徐政委、冯部长把我叫了去,说有部分部队要和一般的'关系'配合,把刘守庙这个据点端下一半来。怕这儿离保定太近弄不好,出了问题,忙让我出马,实在不行就朝外甩那张最后的王牌。我这不是刚落脚,就听说你在这儿啦!真好。"

魏强和梁邦肩并肩地低声说着走着。橛子般的两个炮楼子,黑黑的、无声息地并排戳在离村五六百米远的地方。层层枪眼儿都透出黄乎乎的灯亮。仔细地望望炮楼顶上的哨兵,晃晃悠悠地走动着。

魏强他们几个,拉开距离跟在通信员身后,轻轻地紧迈步子走着。一眨眼，钻进一间三面有墙，一面通风，没有屋顶的小场屋——围攻部队的临时指挥所。

时间无情地前进，看来，据点里的一般"关系"是不能指望了；即便他现在朝外发出行动的信号，也来不及了。整个指挥所里的人们都急坏了，指挥员曹天池急得直劲跺踏脚。"老曹，县委是比我们看得远，想得多。这不是把他派来啦！"魏强手拍着梁邦的肩头，向自己的战友曹天池说，"不行，咱一起去前沿，叫他甩那张王牌好了。"他转过脸来又问梁邦："你说呢？"

梁邦没回声，却憨笑着点点头。

意见取得一致后，马上开始行动。魏强他们大猫腰，蹿蹿纵纵地接近了据点的防护沟。大伙的身子刚刚趴好，正南、正东的远处、近处，像撕破天震裂地般地响起了枪炮声。时间紧得不容耗费一秒钟，据点里的敌人被四外枪声惊起来了，乱窜乱叫在准备战斗。【阅读能力点：武工队已经发起了强烈的攻势。】魏强轻轻地朝身旁拿大喇叭筒子的梁邦捅了下："快！"

"'长城'听着！'长城'听着！"梁邦将歪脖子的大喇叭筒朝嘴边一放，就大声地呼唤开，"我是'运河'！我是'运河'！"

声音送到据点里，简直像颗看不见的大炸弹。已被震惊的敌人，眼下更慌乱，更惊恐，就像热锅里的蚂蚁，上炮楼、趴沟旁、乱占地形；枪声也像炒料豆般地响起来。【阅读能力点：敌人被吓得抱头鼠窜，战斗也随之正式打响。】刘守庙这个据点驻扎的是警备第八中队的一、二小队。两个小队各守一个炮楼子。两个炮楼子中间垒有一堵一丈高的、红砖砌的墙。这堵墙是过去鬼子、伪军联合在这里驻防遗留下的隔挡。警备第八中队的二小队长名叫甄友新，是梁邦的老乡，也是换过帖、磕过头的把兄弟。

"……根据情况变化和工作需要，'长城'，你要行动！你要行动！"梁邦没理会朝他射来的密集子弹，一个劲地朝据点里呼唤。

当甄友新听到远处的枪声，而后又听到近处沟外有人用暗语朝他呼唤，命令他行动时，乐得他一蹦跳了三尺高。他知道叫他的是他的磕头大哥——梁邦；他也知道从此就会脱掉汉奸皮，摘掉汉奸帽，改头换面重新做人了。他麻利地从木套里拽出驳壳枪，回头命令一个班去解决在防护沟里边担任游动哨的夜袭队，留下一个班守炮楼，余下的自己带上，穿过那堵红砖墙，直奔一小队长大黑熊防守的炮楼子跑了来。甄友新到一小队这边来是常事，所以一小队的士兵既没多心，也没阻挡，更没盘问。都像对待自己的直属长官那样，恭恭敬敬地闪开，让甄友新一层层地上了炮楼子。

甄友新爬上炮楼的顶层，头一眼瞅到的，就是大黑熊骂骂咧咧地举着士兵的一支步枪在准备射击。他知道大黑熊打出的枪弹，虚发的很少，忙用驳壳枪对住大黑熊背后，大喝一声："别动，举起手来！"

洪亮的声音，震得大黑熊一哆嗦。他顺从地撂下步枪，转身睁大眼睛一瞅，不在乎地"哈哈哈"狂笑起来，而后傲慢地讥讽："'长城'！'长城'！闹半天八路在外边叫的是你这小狗娘养的！好哇！"他眼珠凸出，手掌拍击胸脯，像只要吃人的恶狼，慢步朝着甄友新逼过来，大有一下掐死甄友新的劲头。

甄友新端平驳壳枪，连喝他两次："站住！"他根本没理睬。就在他逼近，伸臂要搏斗的时刻，一颗子弹把他打了个仰面大朝天。

敌人的援军刚刚走出南城门，八路军已经控制了隘口，顺利地拿下了刘守庙据点。在敌人赶到刘守庙据点时，据点里的两座高高耸立的大炮楼子，都燃起了冲天的大火。

【学习要点】

本章主要描写了八路军为攻下刘守庙据点，做了充足的准备，顺利地取得了胜利。

【读品悟】

甄友新通过自己的行动证明了自己不是汉奸，这个事情告诉我们，犯错不要紧，只要及时地改邪归正，仍然可以做出一番事业。

【思考探究】

1. 武工队是怎么找到甄友新的？
2. 甄友新的结拜大哥是谁？

第二十章

名师导读

本章主要描写了松田对俘虏的刘文彬与汪霞进行了威逼利诱,想要知道武工队的情况。汪霞与刘文彬是否会吐露武工队的秘密?他们又是否会得救呢?

从捕住了刘文彬和汪霞,老松田真像进山寻宝得到了两颗夜明珠那么高兴,又加上马鸣诌言媚语地给他一细介绍,更乐得不知该说什么好。他生怕碰掉刘文彬他俩一根汗毛,没绑没捆地让人押着送上了汽车,像护送贵宾般地,由他亲自陪同,一直送到了保定西关,进了夜袭队队部里。

夜袭队去年遭到宪兵队副队长坂本少佐的袭击后,不久,就从城里西大街迁到了西安,和日本宪兵队住到一起来了。这样一来,对刘魁胜来说,和日本宪兵队住到一起,这是整个夜袭队获得了皇军的更大信任,身价又被抬高了;对老松田来说,把这班效忠皇军的中国人调到自己身旁,在指挥上、领导上会比以前更便利、更直接。

刘文彬、汪霞虽说被捕,变成敌人的"阶下囚",从心眼儿里,并没把敌人装进自己的眼眶里。心里也都默默地叮嘱自己:"准备着,准备应付敌人施展的一切手段!"下了汽车,他们在武装特务和日本宪兵的层层包围下,由故露笑容的老松田和不笑强笑的刘魁胜在前带领,昂头挺胸,目光坚毅,迈着坚定的大步,毫无畏惧地走进了夜袭队的两扇黑大门。

刘文彬、汪霞被松田领进了一间布置简单、酒气呛鼻的客厅里。

"请随便坐，刘区委，汪主任！"松田真像对待久别重逢的老友，笑吟吟地摊张着右手招呼刘文彬和汪霞。

松田对刘文彬、汪霞的不理睬，根本就没理会，照旧吆喝杂役递烟、倒茶、送手巾把……

眼下，他真成了主人，冲刘文彬他俩说："来到这儿，千万别见外，不是战争，我们怎能认识？也很难像今天似的坐在一起，当然，交朋友更不可能！"老松田收拾得皮净脸光，坐在刘文彬、汪霞的对面，慢吞吞地，假斯文地说着中国话："请二位原谅，不用这种没礼貌的办法，也难把二位请了来。二位既然来了，我就愿高攀一下，和二位交个朋友。更希望你们二位在建立东亚新秩序上，给我以更多的帮助！我想……"【阅读能力点：通过语言描写，突出了松田虚伪的特点。】

"住嘴，你完全想错了！"汪霞对老松田的种种伪善作态，早就感到恶心了。她不时地瞅瞅刘文彬。只见刘文彬半眯缝着两眼，纹丝不动地坐在椅子上，松田的假情假意对他根本没有发生作用。当松田说出要收买他们的卑鄙意图时，汪霞就再也按捺不住心头火了，她不管三七二十一，将松垂在眼前的一绺头发朝耳后一甩，暴跳地站起来，十分恼怒地朝松田质问开："请问，你在胡言乱语些什么？跟你们交朋友，那跟和豺狼拜把子有什么两样？希望帮助你们建立东亚新秩序？你别做梦啦！要是真的那样了，又和认贼作父、背叛祖国的他有什么区别？"【阅读能力点：汪霞将心中的气愤以及正义感全部通过语言表达了出来。】她嘴里放着震撼人心的连珠炮，手不停地指点着松田和站立在松田背后的刘魁胜。

两个腰系白围裙，手提大提盒的人走进来。这两个人一进屋，总算把僵持的局面打开了，把一片凝滞的空气冲散了。

松田奸狡地转了话题。他冲着打开提盒，一个劲地朝桌子上摆列碟子、盘子、酒杯、筷子的人问道："今天的这个宴会，你们带来了什么酒？"【阅读能力点：松田拿宴席来转移话题，为了迷惑武工队员。】

"酒？好酒哇！太君。"被问的人，像个魔术家，一眨眼，将两个没启盖的瓶子托在了手掌上，"这酒是远道来的名酒，不信，你尝尝！太君！"说着递到松田的面前。

"名酒？什么的名酒？是……"

"是从京绥线上沙城来的青梅酒！"

听说是"青梅酒"，老松田立刻想起中国三国时代的曹操和刘备。他要借题发挥（借着某件事情为题目来做文章，以表达自己真正的意见或主张），用古来说今。他的两眼又乐得挤成了一条缝，自言自语地说："青梅煮酒论英雄，好哇！今天更应该喝它！"伸手把两瓶青梅酒抓过来，又忙假正经地招呼："坐，坐，都请坐！"自己也忙坐下了。

刘文彬和汪霞看透了敌人的本质，他们不愿意再和敌人无限期地长泡下去，刘文彬想："晚不如早，惹翻了他，算啦！"他暗自做了决定，用巴掌朝桌上一拍，恼怒地站起来。接着，严厉的话语冲出了口："这套把戏还是请你们收起来，我们不像吃奶的孩子那么容易哄。不管你话说得多么好听，想叫我们改变一丝丝主张，那也是妄想。我们和你们是敌人，敌人之间找不到共同的感情，没有什么交道可打，不是你死，就是我活。眼下，我们被捕了，怎么对待，任凭你们。我们不想活，更不想告诉你们什么东西来求活。但是，我们得告诉你们……"他越说越激昂，越讲越愤慨，他手指着老松田，眼睛瞪着刘魁胜讲下去。【阅读能力点：刘文彬不愿与敌人周旋，直接表明了自己的态度。】

"刘区委，刘区委，吃饭，吃饭，咱还是不谈政治！"刘文彬的话语没刺怒老松田。他手擎着一杯酒，照旧慢条斯理地劝说。好像"生气"两字根本不在

他身上存在。

松田不恼，刘魁胜哪敢动！也忙满脸赔笑地劝说："对，对，对！不谈政治，还是喝酒吃饭找高兴！"

"吃——饭？喝——酒？"汪霞牙齿锉得山响，唇间迸着单字，说着也霍地站立起来，"让你们吃个大杂烩！"她两手朝上一掀八仙桌子，就听见叽里咔嚓，噼里啪啦，一串不分点的响声，桌子上的盘子，碗里的鸡、鸭、鱼、肉，瓶子、罐里的盐、酱、酒、醋，以及所有的餐具，都扣在了老松田的身上，洒在了方砖漫砌的地上。【阅读能力点：汪霞直接用掀桌子的行动来激怒松田。】

没提防的老松田，让桌子、餐具一下砸得翻了个倒跟斗。等被刘魁胜搀扶起来，浑身弄得就像刚从泔水瓮里捞出的落汤鸡，腥汤子、肉块子弄了他个满身满头满脖颈。这一来，气得他眼珠凸起，青筋暴露，满脸肌肉乱抖动，小胡子一下撅起三尺高，胸中积郁的怒火一下窜到嗓子眼儿，【写作借鉴点：通过细致的外貌描写，表达了松田此时内心的愤怒。】他挥手刚要发作，一想到下一步，立刻将火气又压煞住，仍装作以礼待人的样子，手指向汪霞，皮笑肉不笑地"嘿嘿"两声："你的，大大的不够朋友！"

"要和你交了朋友，那还叫什么人？"汪霞撇着嘴巴说。"算啦，他们二位累了，送到安排好的地方休息吧！"松田眼下再没办法可施了，只得从这儿找个台阶下。

刘文彬、汪霞被一群武装特务簇拥着，匆匆地走出了桌翻碗砸的小客厅。

别看刘文彬、汪霞当场羞了老松田的脸面，老松田好像根本没介意，对他俩还像对待上宾那样：在夜袭队的后院，专给他俩腾了一明一暗的两间房。为了好好"服侍"他们，还派了个十四五岁的小孩子，一天不离屋地沏茶、倒水、收拾房间。这时，他俩真是吃喝不发愁，穿戴样样有，行动没人"管"，说话也"自由"。其实，在自由的后面，还有无数的眼睛监视着。

一晃，三个多月过去了。三个多月，既没有提去过堂，也没有个别审讯。

敌人制造的与世长期隔绝，也引起刘文彬、汪霞不少的烦恼。汪霞心里有时烦躁得特别厉害，不是竭力地克制自己的感情，她真想将屋里的所有陈设砸个稀烂。当她烦躁得实在透不过气来时，常凑近刘文彬："咱俩怎么办？就这么囚磨下去？能想个办法和外面通通信吗？"

每当这时，刘文彬总像个老大哥，向她开导，对她劝慰："别急，敌人不是个死傻子，你当他真心像供老佛爷似的把咱供到这里呀！不，他是想利用这种软磨的办法，争取咱回心转意上了他的套！让他做梦去吧！咱要攒足劲做好准备，这一手玩不转，很快他会用下一手、下两手；软的行不通，他还会跟咱动硬的！"

果然，没出刘文彬的所料，敌人的新伎俩搬来了。

一天，侍候他俩的小孩突然肚子疼得满地打起滚来。看样子，一时不治就有死的危险。只要你仔细地再看看，他是干打雷，不下雨，嚷叫得挺欢，眼圈都不红，额头上连个汗星都没有。就在这时，一个高个子便衣特务跑来，嘴里叫喊："都出发啦！都出发啦！瞧，就剩我这一个人，可怎么着？"话是自言自语，意思又像是说给刘文彬、汪霞他俩听。末后，还是他把小孩子背出了刘文彬他俩住的那个小院子。

院里，从此再没有来过一个生人。

天刚黄昏，那个高个子特务，心里像有什么大事似的，急匆匆地走进刘文彬的住屋，驳壳枪朝腰间一插，二话没说，拉着刘文彬拽着汪霞就朝外走。他的这种突然的举动，当时真把汪霞弄懵了。一向冷静的刘文彬，对突来的情况更冷静、更沉着。他存有戒心地将手一甩，劈口问了句："你想要干什么？""干什么？这哪有工夫说！你们就放心跟我走算啦！"特务真像担心害怕的样子，伸头朝院里望了望：没有一个人，只有昏黄惨淡的电灯光照着小院。他扭过头来急切

地小声说着，伸手又去拉刘文彬。【阅读能力点：敌军冒充救援刘文彬的人员，以图谋取两人的信任。】

"你慢着！"刘文彬将手一摆，用森严的两只眼睛逼射着对方贫血的脸，"跟你上哪儿去？干什么去？"

"上哪儿去？上你们的根据地！逃跑！"心怀鬼胎（比喻藏着不可告人的心事）的特务，却强挺腰板地回答。

特务的话，恰巧打中汪霞的心弦。她认为这是打着灯笼也难找的"好事"，没容得让这"好事"在脑子转两个弯，就插言来问："你带我俩走？行吗？"

"行不行，趁天黑，松田他们出发讨伐没回的当儿，咱碰碰看！为了抗日，我豁出脑袋来也领你俩走，咱从后门溜！"意外的人带来的意外情况，逼使刘文彬的脑子像开锅水似的乱翻腾。他用锐敏的眼睛审查着对方，总觉对方的言语和神态里，像有种阴险、诡诈的东西潜藏着。由对方又联想到白天侍候他俩的那个突患肚疼病的小孩的表情，更使他对这个自顶危险，准备领他俩逃走的特务产生了怀疑。敌人玩弄什么诡计？他的两只闪闪有光的眼睛在急剧地转动着。稍留神，汪霞也看出刘文彬的迟疑表情。"怎么？他……"她冷静地从另一个角度一想，心头不由得一哆嗦。"事不宜迟，马上行动！我这都是为你们，你们可有什么含糊的？"特务眉毛一扬，显得有些焦急，原来的低声细语，不自觉地提高了好几度。但他立刻意识到了自己的破绽，马上又降低下来："快，我不是甘愿混这种汉奸差事的人，真愿意和你们一道去走光明大道！"

"要走光明大道那可以，我们欢迎！"刘文彬的眼瞟见特务腰间斜插的驳壳枪，试探真假的办法立刻想了出来，"怎么能证明你弃暗投明，真心抗日呢？要表明这点，你把你那驳壳枪给我！你领道，我掩护，说走就走！"【阅读能力点：刘文彬直接用行动逼特务现出原形。】

真是真，假是假，特务不论装扮得多么像样，到底经不住在节骨眼儿上来试验。他见刘文彬张嘴要他的手枪，立刻摆手，结结巴巴地表示不同意："那，那，那，那可不行，这，这，这，这枪还是我拿着好！万一……"

仅几句话，敌人的整套诡计就让眼里容不下沙子的刘文彬识破了。他恨透了这个特务，满肚子火气一下子窜到了嘴头上："是啊，你这种人是不肯把枪交给我的！万一我把你处死了，又怎能去主人面前领赏呢？"

"刘，刘，刘，刘区委，你别在枪上误会，我，我，我，我完全出于一片好心，也都是为了你们……"

"你为了我们，为我们挽了个圈套是不是？你们觉得如意算盘打得蛮不错，让我们在心急如火的时候，冒冒失失地跟你走出去，等和我们的人接上了头，你们后面跟上来的人，就可以不费吹灰之力地来个一网打尽，是吧？瞎了你们的狗眼！"【阅读能力点：刘文彬直接拆穿了敌人的诡计，丝毫不留情面。】

刘文彬像手指捅窗户纸，几句话就把敌人的诡计捅破了，亮了白。

汪霞悟过味来，心里挺后怕。她暗暗地责备自己："为什么和敌人打交道这么天真？这么没有见识？"

刘文彬和汪霞昂头挺胸，双目圆睁地立在屋中央，准备接受即将来临的暴风雨的考验。【阅读能力点：刘文彬和汪霞像两个随时接受考验的战士般等待着。】

一切伎俩都没有在刘文彬、汪霞的身上起到作用，松田再也不把他俩待如上宾，留在夜袭队后院的宽敞洁净的屋里供养了。第二天拂晓，夜袭队用汽车把他俩送进了南关的监狱里。

他俩一进入监狱，就被钉上了二十多斤重的铁镣，这一来，压得脚迈不开步。

进到监狱里，刘文彬见到了县财粮科的邱科长。他是去年冬天来边缘地区

检查公粮坚壁的情形时，在路上遇到下乡清剿的夜袭队而被捕的。

进四月，连下了两场透雨，春苗像水葱般地欢长着，一天一个样。老松田对刘文彬他们三人的审讯更加紧了，差不多是天天提出，天天过堂，天天审问。哪怕是假日，也没有间断过。

刘文彬、汪霞由夜袭队队部解押进南关监狱的当天晚上，魏强他们就从可靠的"关系"那里得到了情报。过了十几天，县委派专人送给他们一封极机密的信。

从机密的信件里，魏强、吴英民确切地知道：刘文彬、汪霞虽经过多次刑讯，仍坚贞不屈地和敌人斗争着。

末后，县委在机密的信件里，特向他们提出一个搭救刘文彬、汪霞的意见。整个的意见旁边，都点上了加重的红点，意思要他们特别注意这个意见，研究执行的办法。

魏强一见到县委提供的意见，脸上立即豁朗起来，笑容挂在嘴角上。他高兴地用眼示意一下身旁的吴英民，吴英民也欢喜得眼睛挤成一条缝，随后两人都张开大嘴笑起来。随着"呵呵"的笑声，县委给他们的那件极机密的信，被一根划着的火柴毁掉了。

阳历四月二十九，这是日本天皇的诞辰。

这一天，按照日本国内的习惯，保定城的日本兵营、机关、企业、学校……一律放假一天；连伪机关、伪军营里担任顾问、指导官的日本人，也都歇了班。

日本人放假庆贺天皇诞辰，在保定已经是第八个年头了。在这一天的大拂晓，启明星还没露头，公鸡还没张嘴的时候，魏强率领赵庆田、贾正、辛凤鸣，悄悄地摸进了保定南关，在警备第七中队部的前院，自己的秘密"关系"——金汉生家里落了脚。【阅读能力点：趁着日本人放假，武工队又开始悄悄地行动起

来。】

"老金，我们这一来，明天你这个班该怎么个上法？""来得巧，明天我是个大歇班！"金汉生大手抹了一下大胡子，笑呵呵地回答，"怎么？是鬼子又在乡里清剿啦？还是在这里掩藏着琢磨个事，像黄庄那样的再捡它个便宜？""咱一不是躲鬼子的大清剿；二也不是想再捡黄庄那样的一个便宜。我们这次来，是想……"魏强将嘴凑近金汉生的耳根下咕哝了几句。

天刚麻麻亮，房后面，伪军警备第七中队部里传出了一阵嘀嗒嘀嗒的起床号音。金汉生穿上他那长年不离身的破夹袄，后又将件棉袍披在身上，快步走去，跟着传来不大响的锁门声。

魏强他们从头明钻进南关，潜入金汉生家，直到金汉生离去，谁也没合一下眼。天，大亮了；阳光和煦地撒满了整个大地。一切都已苏醒，魏强他们的精神更好了。

"到这时候啦，怎么还不回来？"魏强隔着窗口朝东南角上高挂的日头瞅了一眼，低头又瞧瞧腕上的手表，怀着异常焦急的心情，自言自语地说。

魏强这样焦心是有缘由的。以往，敌人从监狱里提刘文彬、汪霞他们去西关夜袭队里过堂审讯，多在早饭后八点钟左右。现在已经是十点三刻了，而去侦察这一情况的金汉生却一直没有回来。【阅读能力点：魏强同时担心刘文彬、汪霞与金汉生三人的安危，所以显得焦急。】

魏强刚把窗前的位置让给贾正，贾正却欢天喜地地低声嚷起来："来了来了，小队长！"

"叫你们等急啦！"金汉生快步走进屋，负疚地小声说。他披着的那件青棉袍不见了，手里却提了个鼓鼓囊囊的小包袱。"准把你们饿得前心贴后心了！"他赶忙打开，里面包的是一大堆夹肉烧饼，外带一小瓶酒。

今天不同往日，谁也没客气，大口大口地吞吃起来。从金汉生欢乐的神色

上看，魏强知道刘文彬他俩又被提出审讯去了，也就没再多问。

既然刘文彬他们被提出，为什么金汉生回来这么晚呢？是这样：金汉生出了门就朝南关监狱走去。吃早饭以后，他也没见到监狱里押解犯人的汽车开出来。"怎么？难道鬼子给他们天皇做寿都放了假，夜袭队的特务也来个大歇班？要是真的，那可就前功尽弃了。"他脑瓜门儿上急得光出汗。他想探问探问，便溜达到监狱门旁的一个烟摊子跟前，掏出一张毛票，买了两根烟卷。一根烟刚放到嘴上，嘀嘀嘀……汽车喇叭声从监狱里传来，一辆载有几个全副武装警备队员的、土黄色的汽车，拖着一股子黄烟，在他面前驶过去了。

金汉生看到押解犯人的汽车开过去了，高兴得心里开了花，擦火抽烟，拔腿便走。这时从监狱里走来一个伪法警。"喂，一盒红锡包，记账！"

走出没三步的金汉生转回头一想："怎么能证实过去的汽车里押解的是刘文彬他们？"眼睛朝身后买烟的伪法警一斜，像问人，又像问自己："这些天总是汽车押解犯人，谁知他们犯的是什么罪？"

偏遇上个多嘴的伪法警，立刻答上了茬儿："什么罪？八路，共产的罪！别看天天押解犯人，就是那几个硬骨头。你使尽了刑法，他连大气都不吭。听说那个女的，回回过堂，回回大骂，真少见！"他像百事通似的把话说完，扭头就走了。"莫非这就是说书场里常听的那句，'踏破铁鞋无觅处，得来全不费工夫'。"意外的收获，真把金汉生乐颠了，他三步并成一步迈，迅速离开了烟摊子，去办他想办的另一桩事——到城里秀水胡同源生当铺把他那件披出来的棉袍当出去，好换得钱来给魏强他们操办一顿战饭。

金汉生见人们都填饱了肚子，心里非常痛快。他将嘴里捣嚼的最后一口烧饼咽下喉咙，才介绍："今天，在城里走道，打头碰脸的净是鬼子：有穿军服的，有穿便衣的，有男，有女，还有小崽子。你听吧，走到哪儿都是叽里哇啦的乱叫唤，真叫人生气！"

"南关呢？"魏强要了解一下执行任务的这一带有没有日本人，忙问了一句。

"南——关？一来没有地方逛，二来驻的鬼子也有限，轻易也碰不上一个！"

太阳移到正西，手表告诉魏强：已是四点半了，再过两个半钟头，刘文彬他们又要押回监狱了。

魏强瞅瞅预先带来的包袱，说了声："咱准备吧！"大家七手八脚地忙起来。

一切行动的联络信号规定好，魏强将瓶子里仅剩的一点儿酒，洒在自己的衣服上，浓重的酒味，立即弥漫了全屋。魏强叫老金先一步走了。在金汉生离开大约有一刻钟的时分，魏强他们四人前前后后也来到南关马路上。【阅读能力点：武工队的营救行动一触即发。】

按金汉生的手势，魏强他们钻进了一个饭馆里，在临街靠窗的一张八仙桌子跟前坐下了。隔着玻璃窗，魏强和街上站的金汉生对视一下，金汉生的影子立刻消逝了。

屋里渐渐地暗下来，墙上的挂钟当当地敲了七下，电灯突然明亮了。魏强却死盯着玻璃窗户，焦急不安地想："到时候了，怎么还不来？难道要……"

一个面孔在玻璃窗的外面出现了，这是金汉生那张四方脸盘。他和魏强的眼睛刚一对光，就不见了。

金汉生这是在报告，也是在发信号。魏强朝下拉了拉战斗帽的遮阳，让它齐了眼眉；左手多半瓶子酒没放下，伸右手又抓起桌上的一只空瓶子，狠狠朝地上一挥，啪！闹了个粉碎。"开路！"晃晃悠悠一溜歪斜地走出了饭馆子，辛凤鸣想扶又不敢扶地跟在后面。

"开路开路的！"贾正装作迷迷糊糊的样子，摇摇晃晃地站立起来，趔趔

趔趔地朝门口走去，赵庆田也变成了一步三晃，头歪身斜，双腿打着别脚地朝贾正扑过去。他俩立刻撕拉到一块儿，像搀，像架，像推，像搡，互相依偎着迈出饭馆子。【阅读能力点：队员们伪装成了喝醉的鬼子。】

　　四个人，除了装充翻译官的辛凤鸣，谁都装作醉里麻西的样。他们谁也不看，走在马路中间，一直地朝北扎。嘀嘀嘀……汽车喇叭声传来，一辆汽车开来了。魏强看到汽车迎面开来，双手向左右平伸乍杈开，粗声粗气地命令："站住，我的坐坐！"辛凤鸣也摘掉礼帽朝汽车摆晃："站住！站住！太君要坐坐汽车！"

　　吱的一声，急驶的汽车刹住了。一个戴鸭舌帽的脑袋，从车窗里面伸出来："太君，不行，这是押解重要犯人的汽车！"

　　"你的屁股坐在橛子上啦？怎么和太君说话连车都不下？看你是不想活啦！"辛凤鸣装腔作势（拿腔拿调，故意做作想引人注意或吓唬人）地朝汽车上的那个家伙骂起来。

　　辛凤鸣连骂带训，倒把那个家伙训骂出来了。"翻译官，您别生气，这车上押送着重要犯人，请转告太君，别坐啦！"装作头重脚轻，站立不稳的魏强，一见汽车上跳下来的这个胸前缒挎一支张开大小机头驳壳枪的特务，"啊！马鸣？"【阅读能力点：魏强认出来了背叛革命的汉奸——马鸣。】他怕夜长梦多露出马脚，走向前，将提在手里还有多半瓶子酒的酒瓶朝和辛凤鸣穷对付的马鸣胸前一擩："你的，酒的新交！"没有防备这一手的马鸣，不敢不接，又不敢接，龇牙咧嘴地说："我的不新交！不新交！"但还是接了过去。

　　马鸣刚接过酒瓶子，魏强顺手牵羊地将手往下一滑，马鸣胸前的那支驳壳枪被抓了过来。

　　这一下可吓坏了马鸣。他双手一松，啪啦！酒瓶子落地，摔了个粉碎，白酒洒了一地，散放着酒香。"太君，太君，我的枪！你……"他想夺又不敢夺地伸出双手冲着魏强哀告、讨要。

"上车！上车！统统的上车！"魏强用马鸣的驳壳枪逼着面前的马鸣，开玩笑地招呼身旁赵庆田他们仨，也在指挥着马鸣。马鸣退一步，说一句："上车可以，您把枪给我！"

魏强见到赵庆田他们仨顺利地爬上了汽车；同时，借着刚亮了的路灯，也望到北面远处人行道上，走来两个挎战刀、背短枪、左臂佩带粉色袖章的日本军官。他知道这是宪兵，便一分钟也不敢拖，厉声地吆喝马鸣："快快，汽车的上！"等把马鸣逼进了汽车驾驶室，魏强也利落地端枪跟了进去。车门咣当关上了。【阅读能力点：武工队的计划顺利实施，大家都上了押送汪霞与刘文彬的车。】

魏强担心马鸣枪膛里没装子弹，忙拽开枪栓瞅了一眼，而后，放心地用枪指着汽车司机下命令："开车！一直朝南、朝八里庄的开！"

只听呜的一声，南关马路两旁的行人、房屋……都给甩到了后面。

汽车刚一开动，赵庆田他们仨默不作声地将押解刘文彬、汪霞和邱科长的四个警备队员的武器抢了过来；同时，也给刘文彬他们仨砸开脚镣，松开了绑绳。

夹在汽车司机和魏强中间的马鸣，他的眼睛始终盯着魏强的脸，越想越觉得这个日本军官好像在哪里见过。他脑子翻了几翻，想起点儿眉目来了，汗水顺着每根汗毛眼儿在朝外冒。他怕，他又不能不问："太君，你……"【阅读能力点：马鸣有些认出来魏强的样貌了，胆战心惊地开始询问。】

"我？"魏强不隐讳地告诉，"我是武工队的！叫魏强。""啊——"马鸣像触电似的惊叫了一声。

"嚷！你再嚷，我就把你钉在这里！叛——徒！"魏强点动着手里的驳壳枪，发着狠说。

汽车开到保定南阁，警卫南阁炮楼的敌人，已将禁止通行的黑白挡杆放下来，横拦在马路上。

汽车司机从魏强的说话口气，已经明白了现在怎么回事。他心里突突跳个不停，生怕这个假充日本军官的八路也朝自己来。见到横拦马路的黑白挡杆，只得扭头用眼睛请示下魏强："怎么办？"

魏强一挥左手："开！硬闯过去！"

汽车像一匹没笼头的野马，左右不顾，直朝挡杆闯了去。咔嚓！挡杆被撞断了，汽车就更没阻拦地顺着平坦、笔直的张保公路，朝南飞快跑了去！已经跑得很远了，才听到背后的枪声响了……【阅读能力点：武工队顺利营救下汪霞与刘文彬，头也不回地飞驰而去。】

【学习要点】

本章对汪霞与刘文彬面对松田以及刘魁胜的表现做了详细的描写，运用语言与动作描写，凸显了他们坚贞不屈，忠于党和人民的高尚气节。

【读品悟】

汪霞与刘文彬面对残酷的极刑也没有背叛组织，依然坚信党的领导，最后成功获救，这告诉我们任何时刻都不要放弃心中的希望，更不要背叛自己的信仰。

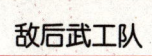

【思考探究】

1.汪霞与刘文彬是怎样获救的?

第二十一章

名师导读

武工队与敌人斗智斗勇，终于将松田以及刘魁胜等人抓捕，武工队会如何对待他们？会立即诛杀他们为同志们报仇吗？

刚从张保公路西面和杨子曾取得联系回来的贾正，没撂稳自行车，三步两蹿地跳进了屋，把刚要出门的辛凤鸣撞得倒退好几步，也没理会，环视下周围，没有见到魏强，劈口就问："小队长呢？"

从贾正脸上露出的那副从没有见过的高兴神气，人们断定准是从队长那里带来了好消息，不由得乱问："你碰上喜神啦，看高兴得那样！""你别光笑了，快说！"辛凤鸣指着贾正缺少门牙的嘴巴："还笑！还笑！看你那大缺口又暴露了！"人们的说、笑、哄、闹，都没打动贾正的心。他照旧依着他的老主意，独享快乐地说："什么事？好事！叫你们知道了，还不笑得跳起来，顶破这房顶？"

辛凤鸣一点就破地说道："咳！准是希特勒的死和德国投降的事！"

"噫！你们咋知道的？"一被猜中，闹得贾正挺难为情。李东山顺手从身旁"万宝囊"里拿出一沓宣传品来，这是县委派交通员——老奶奶刚才给送到的。他手指宣传品上密匝匝的字迹："我的贾先生，你瞧瞧这上头印些什么？"

从宣传品上，先跳进贾正眼睛里的是红油墨印得很醒目的小枣般的三个美术字："好消息！"接着，绿豆粒大的正楷字："四月三十日，希特勒毙命；五月二日，苏联红军全部占领了德国的首都——柏林；五月八日，德国向同盟国宣布无条件投降……随着希特勒的垮台，鬼子完蛋的日子就要到来了……"【阅读能力点：国际反法西斯联盟传来了胜利的好消息。】

贾正看过，像逮住了理："是呀，这么好的消息，难道你们是木头，听到了不高兴？不跳起来？"

"跳不跳的不一定非得叫你看见！"李东山斜了贾正一眼。"你要这么噎搡我，我叫你看这个玩意儿才怪呢！"贾正从衣袋里摸出个沉甸甸的小布包，双手捧托着在李东山眼前一晃，忙抽缩回去。由于手的抖动，布包里发出叮叮当当悦耳的音响。人们都好奇地问："什么？什么？""打开看看！""只看一眼！"

"瘦马（什么）？瘦骡子！看看？看一眼？半眼也看不上！其实，我肚子里还有好玩意儿呢！就是不对你们说！"贾正一转身，像阵风般地跑走了！

虽说各个抗日根据地在去年冬天就展开了局部反攻，冀中的人民经过积极对敌斗争，促使局面在转化。但是，大城市和交通要道附近地区，敌人的变化还不太显著：驻保定的敌人，虽然将兵力都撤到公路上，但市沟里面，在青纱帐没起来时，照旧组织部队，配合夜袭队来剔抉、清剿。为此，在这地区工作，谁也没放松警惕，还是隐蔽、秘密地活动。要不是县委让老奶奶给魏强他们送来一批宣传品，魏强还不知道刘文彬、汪霞秘密藏在这村里休养呢！老奶奶领着魏强，院串院地串过十几户人家找到了刘文彬。她将县委给刘文彬的文件交到了，又独自一人走去，继续送其他还没有送到的文件。

受过无数让人难熬的酷刑的刘文彬、汪霞，经过两个多月的调养、治疗，外伤即将痊愈，虚弱的身子板也将复原了。

魏强猛然露面，就像天上掉下来一样，欢喜得刘文彬、汪霞真想跳起来。

他俩一人拉住魏强的一只手。

"看气色，还算不错！"三人客气了几句后，魏强在他俩的脸上细端详了几眼，有些担心地说，"看你俩的行动，估摸都不会落了残！"

的确，和刚救出来时相比，他俩都变成了另外一个人。那天，劫来的汽车停住，他们俩都是被背到村里去的。当时，让酷刑折磨得真是体无完肤（全身的皮肤没有一块好的。形容浑身都是伤），寸步难行。衣服也都浸透了血水，和烂肉粘起来。结痂的刑疮又被打烂，新的刑疮却在化脓。伤口一阵阵地发疼，就像有人在用锥子扎着一样。【阅读能力点：形容汪霞与刘文彬所受刑法之严酷与残忍，让人看了不禁心疼。】

经过两月的疗养，他们身上虽说还留有酷刑的痕迹，但毕竟不再是那寸步难移、跌倒爬不起来的人了。

挂重彩，受酷刑，只要不落残疾，是桩最让人满意的事。汪霞孩子般地扬扬胳膊，扭扭腰，又蹦又跳地活动了几下，末后，抬着张稚气的笑脸，自得地冲魏强说道："一切蛮好，现在工作蛮能行！"

魏强和刘文彬、汪霞谈了一会儿，他们两人将随身的东西一检查，跟着魏强，院串院地朝小队驻处走来，也正好和贾正走了个碰头。

"在这儿碰上了！嗬，都在！"贾正向魏强汇报开，"这是队长的信，这是军区颁发'五一'奖章的命令，这是……"他像个熟练的营业员，嘴里介绍着，东西也拿了出来，最后将那个引逗人的沉甸甸的小布包朝魏强跟前一送，说："这是'五一'奖章！"

人们听说眼下就颁发"五一"奖章，个个眼睛乐得挤成一条线，嘴巴笑得像个小元宝，都希望第一枚奖章发到自己手里，佩戴在自己胸前。

"颁发'五一'奖章的条例是这样，"魏强手指捏着军区政治部颁发"五一"奖章的命令，低声地，有节奏地朗读，"凡坚持'五一'反扫荡，并在

'五一'反扫荡后,坚持对敌斗争,在历次战斗中都有显著贡献的指战员,可发予银质一等'五一'奖章一枚;坚持'五一'反扫荡和'五一'反扫荡后继续坚持对敌斗争的指战员,可发予银质二等'五一'奖章一枚……"【阅读能力点:魏强阐明了获得五一奖章的具体要求。】

"历次发奖都是隆重庄严的,今天怎能草率?"魏强看了看他周围的队员们,立即确定了发奖仪式,朝地上一蹦,有力地低声喊,"站队!"

人们虽然身着便衣,对口令遵守却很习惯。动作快得像闪电,一眨眼,前后整齐地横站了两排。二十几个人在当地一站,真是满上满。但是静得好像没有一个人。【写作借鉴点:通过对武工队的动作描写,突出了队内的纪律严明。】

按照颁发奖章名册上开列的顺序,魏强第一个叫:"刘太生!"

这声呼唤,立刻让人们想起那刚毅、勇敢的老战友;刘文彬的脑子里也浮现出他一手拉扯大的亲侄儿,虽说心里很是哀痛,但是也为有这样英雄的侄儿而骄傲。

肃穆的气氛笼罩了整个屋子,人们将头低下,一阵短暂的默哀。【阅读能力点:第一枚奖章颁给了已逝去的英雄——刘太生。】魏强将第一枚圆形的"五一"奖章慢慢地放在桌上的一角。接着叫下去:"赵庆田!"

"有!"赵庆田细声答应,伸手接过一枚圆形的"五一"奖章。

魏强回手又拿起一枚圆形奖章,叫道:"贾正!"

"有!"贾正低声回答,恭恭敬敬地也把奖章接过来。李东山、辛凤鸣、常景春、胡启明四个人,都光荣地获得一枚一等"五一"奖章;余下的人,都荣获了二等"五一"奖章。最末,魏强叫了一声:"郭小秃!"

"我——"小秃听到叫自己的名字,又见魏强手托一枚蓝得像海水般的奖章朝他递过来,欢喜得真不知该怎么办好,光笑,也忘了伸手去接。【阅读能力点:突出了小秃获得"五一"奖章的兴奋之情。】

"拿着，这一枚是你的！"魏强告诉他，"你虽然没有参加'五一'反扫荡，根据你机智大胆，侦察有功，特别在巧取黄庄据点时，用超人的胆量，完成了艰巨任务，所以上级决定将这枚二等'五一'奖章授予你！"

"还不接，小秃！""有什么不好意思的！"人们为小秃也能获得奖章而高兴，小秃才红着脸把奖章接过来。

布包里剩下一枚圆形的奖章，这是魏强的。

魏强从油光纸袋里取出银质的奖章来，它镀着海水般蓝的珐琅，中上部有一颗红五角星闪射着金光。刘文彬接过来看了看，递给汪霞；汪霞小心地托在手掌上，喜爱地瞅了又瞅，伸手给魏强别在左胸襟上。别人，也都在左胸襟上，挂上了"五一"奖章。

晚夏的夤夜，无云的星空。除了草丛里秋虫比赛鸣叫，四周非常安静。在这安静的黑夜里，什么时候会发生意外？谁也捉摸不清。因为这是敌占区呀！

【写作借鉴点：通过描写黑夜的各种特点，渲染武工队潜入敌占区的紧张氛围。】

魏强带领全小队人马，大小路都不走，串着没人高的庄稼，警觉地朝保定方向，朝市沟跟前走过来。

根据杨子曾的指示，根据他们进行的细致的侦察和研究，准备今夜在侦察好的地方突过保定市沟，到市沟里去进行一番活动。

眼下市沟一线，经过敌人收缩兵力而大变了！

原来的市沟，虽说沟很深，也有几个炮楼子，但因相隔的距离远，防守比较松，人们过来过去就像是平蹚；而今，虽说不是插翅难飞过，想要偷过一次也确实很难。【阅读能力点：由于环境的变化，任务更加艰巨了。】

李东山从前面跑回来报告："小队长，前面二百米就是市沟！"

部队停止了，刘文彬从后面几步撵到魏强近前。他和魏强咕哝了两句，一起跟着李东山朝前走去。

不高的外沟沿，挡住了魏强、刘文彬的身形。魏强、刘文彬都两手拄扶两个膝盖，大猫腰地仔细观察沟对面的情形，听辨沟里面的动静。

赵庆田像发现什么似的小声说了个"听！"话音刚落，一阵凄厉的、刺耳的、鬼号似的声音，由远而近、由小而大的、沿围城公路传了过来；一根水桶般粗的白光柱，在两颗小光柱的上面，构成个三角形射向了魏强他们。【阅读能力点：赵庆田发现了敌军的情况。】

"巡逻装甲车。"魏强一挥手，人们都伏下了。

借巡逻装甲车上探照灯的光亮，魏强看到沟那边，岗哨林立，防守甚严。严紧得真不次于三年前敌人"五一"大扫荡铁壁合围时，十步一个人，八步一个哨。

"敌人防守得是紧，我们还一定要过去。"魏强蹲在地上和刘文彬小声地商量，"我们不能过多，少过些；这里不能过，就另找个地方！二十分钟以后，天最黑，这时候我们搞个调虎离山计，指挥一下敌人。具体办法，可以这样……"刘文彬反复地做了考虑，认为这是个好办法，规定好联络地点，就分头执行起来。

赵庆田、贾正、辛凤鸣、李东山，再加上小秃，一共五个人，像五只蹿山跳涧的猛虎，掖好驳壳枪，背上过沟用的大沙绳，跟着魏强，倏然消失在庄稼地里。

刘文彬带领留下的人，再次回到市沟的沟外沿上。十五分钟以后，魏强他们六个人，串着庄稼小跑步地来到十五号炮楼和十六号碉堡之间。他们刚接近沟沿，放着警报，射着探照灯光的巡逻装甲车又开了过来。

"好家伙，防范得真够严！"魏强望着驶过的巡逻装甲汽车，暗暗地想。

"赵庆田！贾正！收拾好，准备行动！"魏强的话音刚落，在他们原来的方位，啪啪啪！嘎嘎嘎！咕咕咕！步枪、机枪不分点地骤响起来。

这枪声就像顽皮的孩子捅了马蜂窝，市沟上所有的炮楼、碉堡，都像遇到塌天大事，嗷嗷嗷……地摇响警报器；在公路上担任巡逻的敌人，都撅着蹶子朝枪响的地方跑；炮楼里的灯光霎时熄灭了，敌人显得异常惊恐、慌乱。【阅读能力点：枪声成功吸引了敌人的注意，并且引起了敌军的慌乱。】

魏强见沟里的敌人注意力都移到了枪响的地方，轻轻地招呼一声："过！"赵庆田、贾正像打滑梯似的轻轻地顺沟的陡坡滑落下去，咚的一声，身子掉在水里。

"多深？"魏强问。

"蹲裆深！"贾正扬颏回答。他和赵庆田蹚水接近了对面沟坡。赵庆田蹬着他的双肩，他的双手又使劲朝上一托赵庆田的两只脚掌，再加赵庆田用力一扒爬，终于爬了上去。魏强隔沟见到贾正扯着赵庆田撒下的大沙绳，上到了那面的沟顶，刚要迈步下沟，沟那边突然有敌人嚷起来："有过沟的啦！""别叫他跑掉！""拿活的！"【阅读能力点：敌人发现了武工队的行踪，开始了追捕。】

"不好！"魏强没敢再想下去，拔枪指挥辛凤鸣、李东山、小秃一起朝那边呐喊的地方当当当地开了枪；沟那边的枪声也滚成了一个蛋，不过，枪弹不是朝他们射来的。魏强再仔细望去，赵庆田、贾正早都没影了。

呐喊声没有停止，枪声越响越稠密。"他俩是活？是伤？还是死？"魏强心上像撒了一把蒺藜豆，真是扎扎划划地不好受。他恨不得腋生双翼，飞过这条又陡、又深、又宽的市沟去看个究竟。

远方鸡啼了，东方发了白。想现在跳到沟里爬上对岸去，不但敌人不允许，时间也不容许了！

天亮以前，魏强怀着惆怅的心情，赶到了范村，和刘文彬他们会合了。

今天，魏强心绪很乱，一心牵挂着没回来的赵庆田、贾正。他要尽快弄清这两人的下落，太阳刚拱红，就把小秃打发走了。早饭刚吃罢，小秃满脸不高兴地跑了回来。人们见到他满脸不快的神色，心头上都像压了一块大石头，不约而同地想打听，魏强一摆手，把人们的话语挡回去。

根据小秃难看的脸色，阴郁的眼神，魏强暗自判断："赵庆田他俩一定有了闪错。不然，小秃不会回来得这么快，也不会在脸上挂了哭容。"他想到这儿，像有人挠抓他的五脏，肚里阵阵绞痛。他不愿脑子想的成了事实，又不能不问，便说："你为什么回来这么快？"

"不回来可怎么办？"小秃像遇到极难过的事，眼皮不撩，小嘴撇得像个瓢。这不明不白的回答，使魏强心里更恼火，抬身蹲在炕上："你说的是什么？什么不回来怎么办？"

"从范村到岳庄，从十五号炮楼到十八号炮楼，个顶个地都戒严，吊桥不放下，来往行人断了道，你说我那任务怎么完成？"从得了二等"五一"奖章，小秃情绪更高得邪乎。他常心里叮嘱自己："这会儿，更得好好工作，什么任务都要争取出色地完成！"哪知道执行今天这个任务，偏碰上这么个难题。他认为这太丢人了，说完，愧疚地哭开了。

"看你这叫什么？还是荣获'五一'奖章的战士呢！怎么学会哭鼻子啦！"魏强一听小秃说的是这个，心松宽了，假恼怒地敲下炕桌："真没办法，不能回来大家商量，还值得哭？"话说得挺便当，要真朝外拿办法，他也是个难。"怎么办？谁能想个办法过这个沟？"人们也都从心里犯起愁来。

房东周敬之像知道了什么稀罕事，从街上跑回来，跑进魏强的住屋，凑近魏强低声说："刚才碰上了去市沟里虚报情况的联络员，他们说，黑夜，市沟边上打了两仗，闹得鬼子、伪军都不敢撂放吊桥啦！"

"要和炮楼上有点儿沾亲带故（故：故人，老友。有亲戚朋友的关系）的

关系，莫非也给顶回来？""这得看什么亲戚，也得看这亲戚在炮楼上混的什么差事。"

"拿周先生你做比方吧，要是刘守庙你们连襟（姐妹之夫的互称或合称）的女婿田光带着班子人，在临近一个炮楼上驻扎，在今天这个节骨眼儿上，能放你过去？"

"还临近呢，他就在这村的西南角，十五号炮楼上驻着呢！"周敬之说完了，又怕魏强、刘文彬怀疑他和田光有来往，忙解释，"他是昨天下午从张保公路八里庄换来的。不是傍黑联络员从炮楼上回来对我说，我还不知道呢！对这号人，我一点儿也不想搭理。"他说着话，一会儿瞅瞅魏强，一会儿望望刘文彬，见到他俩还是那么和善，也就放心地嘿嘿了两声。

魏强从周敬之嘴里把自己想要的东西掏挖出来，朝刘文彬脸上投了个欢愉的眼神。刘文彬很理解地笑笑，接着，满带安抚的口气冲周敬之说："搭理他也不是不可以。听说田光这个人还没做过什么大的坏事！"

"他既然没有什么罪恶，又和周先生你沾点儿亲，那就托你趁他在十五号炮楼，给咱做点儿工作吧！"魏强的脑子转了几下子。他觉得任务紧迫，时间不能再拖，忙就坡下驴（指找个台阶下，不至于尴尬）把话摊亮开。

"啊！"听魏强说过，周敬之吓了一跳，才放低嗓子问，"什么事呀？能做得来，我一定做！"

"很简单，就是过沟！"魏强告诉周敬之说，"让小秃装扮你家个小做活儿的，跟你过市沟；过了市沟你不用管他，然后你带上我的一封信，去到刘守庙你们亲戚那里，替我把黄新仁先生请了来！"

听说要办这么两档子事，周敬之立刻稳住心神，免去了愁容。连说了几个"行，行，行！"又蛮有把握地点头表示："新仁他只要见到我，见到你的信，会立刻就到。他私下跟我说，虽然跟你只见过两三次面，他是从心眼儿里对你佩服！"

谁有权势谁是王，亲戚朋友都沾光，这是敌人的惯例。全市沟沿上的所有炮楼，根据保定日本城防司令今早下的戒严令，吊桥今天一律不准放下。但是，田光是小队长，是警备队驻扎十五号炮楼的最高指挥官。他一听到丈姨夫周敬之来到，破例地放下吊桥，将周敬之和小秃迎接过来。【阅读能力点：小秃利用周敬之的关系，成功进入了炮楼。】

小秃是个机灵孩子，走过市沟，眼睛东张西望有点儿不够使。他一眼瞧见了铁丝网上搭着赵庆田他们过沟时使用的那条又粗又长的大沙绳，也就手指沙绳闲问："你瞧，那条大沙绳做套股该多好，大伯，怎么咱就买不到？"

小秃为什么要说这，周敬之是不知道的，也就随口答："就是，就是，谁知你表姐夫他们在哪里买的？"

面黄肌瘦的田光也就随便地搭讪："谁有闲钱买它呢！"接着问道："傍明子你们没听到枪响？那是和过沟的八路军打起来啦！大沙绳，就是八路丢下的！"

小秃故作惊愕地嘀了一声。他走近田光，一口叫着一个表姐夫地问："八路军有多少？他们胆真大。你们怎么就叫他们过呢？没打死一个？"

"你真是个小孩子，当八路军有几个胆小的？"田光觉得小秃说话挺有意思，也就什么也不隐讳地说开了，"其实，人家八路军过沟，俺们并没有发觉，是夜袭队出来巡逻看见的。夜袭队看见要是不咋呼就好了，他这么一咋呼，人家八路军那个手疾眼快的劲头，打了几枪，滚了几滚，就像泥鳅般地滚进庄稼地里溜走了！眼下，各个炮楼都不让放吊桥，就是为捕拿过来的那几个八路军，连俺这楼上的日本人也都出动了！面对面让人家跑了，这回要在庄稼地里搜捕，那就是个海底捞针的事！"

小秃听说赵庆田、贾正都没有出危险，心里比热天吃冰块还痛快。他一心

想到规定的联络点去找,也就不再多问话了。

田光听说周敬之是到刘守庙他丈人家去,就拜托周敬之告诉他丈人:"在今天,务必把家眷送到炮楼这里来!"别了田光,周敬之和小秃一前一后地朝刘守庙方向走来。在两股岔道上,小秃正要和周敬之分手,左前方几块庄稼地的那边,传来尖利的女人哭叫声,和一阵狎戏（戏耍）的狂笑声。"噫!这是怎么回事?"小秃止住脚步口问着心。紧接着又当当当连响了几下清脆的枪声。周敬之拽着小秃的衣角,大喘粗气。

沉默了一大会儿,周敬之才把劲缓过来。他瞅着小秃,龇牙咧嘴地苦笑了一下。

女人的哭叫,男人的狂笑,又加上几声枪,小秃越想越觉得奇怪。"这到底是怎么回子事?"他认为有必要施展下自己的侦察本领,跑去看一看。"你待在这里别动,我去去就回来!"不管周敬之同意不同意,话说完,像只敏捷灵巧的小燕,腾地飞走了。【阅读能力点:突出小秃的行动迅速,动作敏捷。】

越接近响枪的地方,小秃越轻迈脚步,降低身形,屏住呼吸,用他那鹰般的眼睛,朝左右和前面仔细窥察着。突然,一个黄乎乎的东西钻进他的眼里。这东西刺激了小秃的神经,小秃不自主地全身抖动了一下。"噫!这里怎么有个鬼子?是谁揍死的?"他多心地朝旁处再一瞅,还有一个鬼子倒在那里。他稳了稳自己的心,对自己做了个鼓励:"去,再到近前看一看!"等他刚要抬腿迈步,隔几块高粱地,又传过稀里哗啦人蹚庄稼的声音和叽里哇啦的鬼子吵吵声。"不好!"他再也不想凑上前去看了,扭转头来拔步急忙朝回跑,跑到周敬之的跟前,二话没说,拉起来,搀架着他,踉踉跄跄（踉跄:走路不稳。走路歪歪斜斜的样子）地串着密匝匝的庄稼疾速逃走了。

由于青纱帐的窜起,情势的转变,敌人将四乡的炮楼子撤到城跟前,把大部分兵力也就集中在市沟上。夜袭队也只好以市沟为界,在这个圈圈里活动了;

即便有目的地朝外奔袭一下，也得弄点儿战斗力较强的部队来配合。

自从以市沟这个大圈圈为界线，刘魁胜简直就像只红眼狗，不分黑天白日，不管刮风下雨，想什么时候出来就出来，想到哪里去就哪里去。他认为市沟里面这块方圆二三十里的地方是他的小天下，于是，也就不再有什么顾忌了。

这天后半夜，他带领十几个夜袭队员，徒步走出了东城门，顺高保公路朝东踏下来，到范村村西，向右一拐，又沿着市沟的汽车路南下了。

头前蹚道的两个夜袭队员刚走到十五号炮楼和十六号碉堡之间，也正发现了刚爬过沟来的赵庆田和贾正。其中的一个不知是胆小，还是经验少，不自主地呐喊了一声："有过沟的啦！"另一个也助威地喊："别叫他跑掉！"刘魁胜他们也呜呀喊叫地闹起来。这一喊，也就招来沟那边——魏强他们射来的几串子弹。子弹像只巨大的铁掌，一下将刘魁胜他们按压在地上。

在枪响、敌人卧倒的一瞬间，赵庆田、贾正借着黑夜、深草，原地卧倒，飞速地朝十几米以外的公路滚过去。敌人撕破嗓子叫嚷咋呼，用密集的枪弹射击封锁，他俩都没有理睬。滚得靠近公路，他俩爬起，拔枪交错一掩护，敏捷得像两条蛟龙，嗖嗖地蹿过公路，钻进绿色的海洋里。

老松田从电话里得到刘魁胜在十五号炮楼给他的报告，立即通知城防司令。城防司令命令全市沟的所有炮楼一律不落吊桥，实行戒严；而后又命令在各炮楼的日本部队立即在指定的地点集结，准备实行大规模的清剿。他们认为爬过沟来的这几个八路，是几只钻进屋里来自找死的山鸡，不管怎么张开翅膀扑棱闹腾，要想逃出去，那是不可能的。

一切布置停当，老松田带领一部分日本宪兵和留守的夜袭队员，照直奔城东南方向出发了。

太阳刚一露头，敌人的清剿开始了。

赵庆田、贾正从弹雨里滚逃出来，钻进了庄稼地。为了尽快甩掉身后追赶

的敌人，一秒钟也没敢耽误，绕飞机场，躲老炮队，一头朝西南上扎了去。他俩虽说肉皮子没受伤，衣袖、裤腿却被凿了几个圆洞洞。

背后的声音消失了，贾正将驳壳枪的保险机一关，朝腰间一插，歪着头小声地问赵庆田："你说，咱到哪里去？"赵庆田也正为这事在转脑子，他听到贾正问，脚步放慢些，说道："别看我们现在甩掉了敌人，天一明，敌人会调集大批兵力来搜寻我们。我的意见是不进村，晚进村，虽说在市沟里面，到底是这么大的城郊，城郊又是一眼望不到边的庄稼，就用这些条件和敌人周旋，只要他不人挨人地排成了人寨篱，咱就不怕。"

"他排成人寨篱又能怎么样？'五一'大扫荡不是一样地闯过来了？"贾正不服气地说，"咱俩两条枪，走到天边上也不怕，敌人有能耐就请他施展好了！"【阅读能力点：贾正对敌人极其不屑，也有些自大过头了。】

天色大亮，敌人开始搜索了，东、南、北三面响起了枪声。他俩就在隔三步看不见人的庄稼地里闪闪躲躲、东游西串、转弯兜圈地和敌人玩起了捉迷藏。
【阅读能力点：两人利用地形和敌人玩起了游击战。】

"你听，小贾！"一阵乱七八糟的跑步声传过来，贾正刚要翻身爬起，让赵庆田有力的巴掌按了下，"看你这个冒失劲！"

在他俩前头一块高粱地里，传过一片淫邪的狂笑声，推推搡搡的厮打声，女人羞辱的哀号声，和老年人"太君！太君！她的先生，也是你们一样的干活"的求饶声。杂乱的声音刺激了贾正，他再也按捺不住了，额头暴起青筋，活像被激怒的雄狮。"走，看看去！"顺豆垄，让两边二尺多高的豆秧子苫遮着，嗖嗖地朝吵嚷的地方爬去；赵庆田这时不但没阻拦，还紧握驳壳枪跟随着贾正爬起来。【阅读能力点：彰显了两人内心的正义感，路见不平，拔刀相助。】

猥亵的狂笑声越来越近，女人的哭泣声越来越嘶哑。赵庆田、贾正抬头凝神地朝前一瞅，头顶上立刻窜起三丈多高的大火，肺管子都给气炸了。原来是三个鬼子在戏弄一个年轻的女人。贾正红着眼睛一甩手里的驳壳枪，当，把一个拍手狂笑的鬼子打了个仰面大朝天。枪响，震惊了那个狠劲搂抱女人的鬼子。他双手急忙松开，扭头刚要跑，又被赵庆田射出的枪弹打了个嘴啃泥。剩下的那个鬼子，吓得双手抱头呀呀呀怪叫着逃走了。赵庆田他俩各打了两枪，都没有打中。

刚才还躲在旁边苦苦哀求的老人，被吓呆了；被鬼子撕破衣裳，披头散发的妇女，也吓得两眼发了直。

贾正从豆子地里跳出来，一见那老人是刘守庙的乡长黄新仁，蛮没好气地吆喝："还愣着？快走！"这一声才把黄新仁和那个年轻的妇女从怔愣里唤过来。女人稍害羞地理下衣服，由黄新仁挽架着，跌跌撞撞地跟着赵庆田、贾正，钻进对面的一块很大的庄稼地。茂密的庄稼，顿时将他们四人吞没了。【阅读能力点：两人成功营救下了黄新仁与年轻妇女。】

敌人虽然在背后追了一截子，因为没有找见个影，只好扫兴而回。

离公路还有半里多地，他就更加小心了。"别光走，我到前面打探一下去！"他和贾正打了个招呼，两手分拨庄稼朝前钻了出来。他刚钻出庄稼地，立刻和对面玉米地里钻出来的一老一小的四只眼睛对了光。两人的鼻子、眼睛和脸盘都让他看了个一清二楚。他摆摆手，嘴巴张开刚要喊叫，却没让声音冲出来。小孩子见到赵庆田，真像见到家里人，蹦蹦跳跳地朝他跑过来，那个老人紧跟在他的身后。【阅读能力点：两人偶遇到了小秃。】

赵庆田迎上去欢喜加亲热地将孩子双手一握："秃子，你们什么时候过来的？你也来了，周先生！你俩怎么就结的伴？敌人正清剿，你俩知道不？"他不间断地问着，就领小秃和周敬之返回来，也正好和贾正、黄新仁父女俩撞了个满怀。"敬之，你这是到哪里去？"黄新仁没想到在这儿碰到自己的连襟周敬之，忙打招呼。紧贴他背后站着的女儿，朝周敬之羞答答地叫了声："姨父！"眼泪随着声音，扑簌扑簌地滚落下来。

听过黄新仁将事情由来一念叨，周敬之又宽慰又劝解："这就叫化凶为吉（遇到凶险转化为吉祥），没出事情，就是大幸。"他眼瞅着还双手捂脸啼哭的外甥女："闺女，别尽难过，哭哭就算啦！"小秃没到联络点就找到了赵庆田、贾正；周敬之，没到目的地，也在这儿撞见了黄新仁。担惊、受怕，虽然都在他们的头上落了落，但是，祸事都让他们巧妙地躲过、闪开；要办的事情，却意外顺利地办了。

看过周敬之带来的魏强的亲笔信，黄新仁口气非常肯定地说道："去，别说魏队长有信给我，就冲这二位同志救俺父女俩，也得到魏队长跟前去拜谢！"赵庆田、贾正解救他父女俩的事，已经像烙铁般地给黄新仁的脑海里打下个深印。他对武工队的行动，是又佩服又感激。他愿意用自己的行动来支持武工队，以答谢武工队救他父女的恩情。【阅读能力点：武工队的善举得到了报答。】

说起田光，不得不谈谈他的家事。他不仅是黄新仁的女婿，也是黄新仁看着长大的亲外甥。就是因为亲加亲的这么两层关系，黄新仁在田光的脑袋里，存有无上的、没法比拟的威信。

田光儿时就很得黄新仁的宠爱。因为他老婆一辈子就生了两个姑娘，所以田光虽说是个外甥，净当成自己跟前的儿子看待。

田光从结婚后，特别喜欢他老婆。有人形容他们如胶似漆，确实是有过之而无不及。哪怕分开一小会儿，他的心里也觉得空得慌。所以军训受过，一当上教官，立刻把老婆接到身边；当了有权有势的小队长，更舍不得让老婆离开了。从张保公路上朝十五号炮楼转移时，田光怕新居没安置好，老婆抱屈，就暂时让她回到刘守庙娘家去过一夜。他知道，今天用不到太阳压了山，老丈人会给送了来。但是，他还是抓耳挠腮地乱着急。因为响枪的地方，正是他老婆朝十五号炮楼来的方向。"是怎么回事？"他伫立着乱猜想。

夕阳照晕了田光的头，也映红了他的脸。这一切他全没有理会，照旧睁大眼睛地朝着西方凝望，右手时不时地举到额前遮挡阳光。眼下，最着急蹿火的莫过于他了。忽然在他张望的那条道上，望到了一个极熟识的身影，急匆匆地奔他走来。他知道这是谁，怀着不安的心情，小跑步地迎了去。【阅读能力点：描写了田光对妻子的关心以及担忧。】

田光走近了来人，没容得对方张嘴，劈口就问："大舅，怎么只来你一个人？她呢？"的确，没瞅见老婆到来，他的心像有人抓了两把似的缩了几下。

奔田光来的黄新仁，是按照赵庆田的意见，先一个人到这里来找田光的。他见到了田光，自然高兴万分，笑吟吟地扬手朝背后远处一指："她，他们都在那边歇着呢！"凭自己以往的威信，他觉得自己跟田光是说一不二的，也就毫不顾忌地说："光，你跟我到那边去，有事和你商量！"

田光听过大舅一番话，心里有点儿莫名其妙。他开口刚要问，黄新仁将手一摆，就给他把话语挡了回去。他怀着疑虑不安的心情，跟在黄新仁身后，赶忙钻进庄稼地。走了好大一截子，走到了一大块秸高叶茂的高粱地里，眼睛瞅见老婆，这才把提揪的心放下了。田光的老婆本来窝憋了一肚子委屈，一眼瞅见披"老虎皮"的丈夫，眼泪唰地又流了下来。田光问："你们在道上出了什么事？"她悲愤加羞辱，呜呜地哭开了。

老婆的热泪，像电流似的传到了田光的心上，事情让他察觉了大多半。他的脸发烧，心绞痛，不由自主地啊了一声。

黄新仁对田光说："光，事到如今咱就打开窗户说亮话吧！"他手指着立在身旁已完全变成庄稼人打扮的赵庆田、贾正，低声充满感激地说道："要不是遇上这两位侠肝义胆的同志，想不出事也难。就是人家舍生忘死（不把个人的生死放在心上）地来搭救，俺父女俩才从死里逃了生……"

赵庆田、贾正用善意的眼光瞅望着他。他再左右地望望家里的人，不论老婆、岳父、丈姨夫，都对这俩八路挺亲近友好，自己也就慢慢地打消了害怕的念

头，不好意思地笑着说："这我可该怎么谢你们呢？"

田光听说面前的这两个和蔼的八路，要求的报恩条件是要在这儿过沟，很爽快地回答："行，行，行！"

县官不如现管。十五号炮楼就是田光握有大权，所以，天色刚近黄昏，鬼子还没有上岗的工夫，他亲自领着他的老婆，还有他的岳父黄新仁，丈姨夫周敬之；周敬之的身后跟着个假装小做活儿的小秃；赵庆田、贾正一人背了一大捆刚劈下来的高粱叶子。几个人毫无阻拦地经过十五号炮楼，平安无事地过了市沟。【阅读能力点：赵庆田、贾正、小秃三人通过田光的关系顺利地通过了市沟。】

知识分子出身的田光，虽说在警备队里混了一年多，由于年轻，又多住外勤，所以那些花天酒地、弄金钱、搞女人的毒素在身上沾染得还不深，因此，对新鲜问题还愿意接受。特别他老婆，由于经常受到汪霞的教育、开导，也就常常用在汪霞那里学来的话语，在枕头边上来开导、训教田光。常说铁打的房梁磨绣针，什么也架不住日子长。田光慢慢地回心转了意，思想慢慢地倾向了抗日救国，也就秘密地来接受武工队给予的工作。【阅读能力点：田光受到武工队的熏陶，开始帮助武工队进行抗日工作了。】

自从把田光掌握住，魏强他们出进市沟再也不犯愁。以后，住十五号炮楼的鬼子朝原建制一调，武工队简直成了这个炮楼的秘密主人。有时，敌人兵力过大，清剿过紧，魏强干脆把十五号炮楼当成靠山，将换上警备队服装的武工队朝炮楼里边一带，神不知鬼不觉地隐蔽起，敌人有天大的本事，也难一下猜测到。

根据从敌人内部得来的情报，根据几天来摸索夜袭队活动的规律，天刚擦黑，魏强带领他的小队，走过十五号炮楼的吊桥，钻进市沟里悄悄地接近了高保公路。他知道，夜袭队前半夜顺高保公路来市沟巡逻，也就将兵力埋伏在公路的两侧，准备打夜袭队一个伏击。

星斗撒满了藏青色的夜空，伏天的夜晚，还残留着白日的余热。魏强他们隐藏在一排茂密的柳树丛后面，耐心等待着夜袭队。一直等到了时过午夜，也没发现个敌人的影子。"难道敌人发觉了？难道情报失了实？不然，为什么见不到？"魏强的脑子连打几个问号。他认为自己的行动非常秘密，断定夜袭队不会发觉，所以又耐心等了一个钟头。直到时间接近两点钟，他才扫兴地带领整个小队，从设伏地点悄悄地撤下来。

守卫十五号炮楼的这起子警备队，从小队长田光和武工队接上了"关系"，就经常见到武工队，接受武工队的教育，因此，个个也都变成了身在曹营心在汉的人。今天，武工队来炮楼避雨，自然又是一番真挚的欢迎，热情的招待。

田光陪同魏强刚上到二层炮楼，一个手持步枪，浑身淋得像水鸡般的警备队员，从滂沱的大雨里跌跌爬爬地闯进了炮楼，神色慌张地环视了一下，见没有田光，拔腿就朝二层楼上跑，连滑了两个跤，也没理会。瞅见田光，就结巴地说："报，报，报，报告！队，队，队，队长，外……"

田光知道这人一遇上害怕的事就着急，一着急就结巴半天说不上一句话。眼下见他憋得昏头涨脑，青筋暴露，心头不由得打了个冷战："是敌人发觉了？还是他们被敌人跟上了？"忙凑近问："怎么回事？你别急，慢慢地说。"那个警备队员缓了一大口气才说出："巡逻市沟的装甲汽车，在炮楼的围墙外面，堵着门口停住了！"【阅读能力点：田光发现了紧急的情况，武工队很有可能陷入了危险的境地。】

意外的情况，使魏强为之一震。他要弄清情况，快步凑近西面的枪眼儿，朝外面窥望过去。风裹雨，雨随风，透过旋转不停的风雨，让他望到的只是漆黑一片。猛地，一根巨大的光柱，像支银光闪烁的利剑，朝炮楼子斜劈过来。白光顺枪眼儿钻进了炮楼里，把楼里映得变成灰白色。【写作借鉴点：将敌人的探照灯比作尖锐的利剑，渲染危险的气氛。】"这探照灯是要干什么？难道敌人是踩

我们脚印来的？要不，那就是雨大道滑，他的装甲汽车被逼得抛了锚……不管是哪一种情况，先做好战斗准备！"

"小队长，敌人堵住了门！我见装甲汽车上的机枪、小炮都瞄向了咱们！"贾正跑上来报告。

要弄清突来的情况，要了解敌人的意图，要应付情况的意外变化，要提防敌人的突然袭击，魏强双眉紧蹙地沉吟了一下，就开始布置行动。他命令贾正："你去告诉炮楼里的人们，都朝二、三、四层楼上移动！要快！"

"你，"魏强将炯炯发光（形容人的眼睛发亮，很有精神）的眼睛移到田光的脸上，"披上件雨衣，带上两个人，大大方方地迎出去，看看敌人到底是个什么意图！不过要手疾眼快，处处留心动脑子！"

人们都移到了楼上，魏强带领赵庆田、贾正、李东山……跟着田光来到了炮楼的底层。他眼望提着驳壳枪、身披雨衣的田光伴同两个士兵在淅淅沥沥的雨帘中消逝了。雨，显然是比刚才小了许多；风，却刮个不停。

眼下，魏强的脑子激烈地翻滚着。"要是敌人真的发觉该怎么办？能凭据炮楼'叮当'一气吗？'叮当'过后怎么撤？要从吊桥上撤走，巡逻装甲汽车上的探照灯和机关枪能放过？真的打响，怎么能先炸翻巡逻装甲汽车？田光这次去，会不会被敌人抓起来？要抓起来又该怎么办？……"他一个接一个地给自己出难题，让自己来解答。

田光跟在两个士兵的背后，冒雨踏着泥泞的道路，保持一定距离，朝堵在门口的巡逻装甲汽车走来。他想借着惨白的探照灯光，认真地观察下汽车上的敌人。灯光像摸透他的心思，唰地由高降低，射在他的身上，使他心头不自主地颤抖了几下。

"喂！喂！快到这边来！"探照灯的后面，传过两句蛮横的声音，声音送进田光耳里，听起来是那么熟悉。

敌后武工队

田光觉得这时不能躲；再者，他盘算，只有接近了才能摸清敌人的底。"去，过去看他个究竟！"边答应着"好，好，好！"边赶忙地朝前走。越接近巡逻装甲汽车，他的心越跳得厉害，同时，魏强告诉他"要手疾眼快，处处留心动脑子"的话语，也在他耳边响起来。他顺手掰开了驳壳枪的保险机，紧走几步赶上了头前的两个士兵，咕咕哝哝地说了几句。

从巡逻装甲汽车上蹦下一个身瘦体高的家伙，鸡蛋里挑骨头地说道："裹着脚啦，怎么走得那么慢？是指挥官吗？"听语音，看长相，田光更觉得这个人在哪里见过，忽地，让他想起三个月以前，在张保公路的八里庄驻防，和这个立眉横眼的人有关的那件难堪的事。

三个月以前，正是魏强他们在南关劫走囚车，救了刘文彬、汪霞的第二天黄昏，十几个穿便衣的人，骑着自行车，像飞般地由南面——大冉村方向，顺公路朝八里庄——田光他们警卫的那炮楼子驶过来。

自从武工队劫走了囚车，公路、据点都戒备森严了。田光负责警卫的炮楼当然也不例外。他根据上方的命令，对公路上的过往行人，都要进行搜查盘问。特别在夜晚，如果三声口令问过不回答，炮楼马上就开枪。

十几个骑车子的刚接近炮楼，守炮楼的卫兵也就撕开嗓子连问了三声口令。口令在对方听来，如同耳旁风，谁也没开口回答，照旧紧蹬车子朝前走。

当当两枪响过，这才把他们震吓住，逼得蹦下了自行车。十几个人个个推着车子，骂骂咧咧地奔炮楼子闯来。其中领头、骂街最凶的，就是眼前这个体瘦身高的家伙。

"瞎了狗眼啦？谁要你们随便打枪？叫你们队长来见我！"这个家伙舌根硬，口气粗，厉害得真想一口吃掉一个人，根本就没把炮楼里的人放在眼里。

听到士兵报告，田光知道捅了马蜂窝，便三步两蹿地急忙跑了出来。

吊桥放落，田光走出来，本想问清楚对方的单位，说明打枪的理由，排除

这场误会就算了，没料到他笑嘻嘻地走到这个体瘦身高的家伙面前，刚把自己的职务、姓名介绍过，对方送过来的却是抡圆的几个大巴掌，扇得他两眼直冒金花。对方一边扇打一边责骂："我要巴掌问问你，问问你怎么教育的士兵？问问你为什么敢这样瞧不起夜袭队？也可以问问你为什么瞧不起我刘魁胜……"

田光知道夜袭队是日本宪兵队的宝贝蛋，刘魁胜是老松田的大红人。和这群吃人不吐骨头的家伙打交道，只有忍气吞声，逆来顺受（指对恶劣的环境或无礼的待遇采取顺从和忍受的态度）。他忙苦笑央求："是，是，是，一切责任都由我负，怨我管教得不严，我一定重重地惩治他们！"

今天，刘魁胜又找到了他的门上。开始，田光心里害怕得打了个冷战，当他一想到炮楼里现在有刘魁胜的死对头——魏强，害怕立刻被驱逐到九霄云外。三月前的仇恨，马上从他内心的底层翻上来。他按住心头燃起的怒火，冷眼望住刘魁胜盘算："能挽个圈套把他引进炮楼，让魏队长擒住他，真是个万民欢庆、大快人心的事！"

"噢，在这儿又和你碰上啦！"刘魁胜的一双贼眼尖得像锥子，只横扫了一下田光，立刻辨认出来。他用手里的大小机头张开的快慢机，指点着田光的鼻子尖，嘿嘿地奸笑了两声，用戏弄的语言说道："今天，你怎么不开枪欢迎我们啦？"他五指舒开展示左手掌里的枪，"这玩意儿就是顶事！"扭头望望刚跳下巡逻装甲汽车穿便衣的同伴们，同伴们和他一起哈哈哈地张嘴大笑起来。站在巡逻装甲汽车上的那个又粗又胖又高，唇上留撮黑胡子的家伙，也随着刘魁胜的笑声咧咧嘴。

田光因为下定决心要哄刘魁胜进炮楼，所以对刘魁胜的讥笑、戏谑根本就没理论。完全装成个没皮没脸、没血没肉的人，满脸赔笑地顺情说着好话："不受磨炼不成佛，要不是受了刘队长的那次教训，这些日子还不知得闯多少祸！"说完，不笑强笑地也嘿嘿了两三声。

大后半夜，一阵猛雨下过，西北风吹得人们浑身发噤。气虚血亏的刘魁胜，让风吹刮得上下牙齿直打架。

田光一见有隙可乘，就想借着刘魁胜的冷劲把他朝炮楼里让。还没等他开口，刘魁胜倒先向他提起要到炮楼里去休息。末后还半开玩笑地问了田光两句："凭松田宪兵队长的到来，我想你也不会怠慢的！"

田光领着松田、刘魁胜他们走到离炮楼子大约有三四十米远，十几条黑影子从炮楼门里挤出来，不声不响地朝后面——原来鬼子住的那排房间蹿过去。

【阅读能力点：武工队开始了行动。】

黑影子跳进刘魁胜眼里，他多疑地厉声问："那些人是干什么的？为什么深更半夜乱出溜？"

"他们？"田光镇静地随口答来，"他们都是驻炮楼的弟兄。准是为欢迎松田太君和您，在拾掇屋子，操持用品乱忙活！"其实，他知道那些黑影是谁，也知道是在干什么。

不过，这几句话立刻解除了刘魁胜心里的疑团。

等走到离炮楼子还有五六米远，刚送信儿去的两个士兵匆忙地走出炮楼，走近田光。一个嗓音洪亮的士兵向他报告："遵照队长您的命令，魏司务长开始着手准备，刚把客厅收拾干净，特来向你报告！"

听过士兵的流畅报告，田光像吃了副定心丸，立刻把心放了下来。待报告的士兵朝路旁一闪，他快步地走到炮楼的门口，伸左手将门推开，朝屋里飞扫了一眼：灯光通明的屋子，寂静得没有一丝响动；回身，左手手心向上，哈腰点头，很礼貌地来招呼背后的松田、刘魁胜："您请进！"

松田、刘魁胜都像进凯旋门的胜利者，傲气十足，双目直视，挺起胸脯走进了屋。还没容得他们站稳，屋里的四周像火山爆发般地突然呐喊起："不许动！""把枪放下！""举起手来！"宏大的声音震得炮楼子晃了几晃，震得松田他们摇了几摇。随着高声呐喊，十几个平端驳壳枪的小伙子从窗帷后、楼梯下、立柜旁……跳出来。离门口近的两个夜袭队队员，发觉事情不妙，调头就朝门外跑，田光和两个士兵的大小三支枪的枪口，也一齐对准了他们。

仇人相见眼珠红。魏强瞅着面前的松田、刘魁胜，这两个就是在东王庄屠杀一百六十七个无辜人民的刽子手，打死西王庄赵河套大伯、快嘴二婶的凶犯，用酷刑折磨刘文彬、汪霞的罪魁……他心里不自主地翻了好几个过，仿佛无数的孤儿、寡妇、老人都拥到他的眼前，里边有房东河套大娘、韦青云的父亲、快嘴二婶……他（她）们都满脸流泪地向他哭诉，伸手向他要求："给做主！给报仇！"松田、刘魁胜的杀人情景也浮现在他的眼前。他气得浑身发抖，牙齿错得咯吱咯吱响，脑子几次指挥右食指："抠、抠、抠！"驳壳枪抬了几抬，但是革命的纪律把立刻要毙死他们的念头打消了。【阅读能力点：魏强看到刘魁胜以及松田，恨意上升，但是纪律还是控制住自己没杀他们。】

刘魁胜眼下像跳进陷阱里的一只野兽，他不甘心自己的倒霉，还想找个空子挣扎一下，斜眼睛盯住魏强，借魏强扭脸的空隙，刚要轻抬手腕朝他射击，贾正挥枪喊了声："放下！"当！枪弹正好打中了刘魁胜的手腕，手里的那支张开大小机头的驳壳枪，当啷掉在了地上。贾正狠狠地白了刘魁胜一眼，顺手捡了起来。

老松田用眼一扫面前拿枪人们的穿戴和神色，知道这是碰上了劲敌——武工队。十几支乌亮的、滚圆的枪口威逼得他不得不低下头去，将毛茸茸的两只大手乖乖地举起来。外面，火光映红了半边天。魏强知道赵庆田他们把巡逻装甲汽车对付了，也就指挥人们押解着捆绑好的松田、刘魁胜，迅速地撤离开十五号炮楼子。【阅读能力点：武工队大获全胜，将松田以及刘魁胜活捉，取得了重大胜利。】

【学习要点】

松田与刘魁胜被武工队逮捕,让我们明白了善有善报、恶有恶报的道理,也让我们了解到正义终将会战胜邪恶的定律。

【思考探究】

1.松田与刘魁胜是怎样上当被捕的?
2.为什么武工队没有立即诛杀松田与刘魁胜?

第二十二章

名师导读

本章为本书的最后一个章节，对武工队各个人物的去处进行了详细的描写，武工队之后是否还会继续抗击敌人？这个队伍又将何去何从呢？

立秋节气过去三天了。

早饭后，升起的太阳开始施展它的威力，但露珠依旧钉伏在肥硕、葱绿的庄稼叶上，闪着晶莹的光亮。

东、西王庄今天像逢集赶庙，数不尽的人流，从四面八方朝这里涌过来，汇聚到两村中间北头的一块四四方方的留麦地里，欢天喜地地等待着。

人们来自不同的村落，却怀着一个共同的心愿："打死汉奸刘魁胜！""枪毙老鬼子松田！""报仇！""申冤！"……随着战争形势的急剧好转，再加上武工队神出鬼没的节节进逼，敌人也就逐步地向保定城里龟缩了。于是，抗日组织便在各村公开建立起来。

正是由于环境的变化，大白天，才能在这里召开一个远近村庄群众都来参加的规模较大的公审大会，公审血债累累、罪恶滔天（滔天：漫天，弥天。形容罪恶极大）的刽子手。

魏强将四外的警戒布置好，又通盘地做了次检查，才缓步朝会场走来。他走近那座苇席搭的简陋的主席台下，正在台上的汪霞用眼睛向他打了个招呼。他

敌后武工队

抬腿刚要朝上迈,背后忽有人喊:"魏小队长!魏小队长!"他扭头顺音一瞧,是李洛玉,忙亲热地凑迎上去,指点洛玉的汗脸:"瞧热得,简直用汗洗脸啦!不是到河东送军鞋、军布去啦?什么时候回来的?"

"这不是才到!热倒不热,这汗都是急出来的!你是不知道,在河东一听说今天要在俺村里开公审大会,恨不得一步迈回来。"洛玉说着,将脑袋上的蘑菇头草帽摘下来,当成扇子在脸前摇扇。

因为环境日渐好转,为了斗争的需要,近来,行政村也重新划分了。以往分着办公的东、西王庄,头麦熟时就合并一处了。合并后,经过全村群众的选举,李洛玉当了这个新行政村的村长。【阅读能力点:由于革命形势的转好,李洛玉这位为革命奉献的同志,被人们所认可,当上了负责的好村长。】

李洛玉问:"松田这个老兔崽子呢!"

贾正不知道什么时候早站在了他的身后,插嘴说:"老松田早吹灯拔蜡了!"

顽皮的郭小秃,甩动手腕,狠劲将中指、食指在洛玉的脸前一捻,焦脆地响了一声,接着说:"他比刘魁胜先走了一步,早在阎老五那里报到了!"

老松田的确是死掉了,是他自己死去的。

松田在警卫市沟的十五号炮楼里束手被擒以后,深知自己罪恶的深重,预感到了自己的必然结局。在十几条枪口的逼迫下,他不得不乖乖地背过双手,顺从地让贾正绑上,但是,心里却不断地盘算脱身的办法。市沟里的一切,在他看来都是希望:望到西方红光冲天的保定城,他希望立刻从城里驰来一队擎战刀、骑战马的武士把他抢走;瞅见沿市沟的环形公路,又希望有一辆配有强大火炮的巡逻装甲汽车疾驶过来救走他……但是,这些幻想,就像小孩吹起的胰子泡,一个跟一个地破灭了。【阅读能力点:松田在临死之前还抱有被救的幻想,但这是不可能的,坏人必将受到惩罚。】

"我是天皇陛下的忠实军官,在保定是一呼百应的日本宪兵队长,堂堂的皇军少佐,怎能被共产党拖走?怎能让八路军抓去?听从他们的摆布,这不仅是对我个人的伤害,更重要的是伤害了大日本帝国的尊严……"松田边走边想。想到这儿,又瞅了瞅他们一群被俘的人和押解他们的武工队员,心里像喝了一大桶冷水,立刻凉了下来。他清楚地知道自己再也找不到活路,便下定了死的决心。

一场瓢泼桶倒的阵雨下过,河水陡然大涨。金线河河身不仅让雨水灌了个多半槽,而且从水的浑浊、流速看来,还在朝上涨。晨风吹起,朝雾落下,四周村庄的鸡啼了。从魏强他们来的方向,传来了急剧的枪声,显然,敌人发现十五号炮楼出了大问题。

假如敌人要真的踩着脚印追上来,魏强他们正处在个背水一战的不利局面。当时,身负重责的魏强,双眉紧锁地望着宽阔的河面和湍急的河水,他恨不得立刻发现一只船,哪怕是只极小的也好。

魏强正焦急地思考渡河办法时,东察西看的小秃,忽然像得到宝贝似的,手指着下游河湾,低声地叫道:"那有火亮!"人们朝他手指的方向转了过去,果然,有个忽隐忽现的一颗小红火,"是渔船上的人在抽烟!""烟火是肯定的,不一定是渔船!"大家乱猜起来。

"我瞧瞧去!"贾正自告奋勇地说。得到允许,撒腿就跑。"是渔船就不是单个!我也去!"李东山取得魏强同意,拔脚忙朝贾正追。

时间不长,贾正、李东山各拽一只小五舱顶着逆流走上来,到魏强跟前靠了岸。

双手摇船桨的老乡,用亲切的语调,像招呼又像慰问:"都辛苦啦,同志们!咱分拨上船,快过!"

听口音,魏强断定都是老根据地——白洋淀的老乡,走近水边,亲切地招呼:"不辛苦,黑夜里请你们帮下忙!"一共是十个俘虏,魏强决定先押六个俘虏过去，第二趟再运松田、刘魁胜等。

虽说流大水急，第一趟总算平安无事地到达了对岸。第二趟老松田、刘魁胜各被押上了一条船。魏强坐在渡运松田的小船上。不大的小五舱被划动着慢慢离了岸。刚接近二流，船板被冲击得发出了啪啦啪啦不规则的音响，越朝前走，小船越显得轻得赛个瓢，一个劲地朝下溜，一个劲地在摇荡。"到正流头上了，同志们都坐稳！"双手用力摇船桨的老乡，刚低声地喊过，老松田像头水牤牛，眼珠瞪圆，用肩膀狠劲地朝左边的贾正一撞，借着小船大摇大晃的一刹那，一头扎进几丈深的急流中。魏强在右边，伸手一把没抓住，尾随着也扑通跳到了河里。贾正、李东山、辛凤鸣，还有小秃，也都匆忙地朝河里跳。大伙儿凫水、扎猛子紧找急捞，费了九牛二虎之力，也没摸捞着松田的影。【阅读能力点：松田为了自己的尊严跳河自杀了。】

嗜血成性的老松田，就这样畏罪自杀了。

得知老松田死的经过，李洛玉左手摇晃着魏强的肩膀，右手指点着刘文彬和汪霞，笑眼瞅望着贾正、小秃说道："武工队今天不光把三害的最后一害给除掉，还把老奸巨猾、罪恶滔天的老松田给惩治了，这真是双喜。咱一定摆几桌酒席，庆贺庆贺！"【阅读能力点：武工队把祸害全都除掉，造福了周围的百姓们。】

"眼下这才是个开始，你先沉住点儿气！等打败鬼子一并来个大的庆贺，不更好？"魏强手拍着洛玉的脊背说。

"到了哪会儿说哪会儿的话！你们忘了这是群众自己许下的心愿？"洛玉又像唱喜歌的，掰着手指头数落开，"打死刘魁胜，家家把酒敬！打死老松田，重新过个年！这事是群众许下的，群众要办，谁拦也拦不住。叫我说，你们就趁早随和点儿。不然哪，扣上个不大不小的帽子，就叫：不——走——群——众——路——线！明白吗？"

洛玉高一声低一声地像个相声演员在表演，一下引来了好多人。人们把他和魏强、刘文彬、汪霞……围了个椅子圈。等洛玉的话音刚落，也都七嘴八舌顺着说起来："得喝喝，按倒了松田、刘魁胜是件大喜事！""咱们许的心愿咱们一定还！""要庆贺，必须把有功的武工队请上！""这是理所当然的事，谁能喝水忘了挖井人，简直是多余的嘱咐！"

十点钟已到，公审大会在区长吴英民的主持下开始了。"老乡们，咳，咳，今天，是我们申冤报仇的日子。我们要公审背叛祖国，甘心事敌，双手染满人民鲜血的铁杆汉奸刘魁胜。"吴英民虽说在医院里经过多方治疗，但让松田、刘魁胜用酷刑摧残所遗留下来的咳嗽，始终没有除掉根，他的身体仍然很衰弱。但是今天他要代表政府接受千百人的控诉，也要代表政府宣判汉奸刘魁胜的罪行，心情真是说不上来的激动。他使劲按住像要爆炸的心，继续说下去："来这里开会的人，差不多都受过他的害，被他伤过的，咳，咳，我也是其中的一个……"

会场上，几千人都强按住心头的怒火，凝目盯住主席台，谁也不言语地耐性等待着。

"带汉奸刘魁胜前来就审！"几千人盼望的这一声，终于从吴英民的嘴里喊出来。刘魁胜以往那副凶煞神样，今天不见了。他弯腰驼背，灰溜溜地完全变成了一个大烟鬼，被四个手持驳壳枪的武工队员押着，一步迈不了五寸地走了来。人们见到了刘魁胜，都像得到了立起的命令，不约而同地站起来。个个怒目横眉，挥舞拳头地呐喊："要求政府做主！""给受害的人们报冤仇！""枪毙铁杆汉奸刘魁胜！""把刘魁胜……"几年来人们心里积郁的怒火，今天，都豁着嗓子喊出来，洪亮的声音，伟大的力量，吓得刘魁胜藏头缩颈浑身发着抖。

一群妇女袖藏剪刀，手攥锥子，气势汹汹地迎了上去。她们是东王庄死者的家属。她们要用剪子、锥子去和刘魁胜算账，替父兄、替丈夫、替儿子来报

仇！【阅读能力点：刘魁胜罪孽深重，让许多人痛恨，更证明了他是罪有应得的。】

要不是武工队员们的拦挡和劝阻，刘魁胜就得死在剪刀、锥子下。在这群众的怒潮面前，刘魁胜的苦胆都快吓破了。他被两个武工队员拖架着来到主席台下，头不抬，眼不睁，背北面南地朝人们跪下。

"汉奸！汉奸！"

"卖国贼！"

"奸臣，秦桧！砸死他！"

"砸他，砸死他！"

血海深仇推动着人们，大家拾瓦拣砖，朝着刘魁胜乱投过去！

刘文彬、魏强、汪霞等人，都跑到主席台边，高举双手吆喝："不要投！不要投！""大家不要投！"

"大家注意！刘魁胜的罪恶，三天三宿也控诉不完，经政府审讯，已查证清楚。现在就来宣读政府的判决书！"吴英民见到人们停止了投砖抛瓦，马上掏出判决书念起来，"汉奸刘魁胜，男，二十九岁，本县刘家桥人。从抗日战争开始后，就背叛祖国，投靠敌人。历年来，杀人无数：自1942年'五一'扫荡以来，在东王庄一地就杀死无辜群众一百六十七人；去年秋季，又在西王庄造成了惨案……根据汉奸刘魁胜罄竹难书的罪行，根据受害家属的控诉，根据晋察冀边区惩治汉奸条例，依法将其判处死刑，绑赴刑场，立即枪决！"【阅读能力点：吴英民宣布了刘魁胜的具体罪行以及判处结果。】

"枪决"两字刚从吴英民的嘴里说出，两个武工队员像鹰抓兔子般地从地上把刘魁胜揪拽起来，连搀带架把他推搡出会场，朝主席台后面拖去。

枪决刘魁胜，谁也觉得不满足，都拥到主席台前，拦挡执刑的武工队员："待会儿！""等一等！""这样太便宜他了！"

人们正叽叽喳喳、吵吵闹闹地朝吴英民，朝魏强、刘文彬乱要求乱提意见，闹得不可开交的当儿，两辆自行车，快得像两支箭，从东王庄村里照直朝会场驶了来。

县委徐立群同志和他的警卫员来到了。

徐立群同志像有什么大喜事要告诉人们。他撂稳车子，笑嘻嘻地急忙跳上主席台，简单地冲魏强、刘文彬他们打了个招呼，忙走近主席台边，豁着嗓门儿朝人们说："老乡们，静一静！"他两手朝下用力一压，像个音乐指挥，一下把一切乱嚷嚷的声音都给压煞住了。

"刘魁胜的罪恶太大，把他枪毙了，我知道这难解你们的心头恨。可是，不要为他耽误了我们的时间，耽误了我们的工作，只要杀了他，就算把仇报了。让他们去枪决刘魁胜，我来告诉大家一个重大的好消息。"

几千人的会场，静得能够听到人们的呼吸声。

徐立群继续讲起来，"今天是八月十五日，就在今天正午，日本天皇向中、苏、英、美宣布无条件地投降了！鬼子现在投降了！"【阅读能力点：人们终于盼来了最终的好消息，日本无条件投降！抗战胜利了！】

徐立群同志的最后一声，简直就像庆祝胜利发射的礼炮，人们的心，都被这一声振奋得跳荡起来。不论孩子、老人，不分男的、女的，个个都像吃了兴奋剂，喝多了二锅头。会场上沸腾了，青年小伙子对撞膀子，老年人擦泪，孩子们乱蹦，人们情不自禁地呐喊："胜利了！""胜利了！""我们中国胜利了！"人们撕破嗓子地狂呼："共产党万岁！""毛主席万岁！""支援我们的子弟兵！""到城里找鬼子算账去！"

刘文彬攥住魏强的手："伙计，总算把这一天打出来了！""是打出来了！""是在党的领导下打出来的！"魏强紧握着刘文彬的手说。同时，用左手又把吴英民的右手抓住。

一阵喧闹声过去，徐立群同志又继续讲起来："日本投降了，这是值得我们庆贺的事，但是，有件极不公平的事情也要告诉你们，那就是蒋介石给所有的鬼子下了一道命令，要他们原防驻扎，严阵以待，不准向八路军、新四军、华南纵队缴械投降……"

不容徐立群说完，人们都愤怒地呐喊起来："不行！不行！""这里的鬼子，应该把枪械缴给我们！""鬼子不缴，我们揍他！""要把队伍开上去，强迫鬼子缴械投降！"【阅读能力点：蒋介石下达的命令让群众极为愤怒，都众志成城地要攻打驻扎的鬼子们。】

群众的怒吼犹如排山倒海。徐立群挥舞着拳头说："对！我们要把主力兵团开上去！也要把我们的地方武装、游击队整编好，继续朝前面开！要逼迫鬼子低下头来，把枪缴给我们！朱总司令已经下了命令，要我们向城市、向交通要道进军！"他稍一停顿，就开始大声地号召："青年小伙子们，为了壮大我们的子弟兵团，为了让我们人民的武装力量更强大，为了迅速地把鬼子的武器缴过来，为了解放保定、天津、北平和各大城市，要勇敢地报名！踊跃地报名！报名参加子弟兵，到大兵团去！到自己的队伍里去！去强迫鬼子缴械投降！"徐立群的一声号召，立刻有几百个青年报了名。

"我也去！""我也去！""写上我的名！""我叫王玉海！""把我也写上去！我叫赵保国！""我，把我写上，我叫……"青年报名参军的热情，就像狂涛巨浪，势不可当（来势迅猛，不可抵挡）。

吃过早饭，队长杨子曾在魏强他们常住的西王庄河套大娘的那间北房子东头，和魏强、二小队长蒋天祥聚集在一起，开会研究起新任务来。

杨子曾是昨天夜间，率领二小队越过张保公路，在这里和魏强他们会合的。

"根据眼下的情况分析，"杨子曾说，"蒋介石是要和我们打内战。我们每个共产党员，每个革命军人，都应该从思想上做好准备，也只有这样，才不至于因情况的突然变化，而张皇失措。"

"是，我们要从思想上做好准备！"魏强复诵了一遍，接着说，"蒋介石要真敢搞内战，咱也让他落得个鬼子的下场！"

武工队在村北集合，群众也提着篮子、抬着开水地跟了来。他们把武工队围了个风雨不透，都愿意把和自己同甘苦、共呼吸的子弟兵——武工队多看上两眼，看着他们从胜利再朝新的胜利迈进。

河套大娘挎着竹篮子领着一群妇女走近魏强他们，见一个，给一个，不管你怎么拒绝，总是劝你"装上！装上！装上留着路上吃！"硬朝衣袋里塞。有鸡蛋、烧饼，还有桃子、鸭梨、芝麻糖。嘡嚓，嘡嚓……一群敲锣打鼓的人，从村里疾步地簇拥出来，他们是用热火朝天的音乐，来欢送向城市、向交通要道进军的光荣子弟兵团。

"来了！来了！"不知是谁喊了一声。果然，攻无不克、战无不胜的冀中子弟兵团，从正南开来了。头前，一匹高头战马上面，坐着一个威武的军人。他一见到武工队长杨子曾，朝马屁股狠狠地抽了两鞭子，战马四蹄蹬开疾驰过来。

"参谋长！""参谋长！"队员们一见到自己的老首长来了，都高兴地指指点点抿着嘴地乐。辛凤鸣说："参谋长准带了二十四团来了！不信就仔细瞧。"

"你们瞧，诸葛亮转世又说话了！"贾正斜楞着眼睛说俏皮话。

参谋长跳下马来，用鞭子朝行进的部队一挥，部队就在村边上停止住。

杨子曾从参谋长面前接受了新的任务回来，魏强立刻带起他的小队，担任前卫朝北走了去。余下的刘文彬、汪霞等一些地方工作人员，掺到二小队中间，跟在杨子曾身后，向东、西王庄欢送的群众招手道别，也离开了原来的集合地点。原先，在敌人"确保治安"区，神出鬼没单独活动了近三年的武装工作队，今天，像条小溪汇合到主流里似的和大兵团汇聚到一起了。它立刻变成了子弟兵团的前卫，变成了行进部队中的一支尖兵队伍。

站在大道边，站在毒日头下欢送部队的人群，个个喜眉笑眼地在欢呼，欢呼声震撼着碧绿的原野；欢腾的锣鼓声，有节奏地响着，响彻了蔚蓝的天空。排山倒海的钢铁一样的子弟兵团，排着三路纵队朝着正北，朝着保定城，朝着平汉铁路，朝着胜利，大踏步地前进！前进！【阅读能力点：描写出子弟兵团的声势浩大，也形容革命的前景大好，我军正朝着胜利的道路阔步前进！】

【学习要点】

本书主要描写了八路军的一支先锋队伍——武工队，三年来与敌人斗智斗勇的过程，塑造了魏强、刘文彬、汪霞等很多可歌可泣的人物，也把敌后的艰难危险的革命工作全面地描写了出来，让我们更加了解在那个年代革命志士们对共产主义信仰的忠贞、对祖国和人民的热爱。

【读品悟】

武工队英勇抗击敌人，为百姓们解忧、除害，不惜牺牲自己的生命。这告诉我们革命的胜利不是一蹴而就的，而是一点一点积累出来的，我们应该缅怀先烈，继承他们的革命精神，为建设祖国更好的明天而奋斗。

【思考探究】

1.武工队在革命队伍中扮演着什么样的角色？

2.武工队后来何去何从了？